秘密の花園

フランシス・ホジソン・バーネット
羽田詩津子＝訳

角川文庫
21678

THE SECRET GARDEN

Frances Hodgson Burnett

1911

目次

一章　誰もいなくなった

メアリ・レノックスが叔父《おじ》さまと暮らすためにミスルスウェイト屋敷に連れてこられると、ずいぶんと見てくれの悪い子どもだねえ、とみんなが口を揃えて言った。そのとおりだった。頬のそげた顔に、やせこけた貧弱な体、色褪《いろあ》せてくたっとした腰のない髪。おまけにいつも不機嫌そうな表情を浮かべていた。髪の毛は黄色で、顔色も黄色だったのは、インドで生まれてこのかた、何やかやとずっと病気をしていたせいだ。父親はインドを統治していたイギリスの軍人で、いつも忙しく、これまた病がちだった。母親の方はすばらしい美人だったが、パーティーに行って陽気な人々と楽しむことにしか関心がなかった。そもそも母親は子どもなどほしいと思ったこともなかったので、メアリが生まれるとすぐに乳母《アーヤ》に世話を任せてしまった。アーヤは奥さま《メム・サーヒブ》の不興を買わないよう、できるだけ子どもを奥さまの目に付かぬようにしておけと言いつけられていた。というわけで、病気がちで癇《かん》の強い不細工な赤ん坊のときも、相変わらず病弱で気むずかしく貧相なよちよち歩きの幼児のときも、邪魔にならないように母親から遠ざけられていた。メアリが日常で目にするのはアーヤや召使いたちの浅黒い顔だけだった。インド人の召使いたちは常にメアリの命令に従い、どんなことであれ彼女の意のままにさせた。子供の泣き声が耳に入ったら、メム・サーヒブがお怒りになるからだ。六つになる頃には、メアリは横暴で利己的な手がつけられないほどわがままな子供に育っていた。読み書きを教えるためにやって来た若いイギリス人家庭教師は、メアリに愛想を尽かし、三カ月で辞めた。代わりにやって来た家庭教師たちも、三カ月ももたずに次々に辞めていった。したがって、メアリ自身が本を読みたいと本気で思わなかったら、文字を学ぶことがないまま大きくなっていただろう。

メアリがそろそろ九歳になる頃だった。うだるように暑いある朝、メアリはむしゃくしゃした気分で目を覚ました。そして、ベッドわきにアーヤではない召使いが立っているのを見て、ますます機嫌が悪くなった。

「どうしてあんたがいるの？」メアリは見知らぬ女を問いつめた。「あんたはさがって。アーヤを寄越してちょうだい」

その女はびくついているようで、アーヤは来られません、とおどおどと口ごもりながら説明した。メアリが癇癪《かんしゃく》を起こして殴ったり蹴《け》ったりすると、女は身を縮めながら、アーヤはお嬢さま《ミッシー・サーヒブ》のところに来られないのです、と繰り返すばかりだった。

その朝、お屋敷の中は妙だった。何ひとつとして、いつもの手順でおこなわれず、何人かのインド人召使いの姿もなかった。メアリが見かけた召使いたちは、みな血の気の失《う》せた怯《おび》えた顔で、あわてたように小走りで行ったり来たりしていた。でも、誰もメアリに説明してくれないし、アーヤも現れなかった。午前中ずっと放っておかれたので退屈し、とうとうメアリは庭に出ていき、ベランダの近くの木陰で一人遊びを始めた。花壇ごっこをすることにして、大きな深紅のハイビスカスの花を小さな土の山に挿す。そうやって遊んでいても腹立ちが募り、アーヤが戻ってきたら言ってやる言葉をぶつぶつとつぶやいていた。

「ブタ！　ブタ！　ブタの娘！」インド人にとって、ブタと呼ばれるのは最大の侮辱だったからだ。

歯ぎしりしながら何度もブタ、ブタと繰り返していたとき、母親が誰かとベランダに出てきたのに気づいた。金髪の若い男性がいっしょで、二人は声をひそめ、せっぱつまった口調でなにやら話している。メアリは少年のようなその青年のことを知っていた。イギリスから来たばかりの若い士官だと耳にしたことがある。メアリはじっくりと青年を観察したが、それよりも母親の方に視線を奪われていた。母親の姿を目にするたびに、メアリはいつもこんなふうに熱心に見つめた。なぜならメム・サーヒブは——メアリはお母さまと呼ぶよりもこう呼ぶことの方が多かった——すらりと背が高い美しい女性で、とてもきれいな服を着ていたからだ。絹のようにつややかな巻き毛に、周囲の人たちを小馬鹿にしているような繊細なツンとした鼻と、笑みをたたえた大きな目。服はどれも薄くふんわりしていて、メアリは「レースひらひら」と呼んでいた。今朝の服はいつも以上にたくさんのレースがあしらわれているようだったが、その目はまったく笑っていなかった。大きく見開かれた目はおののき、金髪の若い士官の方にすがるように向けられていた。

「それほど悪い状況なんですの？　ああ、そうなのね？」メム・サーヒブの言葉が聞こえた。

「最悪です」青年は震える声で答えた。「これ以上ないほど深刻です、レノックス夫人。二週間前に高地にいらっしゃるべきでした」

メム・サーヒブは両手をもみしぼった。

「ああ、本当にそうすべきだったわ！　あのくだらないディナーパーティー、あれに行くために残ったんです。なんて馬鹿だったのかしら！」

そのとき、悲嘆の声が使用人小屋の方からあがり、お母さまは青年の腕にとりすがった。メアリは全身をわなわな震わせながら立っていた。泣き叫ぶ声はますます大きくなっていく。

「あれは何ですの？　どうしたの？」レノックス夫人はかすれた声でたずねた。「誰かが死んだんでしょう。使用人のあいだにも感染が広がったとはおっしゃっていなかったが」

「知らなかったんです！」メム・サーヒブは叫んだ。「こちらにいらして！　いっしょにいらしてください！」彼女は向きを変えると、屋敷に走りこんでいった。

その後、ぞっとするようなことが次々に起き、朝の謎めいたできごとがメアリにも説明された。コレラの感染が手のほどこしようのないほど広まり、人々がハエのようにばたばた死んでいたのだ。夜のあいだに発病したアーヤがたった今息をひきとったので、小屋で召使いたちが泣き叫んでいたのだった。翌日までにさらに三人の召使いが死に、残りの召使いたちは恐怖のあまり逃げだしてしまった。どの家でも人が死にかけており、いたるところでパニックが広がっていた。

コレラが猛威をふるいだして二日目、屋敷じゅうの人間が混乱し、狼狽《ろうばい》して大騒ぎになっているあいだ、メアリは子ども部屋にひきこもり、誰からも忘れられていた。誰もメアリのことを思い出さなかったし、気遣ってあげようともしなかった。理解できない奇妙なことが次々に起きていたが、そのあいだメアリは泣き疲れては眠るということを繰り返していた。ただ、みんなが病気になったということしかわからず、家の中では得体の知れないぞっとする物音がしていた。一度だけ食堂に行ってみると誰もいなかったが、食べかけの食事がテーブルに残されていて、食事をしていた人々が何かの理由で大あわてで席を立ったみたいに椅子が乱暴に押しやられ、皿が散らばっていた。メアリは果物とビスケットを少し食べ、喉《のど》が渇いていたので、ほとんど口をつけていないグラスからワインを飲んだ。甘い味だったので、それが強い酒だということがわからなかった。たちまち猛烈な眠気に襲われ、メアリは子ども部屋に戻るとまた閉じこもった。使用人小屋から聞こえてくる泣き声も、走り回る不穏な足音も恐ろしくてならなかった。ワインのせいで眠くて眠くて目を開けていられなくなり、ベッドに横たわったとたん深く長い眠りに落ちていった。

メアリがぐっすり眠り続けているあいだ、多くのことが起きたが、悲痛な慟哭《どうこく》の声にも、屋敷に何かを運び入れたり運びだしたりする物音にも目を覚ますことはなかった。

ようやく目覚めたメアリはベッドに横たわったまま壁を見つめた。屋敷の中は物音ひとつしない。これほどの静寂は経験したことがなかった。人声も足音もまったくしないから、みんなコレラから回復して騒ぎは収まったの？とメアリは思った。アーヤが死んでしまったのなら、これからは誰がわたしを世話してくれるのだろう。新しいアーヤが来れば、たぶん新しいお話を知っているかもしれない。これまでのお話にはそろそろ飽きてきたところだ。自分の乳母が死んだからといって、メアリは泣かなかった。愛情深い子どもではなかったし、誰のこともたいして好きではなかったからだ。コレラ騒動のせいで、妙な物音や走り回る足音がしたり、泣き叫ぶ声が響いたりしたのは怖かったたし、自分がここにいることをみんなが忘れているらしいことには腹も立った。全員がコレラのせいでパニックになり、かわいげのない女の子のことなど考える余裕はなかったのだ。コレラが流行《はや》ると、人は自分のこと以外考えられなくなるのだろう。でも、コレラがおさまったのなら、きっと誰かが自分のことを思い出して捜しに来てくれるはずだ。

しかし、誰もやって来なかった。メアリがベッドに横になって待っているうちに、屋敷の静寂はますます深まっていくように感じられた。絨毯《じゅうたん》がこすれる音がしたので目をやると、小さなヘビがするすると這《は》っていくところで、ヘビは宝石のような目でじっとメアリを見つめた。恐怖は感じなかった。毒のないちっぽけなヘビだったし、急いで部屋から出たがっているようだったからだ。メアリが見ていると、ヘビはドアの下を通り抜けて外に出ていった。

「妙ね、こんなに静かなんて」メアリはつぶやいた。「この家にはわたしとヘビしかいないみたいだわ」

まもなく敷地のどこかで足音がして、それがベランダの方に近づいてくるのが聞こえた。何人かの男性の靴音で、男たちは屋敷に入ってきて低い声で話し合っているようだった。誰も彼らを出迎える様子はなく、男たちは勝手にドアを開けては次々に部屋をのぞきこんでいる。

「まったく悲惨なできごとだった！」と嘆く声がした。「あんなに美しい女性だったのに！　子どもも助からなかったんだろう。たしか子どもが一人いたと聞いたが、誰もその女の子を見かけていないからな」

数分後、彼らが子ども部屋のドアを開けたとき、メアリは部屋の真ん中に立っていた。男たちが目にしたのは、不器量で不機嫌そうな女の子だった。おなかがすいていたし、無視されて不愉快だったのでしかめ面もしていた。最初に部屋に入ってきたのは大柄な士官で、以前、お父さまと話をしているのを見かけたことがあった。彼は疲れて心配そうな顔をしていたが、メアリを見つけると、ぎょっとして飛びすさりそうになった。

「バーニー！」彼は叫んだ。「ここに子どもがいるぞ！　一人きりだ！　こんなひどい場所に！　驚いたな、この子は誰なんだろう？」

「メアリ・レノックスよ」女の子は精一杯胸を張って答えた。お父さまの家を「こんなひどい場所」と言うとは、なんて失礼なのだろう。「みんながコレラに感染したとき、わたし、眠ってしまって、ついさっき目が覚めたところなの。どうして誰も来ないの？」

「誰も見かけていないっていう例の女の子だ！」男は叫び、連れの方を向いた。「すっかり忘れられていたんだ！」

「どうして忘れられていたの？」メアリは足を踏み鳴らした。「どうして誰も来ないのよ？」

バーニーと呼ばれた青年はとても悲しげにメアリを見やった。青年が涙を振り払おうとしてまばたきをしたように、メアリには見えた。

「気の毒な子だ！」彼は言った。「この家にはもう誰もいなくなってしまったんだ。だから誰も来ないんだよ」

そうした異様な形で、いきなりメアリは父も母もいなくなったことを知らされたのだった。二人とも亡くなり夜のあいだに亡骸《なきがら》が運びだされ、無事だったわずかなインド人の召使いたちは我がちに屋敷から逃げだしてしまい、誰一人として、お嬢さま《ミッシー・サーヒブ》がいることを思い出さなかった。だから屋敷はこれほど森閑としていたのだ。家の中には自分と這っていく小さな蛇しかいないと感じたのは、当たっていたのである。

二章　つむじ曲がりのメアリ嬢

メアリは美しい母親を遠くから眺めては、なんてきれいなんだろうといつもうっとりしていた。しかし、母親のことはほとんど知らなかったので当然ながら愛情は湧かなかったし、亡くなったときも、さほど寂しいとも感じなかった。いや、実のところ、まったく寂しくなどなかった。メアリは自己中心的な子どもだったので、自分のことしか考えなかったのだ。もう少し大きかったら、両親とも失い、世の中で一人ぼっちになって不安でたまらなかっただろうが、まだとても幼かったし、これまでずっと誰かに世話をしてもらってきたので、当然これからもそうなるものと思いこんでいた。メアリが気にしていたのは、この先自分を待っているのは感じのいい人たちだろうか、これまでアーヤやインド人召使いがそうだったように、自分の好き勝手にさせてくれるだろうか、ということだけだった。

まずイギリス人牧師の家に連れていかれたが、そこにずっと住むのではないことはわかっていた。そんなことはこちらから願い下げだった。イギリス人牧師は貧乏で、年の近い子どもたちが五人もいた。みすぼらしい服を着た彼らはしじゅうけんかをし、おもちゃをとりあっていた。メアリは牧師の散らかった家にうんざりし、子どもたちに無愛想な態度をとったので、一日二日もすると誰も遊んでくれなくなった。二日目には子どもたちにあだ名をつけられたので、メアリは憤懣《ふんまん》やるかたなかった。

あだ名を最初に思いついたのはバジルだった。バジルは生意気そうな青い目をした鼻が上を向いている男の子で、メアリは彼が大嫌いだった。コレラが広がった日と同じように、メアリは木の下で一人で遊んでいた。お庭ごっこで土を何カ所か盛りあげ、小道をつけていたとき、バジルがやって来てそばに立ち見物しはじめた。たちまちバジルは興味を示して、いきなり口をはさんできた。

「そこに小石を積んで、岩石庭園にしたらどう？　ほら、そこの真ん中のところ」バジルはそう言いながら、メアリの方にかがみこんで指さした。

「あっちに行ってよ！」メアリは叫んだ。「男の子は嫌い。向こうに行って！」

一瞬バジルはむっとしたようだったが、すぐさまからかいはじめた。妹たちをしょっちゅうからかっていたから、女の子をからかうのはお手の物だった。バジルはおどけた顔をしてメアリの周囲を踊り回り、にやにや笑いながら歌った。

つむじ曲がりのメアリ嬢

あなたのお庭はどうなった？
銀の鈴と貝殻と
マリーゴールドまでいっしょに植えた

バジルが歌っていると、他の子どもたちもそれを聞きつけてげらげら笑いだした。メアリが怒れば怒るほど、子どもたちはここぞとばかり「つむじ曲がりのメアリ嬢」とはやしたてた。それを境に、メアリが牧師の家にいるあいだ子どもたち同士でメアリの話をするときは「つむじ曲がりのメアリ嬢」になったし、面と向かってそう呼ぶことさえたびたびあった。

「おまえ、国に返されるんだってな」バジルが言った。「この週末に。ああ、せいせいする」

「こっちこそ、せいせいするわ」メアリは言い返した。「国ってどこなの？」

「自分の国も知らないのか！」バジルは七歳の子どもらしく軽蔑《けいべつ》をむきだしにした。「イギリスに決まってるだろ。ぼくたちのおばあちゃんは向こうに住んでいて、メイベル姉ちゃんは去年おばあちゃんの家に行ったんだ。でも、おまえが行くのはおばあちゃんの家じゃないよ。おばあちゃんがいないから、叔父《おじ》さんのところに行くんだ。

アーチボルド・クレイヴンっていう人だってさ」

「そんな人、知らないわ」メアリはそっけなく言った。

「だろうと思ったよ。おまえはなんにも知らないからね。女の子はものを知らないんだ。お父さんとお母さんが話しているのを聞いたんだけどさ、その人は田舎にあるものすごく大きくて陰気な古い家に住んでいて、ひきこもってるんだって。いつも機嫌が悪くて一切、人とつきあわないし、みんなに避けられてるんだ。せむしで、すごくいやなやつらしいよ」

「あんたの言うことなんて信じないもん」メアリは言い返した。そして、くるっと背中を向けると、それ以上聞きたくなかったので耳に指を突っ込んだ。

しかし、あとになってから、メアリはあれこれ考えてみた。もっとも、その晩クロフォード牧師の奥さんから、あなたは二、三日したらイギリスまで船に乗って、ミスルスウェイト屋敷に住んでいるアーチボルド・クレイヴン叔父さまのところに行くことになったのよ、と聞かされたとき、メアリは表情ひとつ変えず、興味らしきものもまったく示さなかった。牧師夫妻はメアリが何を考えているのかわからず困惑し、メアリにやさしく接しようとした。でも、クロフォード夫人がキスしようとしても、メアリは顔をそむけるだけだったし、クロフォード牧師に肩を軽くたたかれると、身を硬くこわばらせる始末だった。

「ほんとに見栄えのしない子よねえ」クロフォード夫人は気の毒そうに言った。「お母さんはあんなに美人だったのに。それに、とても愛想がよかったし。メアリみたいにかわいげのない子は見たことがないわ。こどもたちったら『つむじ曲がりのメアリ嬢』って呼んでいるのよ。たしかに失礼な言いぐさだけど、それも仕方ないかしらっていう気になるわね」

「母親がそのきれいな顔と感じのいいマナーで、もっと頻繁に子ども部屋に足を運んでいたら、メアリだって礼儀ってものを学んだんじゃないかな。実に悲しいことだね。あの気の毒な佳人が亡くなったとき、大半の人は子どもがいたことすら知らなかったんだ」

「お母さんは娘のことなんてほとんど眼中になかったんだと思うわ」クロフォード夫人はため息をついた。「アーヤが亡くなったら、あの子を気に懸ける人は誰もいなかったのよ。召使いたちは我先に逃げだして、あのがらんとした屋敷に一人きりで置き去りにされたなんてねえ。マグルー大佐はドアを開けて、あの子が部屋の真ん中にポツンと立っているのを見たときは飛び上がりそうなほど驚いた、とおっしゃっていたわ」

メアリは士官の奥さんに連れられて、イギリスまで長い船旅をした。奥さんは寄宿舎に入れるために自分の子どもたちを本国に連れていくところだったので、メアリを同伴したのだ。奥さんは小さな息子と娘の世話で手一杯だったので、ロンドンに着き、アーチボルド・クレイヴン氏が迎えに寄越した女性にメアリを引き渡すとほっと胸をなでおろした。迎えの女性はミスルスウェイト屋敷の家政婦で、メドロック夫人といった。がっちりした体つきで、真っ赤な頬に鋭い黒い目、鮮やかな紫色の服を着て、黒玉の縁飾りのついた黒いシルクのマントをはおり、黒いボンネットをかぶっていた。ボンネットには紫色のベルベットの花飾りがついていて、メドロック夫人が頭を動かすたびにゆらゆら揺れた。メアリはメドロック夫人をまったく好きになれなかったが、そもそも誰かを好きになることなどほとんどないので意外ではなかった。それに、メドロック夫人の方もメアリに好感を持たなかったのはあきらかだった。

「あらまあ！　ずいぶん不細工な子だこと！」メドロック夫人は言った。「お母さんはたいそうな美人だったと聞いてますけど、この子は母親似じゃなかったようですね、奥さま？」

「大きくなればきれいになるんじゃないかしら」人のいい士官の奥さんはとりなした。「こんなに顔色が悪くなくて、もうちょっとにこにこしていればねえ……目鼻立ちはけっこう整っていますよ。子どもはとても変わるものですからね」

「相当変わらないとだめでしょうね。それに、言っておきますけど、ミスルスウェイト屋敷には子どもがいい方に変わるようなものなんて、ひとつもないんですよ！」

二人ともメアリには話が聞こえていないと思っていたが、ちゃんと聞こえていた。メアリは投宿したホテルの窓際に立ち、行き過ぎる乗り合い馬車や辻《つじ》馬車や通行人を眺めながら大人の話に耳を澄まし、叔父さまや住んでいる屋敷について興味しんしんだった。どんなところなのだろう、叔父さまはどんな人なの？　せむしってどういうものなの？　メアリはせむしの人を見たことがなかった。たぶんインドにはいなかったのね。

ずっと他人の家で過ごしていてアーヤもいなかったせいか、ふいに寂しくなり、これまで感じたことがなかったような奇妙な思いが胸に湧きあがった。お父さまとお母さまが生きているときにも、自分が家族の一員だと感じたことがなかったのはどうしてだろう？　他の子どもたちには両親がちゃんといたけど、自分は一度も誰かの娘だと感じたことはない気がした。召使いもいて、食べ物も服もあった。だけど、誰も自分を大切に思ってくれなかった。それは自分が感じの悪い子どもだったせいだとは、メアリには思いもよらなかった。そもそも自分が感じの悪い子だとは考えていなかったのだ。他人のことはいやな人だと思うことがよくあったが、自分自身がそうだとは気づいていなかった。

メドロック夫人のことも、実に不愉快な人だと思った。やけに血色のいい品のない顔に田舎っぽい派手なボンネット。翌日ヨークシャー行きの列車に乗るために駅の構内を歩いているとき、メアリは頭をツンともたげ、できるだけメドロック夫人から離れて歩こうとした。親子に見られたらたまらないと思ったからだ。この人の娘だと思われるなんて、腹立たしいことこのうえなかった。

しかし、メドロック夫人はメアリの態度にも考えにも、まるっきり動じる様子はなかった。彼女は「子どものたわごとなど許しません」というタイプの女性だったのだ。少なくとも、誰かにたずねられたら、そう答えただろう。だいたい、妹のマリアの娘の結婚式と重なっていたので、メドロック夫人はロンドンくんだりまで来たくなかったのだ。しかし、ミスルスウェイト屋敷の家政婦の仕事は居心地がよく、お給金もよかったから、クビにならないためには、アーチボルド・クレイヴン氏に頼まれたことを即座に引き受けるしかない。疑問を差しはさむことすらしなかった。

「レノックス大尉と奥方がコレラで死んだそうだ」クレイヴン氏はいつものそっけない冷淡な口調で告げた。「レノックス大尉は妻の兄で、わたしは夫妻の娘の名付け親になっている。子どもはここで暮らすことになった。おまえにロンドンまで行って、子どもを連れてきてもらいたい」

そこでメドロック夫人は小さなトランクに荷物を詰め、旅をしてきたのでメアリは列車の客室の隅にすわり、むすっとした顔をしていたので、相変わらず不器量に見えた。読むものも眺めるものもなかったので、黒い手袋をはめたやせた小さな手を膝《ひざ》に置いてじっとしていた。黒い服のせいで、いっそう黄色い顔色が目立ち、黒いクレープ地の帽子の下から細くて艶《つや》のない金色の髪がはみだしている。

「こんなに気むずかしそうな子は見たことがないよ」メドロック夫人は心の中で思った。何もしないで、こんなにじっとすわっている子も見たことがなかった。とうとう子どもを眺めているのにうんざりして、持ち前のはきはきしたぶっきらぼうな口調で話しかけた。

「これから行く場所について、話しておいた方がよさそうですね。叔父《おじ》さまのことは何か知ってますか？」

「知らない」メアリは答えた。

「お父さまやお母さまは一度も話してくれなかったんですか？」

「ええ、聞いてないわ」メアリは眉《まゆ》をひそめた。考えてみたら、お父さまもお母さまも特別に何かを話してくれたことなど一度もなかったと思い出したのだ。いろいろな事情を両親から聞かされていないのはまちがいなかった。

「あらまあ」メドロック夫人はつぶやき、メアリの妙に表情のない顔をしげしげと眺めた。メドロック夫人はしばらく黙りこんでから、また口を開いた。

「少し話しておいた方がいいわね――心の準備をするために。これから行くのは一風変わった家なんです」

メアリはやはり何も言わなかった。あきらかに関心のないメアリの様子にメドロック夫人はとまどったようだったが、ひと息つくと、先を続けた。

「陰気だけれど、それはもう大きなお屋敷なんです。クレイヴン氏はお屋敷のことをそれなりに誇りに思っていらっしゃるわ――そのことも、まあ気が滅入《めい》りますけどね。お屋敷は六百年前に建てられ、ムーアのはずれにあります。百部屋ぐらいありますけど、ほとんどの部屋は閉めっきりになって鍵《かぎ》がかけられています。それからたくさんの絵やりっぱな古い家具が、もうずっと前からあってね。お屋敷の周囲は広い敷地で庭園や並木になっていて、なかには地面に届きそうなほど枝垂れた木もあるのよ」

そこで言葉を切り、また息を整えた。「だけど、他には何もないんです」いきなり話を打ち切った。

メアリはいつのまにか話に聞き入っていた。インドとは何もかもちがっているようだったし、新しいことに興味を引かれたのだ。しかし、自分が関心を持っていることを知られたくなかった。メアリには残念ながら、そういうひねくれたところがあった。だから、身じろぎもせずに黙ってすわっていた。

「ねえ、どう思います？」メドロック夫人が水を向けた。

「別に。そういう場所のことは全然知らないし」

その返事に、メドロック夫人は吹き出した。

「んまあ！　年寄りくさいことを言うんですね。気にならないんですか？」

「わたしが気にしてもしなくても、変わらないでしょ」

「まあ、たしかにそうね、何も変わらないわ。あなたがどうしてミスルスウェイト屋敷に引きとられることになったのかは知らないけれど、たぶん、それがいちばん簡単だからでしょうね。言っときますけど、旦那《だんな》さまはあなたのことでわずらわされるつもりはありませんよ、それはまちがいないわ。旦那さまは面倒をかけられるのがお嫌いなんです、誰のことだろうと」

メドロック夫人はもう少しで口を滑らせるところだった、と言わんばかりに唐突に言葉を切った。

「旦那さまは背中が曲がっているんです」彼女は話を変えた。「それであんなに偏屈におなりになったんでしょうね。若いときからそりゃあ気むずかしくて、お金や大きなお屋敷があっても何の役にも立たなかった。でもね、結婚なさってお変わりになったんです」

興味を持っていることを悟られまいとしていたのに、メアリはメドロック夫人の方についい視線を向けてしまった。せむしの人が結婚するとは考えていなかったので、いささか驚いたのだ。メドロック夫人はそれに気づき、もともと話好きな女性だったこともあり、いっそう熱を入れてしゃべりだした。ともあれ、こうしていれば退屈しのぎにはなるわ、と思ったのだろう。

「奥さまはやさしくてきれいな方でした。旦那さまは奥さまがほしいと言った草花を手に入れるためなら、地球の裏側にだっていらしたでしょうね。奥さまが旦那さまと結婚するとは誰も思っていなかったんですけど、いざ二人が結婚すると、世間じゃ、お金めあてだと噂しました。だけど、ちがったんです――お金めあてなんかじゃなかった、絶対に。奥さまが亡くなると――」

メアリは思わずびくっとした。

「え！　亡くなったの！」メアリは我知らず声をあげてしまった。前に読んだ『巻き毛のリケ』というフランスのおとぎ話を思い出したのだ。それは気の毒なせむしの男と美しいお姫さまの話で、急にアーチボルド・クレイヴン氏が気の毒になってきた。

「そう、亡くなったんです」メドロック夫人は答えた。「そのせいで旦那さまはいっそう頑《かたく》なになられてしまった。誰にも関心を持たなくなり、誰とも会おうとされないんです。たいてい旅に出ていらして、ミスルスウェイト屋敷にいらっしゃるときは西棟にこもって、ピッチャー以外は誰も寄せつけようとしない。ピッチャーというのは年寄りの執事ですけどね、旦那さまが子どもの頃からお世話しているので、旦那さまのご気性を心得ているんです」

まるでおとぎ話の中のできごとのようで、メアリは憂鬱《ゆううつ》な気分になった。百もの部屋があるお屋敷、どの部屋も閉めきられてドアには鍵がかけられている。ムーアのはずれに建つ家。ムーアというのはよくわからないけど、ぞっとする場所のように思えた。おまけに背中が曲がった叔父さまはずっと部屋に閉じこもっている！ 唇をぎゅっと結んで窓の外を眺めた。ちょうど横殴りの灰色の雨が降りだしたところだった。雨が窓ガラスをたたき、筋を引いて流れ落ちていくさまは、まさに今の話にふさわしく思えた。そのきれいな奥さんが生きていたら、メアリの母親のようににぎやかに暮らし、「レースひらひら」の服を着てしょっちゅうパーティーに出かけ、屋敷内を陽気にしたかもしれないのに。でも、その人はもういないのだ。

「旦那さまにお目にかかる心づもりは不要ですよ。十中八九、旦那さまはあなたに会おうとされないでしょうから」メドロック夫人が念を押した。「それから、誰かに話し相手になってもらおうと期待しないこと。一人で遊んで、自分の面倒は自分で見てください。どの部屋に入っていいか、どの部屋に近づいてはいけないかはあとで教えます。庭園はいくつもあるし広いわ。でも、お屋敷の中をやたらに歩き回って、あちこちのぞいたりしないようにね。クレイヴン氏はそういうことをお許しになりません」

「あちこちのぞくつもりなんてないわよ」メアリはむっとして言い返した。アーチボルド・クレイヴン氏のことを気の毒だと思いかけていたが、あっという間に同情は消え失《う》せ、不愉快な人間だから、こういう不運に見舞われるのも当然だと感じた。

　そして雨水が流れ落ちる客室の窓ガラスに顔を向けると、灰色に煙る風景をじっと見つめた。雨はいつまでもいつまでも止まないように思えた。ずっと見ているうちに、目の前の灰色の雨脚はますます強まっていき、メアリはいつのまにか眠りに落ちていた。

三章　ムーアを越えて

メアリは長いあいだ眠った。目を覚ましたとき、メドロック夫人が途中の駅でランチバスケットを買っておいてくれたので、二人はチキンとコールドビーフとパンとバターと熱いお茶のお昼を食べた。雨はますます激しくなり、駅にいる人々はみんな濡《ぬ》れて光る防水コートを着ていた。車掌が客室のランプを灯《とも》しに来て、メドロック夫人はお茶とチキンとビーフで少し元気を取り戻したようだった。メドロック夫人はたくさん食べ、食事がすむと眠りこんでしまった。メアリは眠っているメドロック夫人と、その派手なボンネットが片側に滑り落ちるのを眺めていたが、窓ガラスをたたく雨音を子守歌にして、いつのまにか自分も客室の隅でまた眠りこんだ。再びメアリが目覚めたとき、外は真っ暗になっていた。列車が駅に停まっていて、メドロック夫人に揺すぶられて起こされた。

「さんざん眠ったでしょ！　そろそろ目を開けて！　スウェイト駅に着きましたよ。これから長いこと馬車に乗るんです」

メアリは立ち上がり、メドロック夫人がメアリの荷物をまとめているあいだ、どうにか目を開けていようとした。メアリは手伝おうとはしなかった。インドでは荷物は常にインド人の召使いが運んでくれたし、誰かにかしずかれることが当然だと思っていたからだ。

駅は小さく、列車から降りたのは二人だけのようだった。駅長はメドロック夫人にがさつだが愛想よく話しかけた。それは奇妙な田舎っぽいしゃべり方で、あとになってメアリはそれがヨークシャー弁だということを知った。

「ほう、お帰りさん」駅長は言った。「そん子を迎えに行っておったんか」

「んだ、この子だわ」メドロック夫人は肩越しにメアリの方にぐいと顎《あご》をしゃくりながら、自分もヨークシャー弁で応じた。「で、奥さんの具合はどうかね？」

「ようなっとるわ。外で馬車が待っとるよ」

箱馬車が道に停まり、扉の前には小さな昇降台が用意されていた。メアリはそれがとてもりっぱな馬車で、彼女を助けて乗せてくれた従僕の身なりもりゅうとしていることに気づいた。従僕の防水コートも帽子の防水カバーも、がっちりした駅長のコートも、周囲の何もかもが雨で濡れて光り、ポタポタと水滴を垂らしている。

従僕がドアを閉め御者と並んですわると、馬車は出発した。メアリはクッションのきいた座席に心地よくもたれていたが、もう眠るつもりはなかった。体を起こして馬車の窓から外を眺めながら、メドロック夫人が話してくれた奇妙なお屋敷に通じる道に何か見えないかと目を凝らした。メアリは臆病《おくびょう》な子どもではなかったし、怯《おび》えているわけでもなかったが、ほとんどいつも閉めきられた部屋が百もあるお屋敷では、何が起きるかわからないと思った。しかも、ムーアのはずれに建っている家なのだ。

「ムーアってなあに？」メアリはいきなりメドロック夫人にたずねた。

「十分したら窓からのぞいてごらんなさい。そうすればわかりますよ」メドロック夫人は答えた。「お屋敷に着くまで、ミスル・ムーアの中を五マイルも走らなくてはならないんです。今夜は月がないからたいして見えないけど、それでもなんとなくわかるでしょう」

メアリはそれ以上質問をせず、暗い馬車の中で窓に視線を向けたまま待った。馬車のランプが行く手に光を投げかけていたので、一瞬だけ風景が見てとれたが、次々に後方に流れていく。駅を出発したあと小さな村を抜けていくと、白い石灰塗りのちっぽけな家々やパブの明かりが見えた。それから教会と牧師館を通過し、おもちゃやお菓子がウィンドウに並べられているこぢんまりした店らしき建物の前も通り過ぎた。やがて街道に出ると、生け垣や並木が見えた。それっきり、長いあいだ何も見えなくなった。少なくともメアリにとっては長い時間に感じられた。

とうとう馬の歩みが遅くなり、丘を登りはじめたようだ。周囲にはもう生け垣も木々もなかった。それどころか、両側にはいっそう濃い闇が広がっているだけで、何ひとつ見えない。メアリが体を乗りだし、顔を窓ガラスに押しつけたとき、馬車がガクンと大きく揺れた。

「ほらね！　ムーアに入りましたよ」メドロック夫人が言った。

馬車のランプの黄色い光が荒涼とした道を照らしだした。道は灌木《かんぼく》や茂みを切り開いて作られたようで、行く手はどこまでも広がる闇にすっぽりとのみこまれていた。風が強くなり、ごうごうと異様な低い音を立てて吹き荒れている。

「これって——海じゃないわよね？」メアリは振り返ってメドロック夫人を見た。

「いいえ、ちがいますよ。野原でも山でもなく、ただ何マイルも何マイルも荒れ地が広がっているんです。荒れ地にはヒースとハリエニシダとエニシダしか生えなくて、野生のポニーとヒツジしかいない土地なんですよ」

「水があったら、海かと思ったわ」メアリは言った。「だって海みたいな音がするもの」

「茂みのあいだを吹き抜けていく風の音ですよ。わたしに言わせりゃ、荒涼としたわびしい場所だけど、ムーアが好きな人はたくさんいますよ。特にヒースの花が咲く時期はね」

闇の中、馬車はひたすら走り続けた。雨は止んだが、かえって風が強まり、口笛のようなヒューヒューという不気味な音を立てている。道は上ったかと思うと下り、猛烈な勢いで流れていく早瀬にかかる小さな橋をいくつか渡った。道は先へ先へと果てしなく続いている。広大な何もないムーアは黒々とした大海原で、そこに延びるひと筋の乾いた地面を走っている、メアリはそんな気がしてきた。

「ここは好きになれないわ」メアリはひとりごちた。「いやだわ」彼女は薄い唇をいっそうきつく引き結んだ。

馬が坂道を上がりはじめたとき、ようやく光が見えた。メアリとほぼ同時にメドロック夫人も光を見つけ、安堵《あんど》の吐息をついた。

「やれやれ、瞬いている光を見るとほっとするねえ」彼女はうれしそうに言った。「門番小屋の光ですよ。ともかく、あとしばらくで熱いお茶が飲めるわ」

たしかにメドロック夫人が言うように、「しばらく」かかった。馬車は敷地の門を通過してから、さらに木立のあいだを二マイルも走らなくてはならなかったのだ。木立は天蓋《てんがい》のようになっていたので、まるで長くて暗いトンネルの中を走っているみたいだった。

木々のトンネルを抜けて開けた場所に出ると、石造りの中庭を囲むように横に長く伸びた低層の建物の前で馬車は停まった。最初のうちメアリは窓にはひとつも明かりが見えないと思ったが、馬車を降りると、二階の隅の一部屋で小さな光が灯《とも》っているのが見えた。

どっしりした巨大な玄関ドアは、大きな鉄鋲《てつびょう》が打たれ太い鉄桟が差し渡された風変わりな形のオーク板を組み合わせて作られたものだった。ドアが開くと、そこは広々とした玄関ホールで、あまりにも薄暗いので、メアリは壁にかけられた肖像画の顔や、飾られた甲冑《かっちゅう》に目を向ける勇気がなかった。石敷の床に立っているメアリは黒い服をまとい、とても小さくて場違いに見えた。メアリ自身も途方に暮れ、この場にそぐわないように感じていた。

玄関を開けてくれた男性の使用人の横に、きちんとした身なりのやせた老人が立っていた。

「この子を部屋に連れていきなさい」老人はしゃがれた声で命じた。「旦那《だんな》さまはお会いにならないとのことだ。朝にロンドンに向けて出発するご予定なのでね」

「かしこまりました、ピッチャーさん」メドロック夫人は答えた。「ご指示いただければ、すべてそのようにいたしますので」

「あんたに頼みたいのはな、メドロック夫人、旦那さまの邪魔をしないように心することだ。そして、旦那さまの望まぬものが決してお目に触れないようにしなさい」

そしてメアリ・レノックスは広い階段を上がり、長い廊下を歩き、短い階段を上がって、さらに別の廊下を進み、また別の廊下に折れ、ようやく開いたドアの前まで来た。部屋に入ると暖炉で火が燃え、テーブルには夕食が用意されていた。

メドロック夫人は淡々と言った。

「さて、着きましたよ！　この部屋と隣の部屋が、あなたの暮らす場所です。それ以外のところにはふらふら行かないように。それを忘れないようにね！」

こうしてメアリはミスルスウェイト屋敷に到着したが、これほどつむじ曲がりな気持ちになったことはおそらくなかっただろう。

四章　マーサ

朝になってメアリは目を覚ました。若いメイドが暖炉に火をおこすために部屋に入ってきて、炉端の敷物にひざまずき、燃えがらをうるさい音を立ててかきだしはじめたからだ。メアリは横になったままメイドをしばらく眺め、それから部屋を見回した。こういう部屋は見たことがなく、風変わりで陰気だと思った。壁という壁は森の風景が刺繍《ししゅう》されたタペストリーで覆われている。木陰には風変わりな服装の人々が立ち、遠くにお城の尖塔《せんとう》がいくつか見えている。狩人《かりゅうど》に馬に犬に貴婦人たち。その人たちといっしょに自分まで森の中にいるような気持ちになった。出窓からは木が一本も生えていない丘陵が広がっているのが見えた。まるで果てしなく続く紫がかったどんよりした海のようだ。

「あれは何？」メアリは窓の外を指さした。

若いメイドのマーサはちょうど立ち上がったところで、そちらに目をやり、同じように指さした。

「あれかい？」マーサはたずねた。

い？」

「そう」

「ありゃ、ムーアだよ」人がよさそうににっこりした。「あんた、気に入ったのか
「いいえ」メアリはそっけなく答えた。「大嫌い」

「そりゃ、慣れてないせいさね」マーサはまた暖炉の方にかがみこんだ。「今はだだっ広いだけで、なんもないからねえ。だけど、そのうち好きになるって」

「あんたは好きなの？」メアリはたずねた。

「そりゃあ、そうだよ」マーサは暖炉の火格子をごしごしこすりながら陽気に答えた。「もう大好きだよ。あそこ、なんもない地面じゃないんだよ。いろんなものがいちどきに生えてくると、甘い匂いがしてさ。春と夏には、ハリエニシダとエニシダとヒースの花が咲いて、そりゃもう、きれいなんだ。蜂蜜《はちみつ》の甘い匂いが漂ってるし、空気は新鮮だし――空がすっごく高くなって、蜂がブンブン飛び回るわ、ヒバリはチュンチュンさえずるわ、とってもにぎやかになってさ。ああ！　あたしはムーアのないところなんかで暮らしたくないね」

　メアリはひどくとまどいながら、マーサのおしゃべりを聞いていた。インドにいた頃の召使いたちとは大違いだ。インド人の召使いたちはメアリにこびへつらい、ぺこ

ぺこして、主人に向かって対等の口をきくなんてことは絶対にありえなかった。召使いたちは右手を額にあてがってうやうやしくお辞儀をし、主人のことは「貧民をお守りしてくださる方」などと呼んでいた。インド人の召使いたちは何かをするように頼まれるのではなく、命じられるのだった。召使いに向かって「お願いします」とか「ありがとう」と言う習慣もなく、メアリは腹が立つと、いつもアーヤの横っ面をひっぱたいていた。このメイドをひっぱたいたらどうするだろう、とメアリはちらっと思った。メイドはぽっちゃりして、薔薇色《ばらいろ》の頰をした人のよさそうな娘だったが、負けん気も強そうだったので、はたき返されるかもしれない。たとえ相手が小さな女の子だとしても。

「あんたって、変わった召使いね」メアリは寝たまま傲慢《ごうまん》な口調で言った。

マーサは手に磨きブラシを持ち、膝《ひざ》をついたまま体を起こすと、気を悪くした様子もなくからっと笑った。

「うん！　あたしにもわかってんだ。ミスルスウェイト屋敷に奥さまがいらしたら、まあ、下働きのメイドにもなれなかったよ。皿洗いがいいとこで、お部屋には上がれんかった。行儀作法も知らんし、このヨークシャー弁だしさ。だけど、ここはすごくでっかいお屋敷だけど、変わってるんだ。まるで旦那さまも奥さまもいないみたいで、ピッチャーさんとメドロック夫人が切り盛りしてるんだよ。クレイヴンさまはお屋敷にいても、邪魔してくれるなっつうことでさ。それに、たいていお留守だし。メドロック夫人が親切にあたしを雇ってくれたんだよ。ミスルスウェイト屋敷が他のお屋敷みたいだったら、そんな真似はできなかったって言ってたよ」

「あんた、あたしの召使いになるの？」インド式の居丈高な口調でメアリはたずねた。

マーサはまた火格子をこすりはじめた。

「あたしはメドロック夫人に雇われてるの」マーサはきっぱりと言った。「で、メドロック夫人はクレイヴンさまに雇われてる――だけど、あたしはここでメイドの仕事をして、あんたの世話も少しはすることになってる。だけど、世話なんてあんまり必要じゃないよね？」

「誰がわたしに服を着させてくれるの？」メアリはたずねた。

マーサはまた顔を上げて、目を丸くした。驚きのあまりヨークシャー弁がひどくなった。

「あんれ、自分じゃでけんがね？」

「何を言ってるの？　あんたの言葉、よくわからないわ」メアリは言った。

「おっと！　忘れちまった」マーサは言った。「メドロック夫人に注意せんと、あんたの言ってることを理解してもらえんって言われとったんだ。あたしの言ってるのはね、自分で服ぐらい着られないのかってことだよ」

「着られるわけないでしょ、自分で着たことなんて一度もないもの」メアリは憤慨して言い返した。「アーヤが着せてくれたの、当たり前でしょ」

「ふうん、じゃ、そろそろ自分で服を着るようにした方がいいね」マーサは自分が生意気を言っていることにまったく気づいていないようだった。「早けりゃ早い方がいいよ。自分で自分のことをするのはあんたのためにもなるからね。うちのお母ちゃんはいつもそう言ってるよ。えらいさんちのお子さんたちは馬鹿になっちまうんじゃないかって――乳母がつきっきりで、顔を洗ってもらって、服を着せてもらって、子犬みたいに散歩に連れていってもらってさ！」

「インドでは事情がちがうの」メアリは見下したように言った。マーサの言いぐさにはもはや我慢できそうになかった。

しかし、マーサはまったく意に介さなかった。

「だろうねえ！　さぞ、ちがうんだろうね」同情のこもった口ぶりになった。「あたし、思うんだけどさ、りっぱな白人じゃなくて、黒い人がたくさんいるせいなんじゃないかねえ。あんたがインドから来たって聞いたんで、あんたも肌が浅黒いのかと思ってたんだ」

メアリは怒りのあまり、がばっとベッドに身を起こした。

「なんですって！」メアリは叫んだ。「何を言うの！　あんた、わたしがインド人だと思ってたの？　この、この——ブタの娘」

マーサはむっとしたようにメアリをにらんだ。

「なんて汚い口きくの？　そんなに怒らなくてもいいでしょうが。それ、レディの言葉遣いじゃないよ。あたしは黒い人を悪く言うつもりはまったくないんだ。教会のパンフレットには、黒い人はとても信心深いって書いてあるしね。黒い人も同じ人間です、兄弟ですって。ただ、これまで見たことがなかったから、そういう人を近くで見られたらうれしいなと思ったんだよ。そんで、今朝、暖炉に火をおこしに来たときにね、そっと布団をめくってあんたを見てみたの。そうしたらさあ」残念そうに言った。「あたしと同じで全然黒くなかったんだもん。まあ、あんたの方がずっと黄色いけどね」

メアリはもはや怒りと屈辱を抑えられなかった。

「わたしをインド人だと思うなんて！　よくもよくも！　あんた、インド人のことなんて何も知らないくせに！　インド人はわたしとは全然ちがう。あの連中はわたしに深くお辞儀をしなくちゃならない召使いなの。あんた、インドのことなんて何も知らないくせに。どんなことだって、何も知らないくせに！」

　メアリは激高しながらも、マーサにただじっと見つめられて無力感を覚えた。ふいにぞっとするほどの孤独が湧きあがり、これまで理解していたものや、自分を理解してくれていたものから遠く離れてしまったことをまざまざと感じた。ついに、その思いに耐えられなくなり、枕に顔を押しつけると激しく泣きじゃくりだした。あまり身も世もなく泣き続けるので、人のいいヨークシャー育ちのマーサは少し不安になってきた。と同時に、メアリをとても気の毒に思った。ベッドに近づいていくと、メアリにかがみこんだ。

「ねえ！　どうかそんなに泣かないで！」マーサはなだめようとした。「ね、もう泣かないでって。あたし、あんたが怒るなんて思ってなかったんだよ。たしかにあたしはものを知らないんだ、あんたが言ってたとおりだよ。ねえ、ねえ、お願いだから、嬢ちゃん、どうか泣くのをやめておくれよ」

　ヨークシャー育ちのメイドの話し方も、その木訥《ぼくとつ》な態度も、どことなく心を慰めてくれたし、その口調にはまちがいなく親しみがこもっていた。それでメアリも少し気分が落ち着いてきた。少しずつ涙がおさまってきて、やがて泣き止んだ。マーサはほっとしたように見えた。

「そろそろ起きたらどうかねえ」マーサは勧めた。「朝食とお茶とディナーはこの隣の部屋に運ぶようにって、メドロック夫人に言われているんだよ。そっちはあんたのために子ども部屋として使うことになったの。ベッドから出たら、着替えを手伝ってあげるよ。背中にボタンがあったら、自分じゃ留められんもんねえ」

ようやくメアリが起き上がってみると、マーサが衣装だんすからとりだしてきた服は、ゆうべメドロック夫人に連れられて屋敷に着いたときに身につけていたものではなかった。

「それ、わたしの服じゃないわ」メアリは言った。「わたしのは黒い服よ」

メアリは厚手の白いウールの上着とドレスをちらっと見てから、気に入ったので冷静につけ加えた。

「わたしのものよりも上等ね」

「これを着なさいってさ」マーサは答えた。「クレイヴンさまがメドロック夫人にロンドンで買ってくるように言いつけなさったんだよ。『黒い服を着た子どもに亡霊さながら家の中をうろついてもらいたくないんだ。ますます屋敷が陰気になるからな。明るい色を着せなさい』って。お母ちゃんもさ、旦那《だんな》さまのおっしゃりたいことは理解できるって言ってたよ。お母ちゃんは人の言いたいことがいつもわかるんだ。お母ちゃん、黒い服には賛成できないって言ってたよ」

「わたしも黒い服は大嫌いなの」

着替えるあいだに、どちらも相手のことが少しわかってきた。マーサは妹や弟たちのボタンを留めてやったことはあったが、こんなふうにぼうっと突っ立ったまま、人にやってもらうのを待っている子どもは見たことがなかった。

「なんで、自分で靴をはかないんだね？」マーサはメアリが黙って足を突きだすとたずねた。

「アーヤがいつもやってたから」メアリはびっくりしたように言った。「それがしきたりだったの」

メアリはしょっちゅうその言葉を口にした。「それがしきたりだったの」インド人の召使いはいつもそう言っていた。千年ものあいだ先祖たちがやってこなかったことを命じられると、相手に穏やかなまなざしを向けて、「それはしきたりではございません」と答えた。そう言われたら、そこで話は終わりだった。

メアリは人形のように突っ立って服を着せてもらうのがしきたりで、何かを自分でする習慣はなかったが、朝食の席につく頃には、ミスルスウェイト屋敷での生活では新しい習慣を覚えることになりそうだ、とうすうす勘づきはじめていた。たとえば自分で靴と靴下をはくこととか、落としたものを自分で拾うとか。マーサがよく仕込まれたお嬢さまづきのメイドだったら、もっと従順で礼儀をわきまえていて、髪をブラッシングしたりブーツのボタンを留めたり、いろいろなものを拾い上げて片付けたりするのは自分の仕事だと心得ていただろう。しかし、マーサは行儀作法も知らないヨークシャー生まれの田舎娘で、たくさんの弟妹たちといっしょにムーアのコテージで育ったので、自分で自分のことをするのは当たり前だった。世話をしてもらえるのは、抱っこされている赤ん坊か、ようやくよちよち歩きを始めたばかりで、いろいろなものをひっくり返してしまう幼児だけだ。

メアリ・レノックスがいろいろなことを気軽におもしろがる子どもだったら、マーサのおしゃべりに笑っただろう。しかし、メアリはマーサがなれなれしいことに憮然《ぶぜん》として、マーサの話を聞き流しているだけで、最初のうちはマーサの話にまったく興味がなかった。それでも人がいい木訥なマーサがあまり熱心にしゃべり続けるもので、じょじょに惹《ひ》きつけられていった。

「ほんと、きょうだいたちを見せてあげたいよ」マーサは言った。「十二人の子どもがいるんだけどさ、お父ちゃんは週に十六シリングしか稼ぎがないんだ。だもんで、そのお金でみんなにポリッジを食べさせるのに、お母ちゃんはえらく苦労してる。みんなムーアで走り回って朝から晩まで遊んでっから、ムーアの空気は子どもを太らせるってお母ちゃんは言ってるよ。野生のポニーとおんなじでさ、うちの子たちもあそこに生えとる草を食べてんじゃないかって。うちのディコンはさ、十二になんだけど、自分のポニーを持ってるんだよ」

「どこで手に入れたの？」メアリは質問した。

「ポニーがまだちっこい頃に母親といっしょにムーアにいるのを見つけて、仲良くなったのさ。パン切れだの摘んできたやわらかい草だのをあげるようになったら、ポニーはすっかりディコンになついちゃって、あとをついて回るし、背中にも乗せてくれるようになったんだって。ディコンはやさしい子だから、動物に好かれるんだよ」

メアリはペットを飼ったことがなかったので、かねがね自分も何かペットがほしいと思っていた。そこで、ディコンにわずかとはいえ好奇心がかきたてられた。これまで自分以外には一切関心を持ったことがなかったので、それは健全な感情の芽生えと言えただろう。子ども部屋に改装された隣の部屋に行ってみると、寝室と同じような造りだった。子ども部屋ではなく、大人の私室で、壁には陰気な古めかしい絵がかけられ、どっしりした古いオークの椅子が置かれていた。部屋の真ん中のテーブルにはおいしそうな朝食がたっぷり用意されている。しかし、メアリはいつも小食だったので、マーサが目の前においてくれた皿をうんざりしたように見やった。

「食べたくないわ」メアリは言った。

「ポリッジをいらないって言うのかい⁉」マーサは信じられないように叫んだ。

「そう」

「すっごくおいしいよ。蜂蜜《はちみつ》とお砂糖をちょっぴりかけてごらん」

「食べたくないんだってば」メアリは繰り返した。

「おったまげたね！　こんなおいしい食べ物がむだになるなんてとんでもないこった。うちの子たちがこのテーブルにいたら、五分でぺろっと平らげちまっただろうに」

「どうして？」

「どうして？」マーサはおうむ返しに叫んだ。「みんな、生まれてこのかた、おなかいっぱい食べたことなんてないからだよ。タカやキツネの子みたいに、いつもおなかをすかせてるんだ」

「わたし、おなかがすくってどういうことかわからないもの」メアリは飢えを知らないがゆえに、どうでもよさそうに言った。

マーサはむっとしたようだった。

「ふうん、じゃ、経験してみればいいよ、あんたのためになるから。それはまちがいないね」ずけずけとマーサは言った。「おいしいパンや肉を見てるだけで手もつけない人間には、あたし、我慢できないんだよ。あきれたね！　ディコンやフィルやジェーンや他の子たちに、ここにあるものを食べさせてやりたいよ」

「じゃあ、持っていってあげれば？」メアリは勧めた。

「あたしのもんじゃないから」マーサはきっぱりと言った。「それに今日はお休みじゃないしね。お屋敷のみんなと同じように、あたしも月に一度、お休みをもらってるんだ。そんで、家に帰って掃除をして、お母ちゃんを一日休ませてあげるんだよ」

メアリはお茶を飲み、マーマレードをつけたトーストを少しだけ食べた。

「さあ、暖かくして外に出て遊んできな」マーサが言った。「外の空気は体にいいし、おなかがすいたらお肉も食べられるよ」

メアリは窓辺に近づいた。庭と小道と大きな木々が見えたが、どんよりした寒々しい冬景色だった。

「外？　どうしてこんな日に外に行かなくちゃならないの？」

「だって、外に行かないなら家にいなくちゃならないけど、家で何をするって言うんかね？」

メアリは部屋を見回した。遊べるようなものは何もなかった。子ども部屋を用意したとき、メドロック夫人は遊び道具のことなど考えつきもしなかったのだ。外に出ていって、庭がどんな様子なのか見てきた方がまだましかもしれない。

「誰が付き添ってくれるの？」メアリはたずねた。

マーサは目を丸くした。

「一人で行くのさ」マーサは答えた。「一人で遊ぶことを覚えんとね。きょうだいのいない子はみんなそうしてるんだから。うちのディコンは一人きりでムーアに出かけていって、何時間も遊んどるよ。おかげでポニーと仲良くなったんだ。ムーアには顔見知りのヒツジもいるし、鳥たちはディコンの手から餌をついばんどるよ。少ししか食べ物がないときでも、ディコンはいつもパンを少し残しといて、ペットたちに分けてやってるんだ」

ディコンの話を聞いて、メアリは外に行こうという気になった。もっとも自分ではそのことに気づいていなかったが。ポニーやヒツジはいなくても、鳥ぐらいはいるだろう。インドの鳥とはちがうだろうし、鳥を眺めてみるのもおもしろいかもしれない。

マーサはコートと帽子と頑丈なブーツを持ってきて、一階まで案内してくれた。

「そこの道をぐるっと歩いていくと、庭に出るからね」マーサは生け垣のあいだにある門を指さした。「夏にはたくさん花が咲いているけど、今はなんもないね」ちょっとためらってから、こうつけ加えた。「庭のひとつは鍵《かぎ》がかかってるんだ。十年間、誰も入ってないんだよ」

「どうして？」メアリはついたずねていた。奇妙な屋敷の百の部屋に加え、またもうひとつ鍵をかけられたドアがあるとは。

「奥さまが急死されたときに、クレイヴンさまが鍵をかけたんだよ。誰も中に入るのは許さんって。そこは奥さまの庭だったんだけど、旦那《だんな》さまはドアに鍵をかけると、穴を掘って鍵を埋めたんだ。あ、メドロック夫人が呼び鈴を鳴らしている――行かなくちゃ」

　マーサが行ってしまうと、メアリは生け垣のドアに通じる遊歩道を歩いていった。十年ものあいだ誰も入ったことのないという庭のことを考えずにはいられなかった。どんな庭なのだろう、まだ枯れずに残っているお花はあるのかな？　生け垣のドアを抜けると、広大な庭園に出た。広々とした芝生があり、きれいに刈りこんだ生け垣に縁どられた遊歩道が曲がりくねりながら延びている。並木、花壇、奇妙な形に刈りこまれた常緑樹、真ん中に古い灰色の噴水がある大きな池。しかし花壇は冬枯れで何も咲いてなく、噴水も水が出ていなかった。ここは閉めきられた庭ではない。それにしても庭を閉めきりになんてできるものだろうか？　庭なんて好きなときに入っていけるはずだ。

そんなふうに考えているときに、遊歩道の先に、蔦《つた》に覆われた長い塀に囲まれた一角が見えてきた。メアリはイギリスのことをよく知らなかったので、そこが野菜や果物を栽培している家庭菜園だとわからなかった。塀に近づいていくと、蔦のあいだに緑色のドアがあって、開いたままになっている。じゃあ、ここも開かずの庭ではない。入っていけるのだから。

メアリがドアを入っていくと、そこは四方を塀に囲まれた庭で、そうした庭がドアでいくつもつながっていることがわかった。別の開いた緑色のドアからはやぶと小道で区切られた畑が見え、冬野菜が植わっていた。塀に沿って枝が誘引された果樹が並び、苗床にはところどころガラスフレームがかぶせられている。何も咲いてなくて、がっかりだわ、とメアリはあたりを見回しながら思った。緑の葉が茂る夏になれば、もう少し見栄えがするのかもしれないけど、今はちっともきれいじゃない。

肩にスコップをかついだ老人が二番目の庭に通じるドアから現れた。メアリを見てびっくりしたようだったが、帽子に手を触れて挨拶《あいさつ》した。その無愛想な顔からは、メアリに会って喜んでいる様子はまったくうかがわれなかった。もっともメアリの方も老人の庭が気に入らず、「つむじ曲がり」な表情を浮かべていたし、もちろん老人に会ってもうれしくもなんともなかった。

「ここは何なの？」メアリはたずねた。

「菜園さ」老人は答えた。

「そっちは何なの？」メアリは別の緑のドアを指さしてたずねた。「別の菜園さ」とそっけない答え。「塀の向こうっかわには別の菜園があって、その向こうは果樹園だ」

「入ってもいい？」メアリはたずねた。

「好きにしな。なんも見るもんはねえけどな」

メアリは返事をしなかった。小道を進んでいき、二番目の緑のドアを抜けた。こちらも塀に囲まれ、冬野菜とガラスフレームがあったが、二番目の塀にはもうひとつ緑のドアがあり、閉まっていた。もしかしたらこれは十年の間、誰も入ったことのないという庭に通じているのかもしれない。メアリは臆病《おくびょう》な子どもではなかったし、これまで自分がやりたいようにしてきたので、その緑のドアにつかつかと歩み寄ると、把《と》手《て》を回した。ドアが開きませんように、と祈った。だったら、これが例の謎の庭だからだ。しかし、ドアはやすやすと開き、通り抜けると、そこは果樹園だった。四方を塀に囲まれ、枝が誘引された果樹が塀際に並び、冬枯れの茶色の草地にも葉を落とした果樹が植わっている。でも、緑のドアはどこにも見当たらなかった。メアリはドアを探しながら果樹園の奥まで行った。すると、塀がその先にも続いていて、果樹園の向こうにも塀に囲まれた場所があることがわかった。塀越しに木の梢《こずえ》がのぞいている。メアリがそちらに目をやると、いちばん高い枝にとまっていた鮮やかな赤い胸をした一羽の鳥が、ふいに冬の歌をさえずりはじめた。まるでメアリに気づいて、呼びかけているかのように。

メアリは足を止めて小鳥の歌に耳を傾けた。その陽気で親しみのこもったさえずりを聞いているうちに、うれしい気持ちがこみあげてきた。偏屈な少女でも孤独に感じるときはあるものだ。それに、ほとんどの部屋が閉めきられた、だだっ広い屋敷と荒涼とした広大なムーアと何も花が咲いていない大きな庭のせいで、この世界に自分一人だけが取り残されたような気持ちになっていたところだった。メアリが愛されて育った愛情あふれる子どもだったら、胸が張り裂けていたかもしれない。しかし、「つむじ曲がりのメアリ嬢」でも、さすがに寂しかった。鮮やかな赤い胸の小鳥のおかげで、むっつりしたメアリの顔に笑みらしきものが浮かんだ。小鳥が飛び去ってしまうまで、メアリはさえずりに耳を澄ましていた。インドの鳥とは似ても似つかなかったが、メアリは小鳥が気に入り、また会えるだろうか、と思った。もしかしたら小鳥は謎の庭に住んでいて、庭についてありとあらゆることを知っているのかもしれない。

見捨てられた庭について、メアリがそんなに気になったのは、他にやることがなかったせいだろう。庭について好奇心がかきたてられ、今どんなふうになっているのか見たくてたまらなかった。どうして叔父《おじ》さまは鍵を埋めてしまったの？　奥さんをそんなに好きだったのに、どうして奥さんの庭をそんなに嫌ったのだろう？　いつか叔父さまと会うことがあるの？　たとえ会っても、好きになれないだろう、とメアリは思った。それに向こうもメアリが気に入らないだろう。おそらくメアリはただじっと突っ立って、叔父さまをじろじろ眺めているだけだろうが、本当はどうしてそんな妙なことをしたのかぜひとも訊《き》いてみたかった。

「わたしは誰にも好かれないし、わたしも誰も好きじゃない」メアリは思った。「それに、クロフォード家の子どもたちみたいにおしゃべりもできない。あの子たちときたら、いつもしゃべったり笑ったりして、ほんと騒々しかったわ」

あの小鳥のことを考えた。小鳥は自分に歌を披露してくれたみたいだった。そのとき、小鳥がとまっていた梢のことを思い出し、小道ではっと足を止めた。

「あの木は例の秘密のお庭に生えているにちがいないわ。絶対そうに決まってる。だって周囲に塀があるのに、ドアはなかったもの」

メアリが最初に入ってきた菜園まで戻っていくと、老人が土を掘り返していた。メアリはそばまで行くと、その様子をよそよそしい態度でしばらく眺めていた。だが、いつまで待っても老人が知らん顔だったので、ついにメアリの方から話しかけた。

「他のお庭に行ってみたの」

「好きにすりゃいいさ」老人は無愛想に応じた。

「果樹園にも行ったわ」

「ドアんとこにゃ、噛《か》みつく番犬もいねえからな」

「もうひとつのお庭にはドアがなかったの」

「どの庭のことだ?」老人は掘る手をちょっと休めてしゃがれ声でたずねた。

「塀の反対側にあるお庭よ」つむじ曲がりのメアリは答えた。「そこには木が生えていて――梢が見えたわ。赤い胸をした小鳥が枝にとまっていて、歌ってくれたの」

驚いたことに、老人の日焼けした仏頂面がたちまちにしてやわらいだ。ゆっくりと微笑が顔に広がっていくと、庭師は別人のように見えた。人って、笑うとずっと感じよく見えるのね、不思議だわ、とメアリは思った。そんなことはこれまで考えたこともなかった。

庭師は果樹園の方に向きを変え、低くやさしく口笛を吹きはじめた。こんなぶっきらぼうな人間が心をとろかすような音を出せることに、メアリはびっくり仰天した。

ほとんどすぐに驚くべきことが起きた。空中で軽やかな羽の音がしたと思ったら、あの赤い胸の小鳥がこちらに飛んできたのだ。そして、庭師のすぐ足元の大きな土の山の上に降り立った。

「ほら、来たぞ」庭師は含み笑いをもらすと、子どもに話しかけるかのように小鳥にしゃべりかけはじめた。

「ずぅっと、どこ、いっとったんだ、このいたずらっ子が？」庭師は語りかけた。「今日はなかなか姿を見せんかったなあ。もぅ、嫁さん探しはじめたんか？　そいつぁ、ちょっとあわてすぎじゃろが」

小鳥は小さな頭を片側にかしげ、黒い露の滴のようなつぶらなやさしい瞳《ひとみ》で庭師を見上げた。とてもなれているようで、少しも怖がっていなかった。小鳥はあたりをチョンチョン跳ね回り、種や虫を探して地面をせっせと突《つつ》いている。その光景を見ているうちに、メアリの胸に不思議な感情が湧きあがってきた。小鳥はとてもかわいらしくて楽しげで、人間が好きなように見えた。小さなふっくらした体に、繊細なくちばし、ほっそりしたきゃしゃな脚をしている。

「おじさんが呼ぶといつも飛んでくるの？」メアリはささやくようにたずねた。

「うん、そうともさ。わしはこいつが雛《ひな》んときから知っとるからな。向こうの庭の巣で生まれたんだが、初めて塀を越えたとき、弱っちまって何日か戻れんかったんで、仲良くなったってわけさ。また塀を越えて戻ったときにゃ、きょうだいたちはみんな巣立っていて、こいつは一人ぼっちになっちまった。で、わしのところにまたやってきたってわけだ」

「なんていう小鳥なの？」メアリはたずねた。

「知らんのかい？　コマドリだよ。コマドリってのは、鳥の中でいちばん人なつっこくて好奇心が強いんじゃ。犬と同じぐらいなつくよ、こっちが付き合い方さえわかっとればな。ほれ、地面を突きながら、ときどきわしらを見とるじゃろ。自分が噂されてるのをちゃあんと承知しとるんだよ」

老人の態度がさっきまでとはがらっと変わったのは、実に不思議だった。老人は緋《ひ》色《いろ》のチョッキを着た丸みを帯びた小鳥を誇らしげに愛情こめて見守っていたのだ。

「こいつはうぬぼれ屋なんだ」老人は低く笑った。「自分のことを話題にされるのが大好きときとる。そんで、好奇心のかたまりでな、いやはや。なんだって知りたがるし、首を突っ込んできてな、わしが何を植えているのか必ず見に来るんだ。クレイヴンさまが知ろうともなさらんことも、こいつは何もかもちゃんと知っとる。言うてみれば、庭師の頭だな」

　コマドリは跳びはねながら、せわしなく土を突いていたが、ときどき立ち止まって二人の方をちらっと見た。メアリは自分がコマドリの黒い滴のような目にじっくり観察されているのを感じた。たしかにメアリのことを一から十まで知ろうとしているかのようだ。彼女の胸の中でこれまで感じたことのない思いがふくらんだ。

「残りの雛はどこに飛んでいったの？」メアリはたずねた。

「わからねえ。親鳥は巣から追っ立てるように雛を飛ばせるからな、あっという間にちりぢりになっちまった。こいつはもののわかったやつで、一人ぼっちになったのがわかっとるんだ」

　メアリは一歩コマドリに近づき、しげしげと彼を見つめた。

「わたしも一人ぼっちなの」メアリは話しかけた。

　今の今まで、その孤独のせいで自分がひねくれて不機嫌になっていることにメアリは気づかなかった。コマドリにじっと見つめられ、彼女もコマドリを見つめ返したときに、そのことに気づいたのだ。

　老庭師は禿《は》げ頭にかぶっていた帽子をあみだにすると、ちらっとメアリを窺《うかが》った。

「おめえが、インドから来たっていう娘っこかい？」彼はたずねた。

メアリはうなずいた。

「そんじゃ、寂しいのも無理ねえな。これからもっと寂しくなるだろうて」

庭師はまた地面を掘りはじめ、スコップを庭の肥えた黒土に深く突き立てた。そのあいだコマドリはせわしなく近くを跳びはねている。

「おじさん、名前はなんていうの？」メアリがたずねた。

庭師は腰を伸ばして答えた。

「ベン・ウェザースタッフだ」それから苦々しく笑った。「わしも一人ぼっちだよ、こいつが来ないときはな」コマドリを親指でぐいと指した。「こいつはわしのたった一人の友だちじゃ」

「わたしには友だちなんて一人もいないわ。これまでずっとそう。アーヤにも嫌われていたし、誰とも遊んだことがないの」

思ったことをずけずけ言うのがヨークシャー気質というものだったし、ベン・ウェザースタッフは生粋のヨークシャー・ムーアの生まれだった。

「おめえとわしは似たもん同士かもしれんな。そっくりと言ってもいいかもな。どっちも不細工だし、どっちも無愛想な顔をしとるし。それに、おめえもえらい癇癪《かんしゃく》持ちだろうが、まちがいねえ」

実に率直な意見だった。メアリ・レノックスはこれまで自分自身について本当のことを言われたことがなかった。インド人の召使いたちはいつも恭しくお辞儀をして、こちらが何をしようとそれを受け入れたのだ。メアリは自分の外見についてはあまり考えたこともなかったが、ベン・ウェザースタッフと同じぐらいみっともないのだろうか、それにコマドリがやって来る前の老人みたいに不機嫌そうな顔つきをしているのだろうか、と思った。さらに自分も「えらい癇癪持ち」なのだろうかと考え、落ち着かなくなった。

ふいに空気を切り裂くような音がすぐそばで響き、メアリははっと振り返った。彼女の数メートル先にリンゴの若木があったが、コマドリはリンゴの枝に飛んでいき、歌をさえずりはじめたのだ。ベン・ウェザースタッフはいきなり笑いだした。

「どうして歌ってるの？」メアリはたずねた。

「あいつ、おめえと友だちになろうって決めたんだわ」ベンは答えた。「わしの見たところ、あいつはおめえのことを気に入ったようだ」

「わたしを？」メアリは言いながら、そっと小さな木の方に近づいていき、見上げた。「わたしと友だちになってくれるの？」メアリは人間に話しかけているようにコマドリに声をかけた。「ねえ、友だちになってくれる？」それはいつものそっけないしゃべり方でもなく、インドで召使いに話しかけるときの横柄な口調でもなく、とても心のこもったやさしく訴えかけるような話し方だったので、さっきメアリがベンの口笛に驚いたのと同じように、ベンもびっくりした。

「ほほう」ベンは叫んだ。「おめえも感じよくふるまえるんだな。そいつぁ意地悪ばあさんじゃなくて、本物の女の子のしゃべり方だ。ディコンがムーアの野生動物に話しかけてるみてえだ」

「ディコンを知ってるの?」メアリはあわてて振り向いた。

「あいつのことは誰だって知っとるさ。ディコンは歩き回ってどこだって行くからな。ブラックベリーだってヒースの花だって、あいつのことを知っとる。キツネはあいつだったら子どもの居場所を教えるし、ヒバリも巣を隠したりせんよ」

メアリはもっといろいろ聞きたかった。閉めきられた庭と同じぐらいディコンにも興味を持っていたのだ。しかし、そのとき歌を終えたコマドリが羽を小さく振って広げ、飛び立ってしまった。訪問はもう終わりで、他に何かやることがあるのだろう。

「塀の向こうに飛んでいったわ!」メアリはコマドリを目で追いながら叫んだ。「果樹園の方に飛んでいった――その先の塀も越えて――ドアがない庭に飛んでいったわ!」

「あいつはあそこに住んどるんだ」ベンが言った。「あの庭で卵から孵《かえ》ったんだわ。そろそろ求愛の季節だからな、あそこの古いバラの木に住んどるコマドリの娘っこに言い寄るつもりだろう」

「バラの木。あそこにはバラがあるの？」

ベン・ウェザースタッフはまたスコップをとりあげ、地面を掘りはじめた。

「十年前にはな」ぼそっと言った。

「わたし、お庭を見てみたい。緑のドアはどこにあるの？　どこかにドアがあるはずよ」

ベンはスコップを土に深く突き立てると、最初に会ったときのような無愛想な顔つきに戻った。

「十年前にはな。だが、今はねえ」けんもほろろだった。

「ドアがないですって！」メアリは叫んだ。「どこかにあるはずよ」

「ねえったらねえんだ。だいたい、余計なお世話だろが。自分に関係のねえとこに鼻を突っ込まんことだ。ほれ、わしは仕事があるから行かねえと。さ、向こうに行って遊べ。おめえの相手しとる暇はねえんだ」

そしてベンは掘るのをやめてスコップを肩にかつぐと、メアリには目もくれず、さよならも言わずにさっさと行ってしまった。

五章　廊下の泣き声

最初の頃、メアリ・レノックスの毎日は判で押したように同じだった。毎朝、タペストリーのかかる部屋で目を覚ますと、マーサが暖炉の前にひざまずいて火をおこしている。それから遊び道具がひとつもない子ども部屋で朝食をとる。朝食がすむと、窓から広大なムーアを眺める。ムーアの丘陵は見渡す限り続き、天までつながっているかのようだ。しばらくムーアを眺めているうちに、外に行かずに家にこもっていたら何もすることはないと気づく。というわけで、メアリは外に出ていった。それが自分にとっていちばんいいことだとは、メアリは気づいていなかった。小道や並木道を足早に歩いたり、ときには走ったりするおかげで血行がよくなり、ムーアから吹き下ろす風に逆らって歩いていくうちに体が丈夫になっていったことも知らなかった。実は走ったのは体を温めようとしたためだったし、吠《ほ》え猛《たけ》りながら顔に吹きつけ、見えない巨人のように体を押し戻そうとする風は大嫌いだった。しかし、ヒースの原野を荒々しく吹き渡ってくる新鮮な空気を胸いっぱい吸いこむことで、細い体にはいい影響が現れてきた。いつのまにかメアリの頬は血色がよくなり、どんよりしていた目もきらきらと輝くようになったのだ。

　こうしてほとんど一日じゅう外で過ごすことが数日続いたある朝、メアリは目覚めたとき、生まれて初めて空腹を覚えた。朝食の席につくと、いつものようにポリッジをいやそうに一瞥《いちべつ》して皿を押しやるのではなく、スプーンをとって食べはじめ、ボウルをすっかり空にしてしまった。

「今朝はよう食べたねえ」マーサが言った。

「今日はなんだかおいしくって」自分でも少し驚きながらメアリは答えた。

「食欲が出たのはムーアの空気のせいだよ」マーサは言った。「食欲ばっかじゃなくて、食べ物もあるのは幸せだよ。うちの家には十二人の腹ぺこの子どもたちがいるけど、口に入れるもんがなんもないときだってあるからねえ。毎日、外で遊ぶといいよ。そしたらお肉もついて、顔もそんなに黄色じゃなくなるだろうしね」

「遊んだりしない」メアリは言った。「何も遊ぶものがないもん」

「何も遊ぶものがないだって！」マーサは叫んだ。「うちの子らは棒っ切れや石ころで遊んでるよ。叫んだりわめいたりしながら、ただ駆け回っとることもあるし、いろんなものを観察して遊んでることもあるよ」

　メアリは叫んだりわめいたりはしなかったが、いろいろなものを観察することにした。他にやることがなかったからだ。庭から庭へ歩き回ったり、敷地内の小道を散歩したりした。ベン・ウェザースタッフの姿を探すこともあったが、何度か仕事をしているのを見かけたときは忙しそうで、こちらに目も向けてくれなかったり、ひどく不機嫌そうだったりした。一度メアリがそばに近づいていこうとしたときは、スコップをとるとメアリを避けようとしているかのように、さっと背中を向けて行ってしまった。

ある場所にはどこよりも頻繁に足を運んだ。四方を塀に囲まれた庭の外側にある長い遊歩道だ。遊歩道の両側には何も咲いていない花壇があり、塀は蔦《つた》でびっしり覆われている。その塀の蔦はどこよりも緑の葉が濃く茂っていた。長いあいだその部分だけは手入れされてこなかったようだ。他の部分は刈りこまれ、きちんとしていたが、遊歩道のこのあたりだけはハサミを入れられた様子がまったくなかった。

ベン・ウェザースタッフと話をした数日後、メアリはこのことに気づき、どうしてなのだろうといぶかしく思った。立ち止まって、風に揺れている長い蔦の蔓《つる》を見上げたとき、赤いものがちらっと目の隅をよぎり、明るいさえずりが聞こえた。塀のてっぺんには赤い胸をしたベンのコマドリがとまっていて、メアリの方をのぞきこむように見ていた。

「まあ！」メアリは叫んだ。「あなた——あのコマドリさんね？」コマドリが当然こちらの言っていることを理解し、返事をしてくれるものとして話しかけていることを、メアリは妙だとも思わなかった。

そのとおり、コマドリは返事をした。まるでメアリにさまざまなことを語っているかのように、陽気にさえずり、歌いながら、塀の上をチョンチョンと歩いたのだ。しかも、人間の言葉でしゃべっていなくても、メアリの方もコマドリの言いたいことがわかる気がした。コマドリはまるでこう言っているかのようだった。

「おはよう！　風が気持ちいいね。太陽もぽかぽか暖かい。何もかもほんとにすてきだよね。ねえ、いっしょに歌ったり飛び跳ねたりしようよ。おいで！　こっちだよ！」

メアリは笑い声をあげ、ピョンピョン跳ねては塀沿いに少し飛ぶ、ということを繰り返しているコマドリを追って走りだした。貧相でやせて顔色の悪い不器量なメアリは、そのときばかりはかわいいと言ってもいいほど生き生きしていた。

「コマドリさん、好きよ！　大好き！」メアリは叫び、遊歩道を走った。そして、やり方も知らないのに、さえずりを真似て、口笛を吹こうとした。コマドリはそのことにとても喜んでいるらしく、さえずりと口笛のような鳴き声を返してきた。しまいにはコマドリは羽を広げ、木のてっぺんめがけて勢いよく飛んでいき、そこにとまると高らかに歌いはじめた。

メアリはコマドリと初めて会ったときのことを思い出した。あのときコマドリは木の梢《こずえ》で揺れていて、彼女は果樹園の中に立っていたのだった。今は果樹園の反対側にいて、塀の外に立っている。このあいだの場所とはずいぶん離れているが、塀の中には同じ木があった。

「あの木は誰も入ったことのない庭にあるんだわ」メアリはひとりごちた。「あれがドアのない庭なのよ。コマドリさんはあそこに住んでいるのね。ああ、中はどうなっているんだろう、見られたらいいのに！」

メアリは最初の朝に入っていった緑のドアまで遊歩道を走っていった。それから別のドアを抜けて、また遊歩道を走り、再び果樹園に入った。そこで立ち止まって見上げると、塀の向こう側にはあの木があり、コマドリがちょうど歌い終えて、くちばしで羽づくろいをしているところだった。

「これが誰も入ったことのないっていう庭なんだわ。絶対そうよ」

メアリはぐるっと回りながら果樹園の塀をじっくり観察したが、以前と同じように何も発見できなかった。ドアはなかった。そこでまた菜園を通り抜け、長い蔦に覆われた塀の外の遊歩道に戻ってきた。塀のはずれまで歩いていって調べたが、ドアはない。次に反対側まで歩いていき、じっくり見た。やはりドアはなかった。

「本当に妙ね。ベン・ウェザースタッフはドアはなかったと言っているし、実際ドアはない。でも、十年前にはドアがあったはずよ。クレイヴンさんが鍵《かぎ》を埋めたんだから」

あれこれ考えることができたおかげで、メアリはすっかりおもしろくなり、ミスルスウェイト屋敷に来たことも残念だとは思わなくなった。インドではいつも暑くてだるくて、何をする気力もあまり湧かなかった。実を言うと、ムーアからの新鮮な風がメアリの若々しい脳にかかっていた蜘蛛《くも》の巣を吹き払ってくれたおかげで、彼女は少しずつ目が覚めてきたところだったのだ。

メアリはほとんど一日じゅう外で過ごし、夜に夕食のテーブルについたときにはお腹がぺこぺこで、眠たくなり、充足感を覚えていた。マーサがぺちゃくちゃしゃべっていても、腹が立たなかった。いやそれどころか、マーサのおしゃべりをもっと聞いていたいとすら感じた。そのうち、マーサにひとつ訊《き》いてみたいことを思いついた。

夕食を終え、暖炉の前の敷物にすわると、メアリはたずねた。

「どうして叔父《おじ》さまは庭を嫌いになったの？」

マーサにもう少しいてちょうだい、と言っておいたのだが、マーサの方も渡りに船ですぐに承知した。マーサはとても若く、弟や妹たちと狭苦しい家で暮らすことに慣れていたので、階下の大きな使用人部屋は退屈だったのだ。下男や先輩のメイドたちは彼女のヨークシャー弁をからかい、田舎者だと馬鹿にし、自分たちだけでこそこそしゃべっていて仲間に入れてくれなかった。マーサはおしゃべり好きだったし、インドで暮らして〝黒い人〟たちにかしずかれていたという、この風変わりな女の子は物珍しく、好奇心をかきたてられていた。

マーサはすわれと言われる前からさっさと敷物に腰をおろした。

「あんた、またあの庭のこと考えてんの？」マーサは言った。「やっぱりねえ。あたしも初めて庭のことを聞いたときは、おんなじだったよ」

「どうして嫌いになったの？」メアリは質問を繰り返した。

マーサは足を崩してすわり直し、くつろいだ。

「聞いてごらんね、お屋敷の周囲で風が吹きすさんどる」マーサは言った。「今夜、ムーアに出ていたらとうてい立っておれんだろうね」

メアリは「吹きすさぶ」という言葉を知らなかったが、耳を澄ましてみて理解できた。屋敷の周囲でごうごう鳴っている虚《うつ》ろでぞっとする風の音のことにちがいなかった。姿の見えない巨人が屋敷をドンドンたたき、壁や窓を破って中に押し入ろうとしているみたいだった。だけど、巨人は中に入ることはできない。こうやって石炭が赤く燃える暖かい部屋にいると、とても安心な気がした。

「だけど、どうして叔父さまはそんなに庭を嫌ったの？」メアリはしばらく外の風音を聞いてからたずねた。マーサが知っているなら、どうしても聞き出すつもりだった。

とうとうマーサは知っていることを話す気になった。

「あのね、メドロック夫人にそのことはしゃべっちゃいけないって言われてんだ。このお屋敷にはしゃべっちゃいけないことが、たくさんあるんだよ。旦那《だんな》さまがそう命じられとるの。自分の問題は使用人が気にすることじゃないって。だけどねえ、あの庭のことがなかったら、旦那さまはこんなふうにならなかっただろうね。あそこは奥さまの庭だったんだよ。結婚したばかりのときに奥さまが造られて、とても気に入っていたんで、よくお二人で花の手入れをしとったそうだよ。庭師は中に入れてもらえんかったんだって。旦那さまと奥さまはよく二人きりで花園に閉じこもって、本を読んだりおしゃべりしたりして、何時間も過ごしとったっていう話だよ。一本の古い木があってね、枝が曲がっとるところがちょうどすわるのにうってつけだったんだ。奥さまはその枝にバラをからませて、よくすわっとったんだって。ちょっとおてんばな方だったみたいだね。だけど、ある日、すわっていたときに枝が折れ、奥さまは地面に落ちてひどい怪我をして、翌日亡くなってしまったんだ。だもんで、旦那さまは頭がどうかなって死んじまうんじゃないかって、お医者さんたちは心配したそうだよ。だから旦那さまはその花園が大嫌いになったんだ。それっきり誰も中に入れなくなったし、旦那さまはみんなにその話をするなって命じたんだよ」

メアリはそれ以上質問をしなかった。ただ赤々と燃える炎を見つめ、「吹きすさぶ」風の音を聞いていた。「吹きすさぶ」風の音はますます強まっているように感じられた。

そのときとてもすばらしいことがメアリに起きた。正確に言うと、ミスルスウェイト屋敷に来てから、四つのすばらしいことが起きていた。まずコマドリの言うことが理解でき、コマドリも彼女のことをわかっているように感じたこと。血行がよくなって体がポカポカしてくるまで風の中で走り回ったこと。生まれて初めて健康的な食欲が出てきたこと。そして、今、誰かを気の毒に思うということも知ったのだった。

しかし、風の音に耳を傾けているうちに、別の音が聞こえてきた。最初は風の音と混じり合っていて、何の音なのかわからなかった。奇妙な音だった。子どもがどこかで泣いているみたいだ。たしかに風の音は子どもの泣き声のように聞こえることがあるが、今、メアリはその音がまちがいなく屋敷の中から聞こえてくると思った。外の物音ではない。音は遠かったが、絶対に屋敷の中から聞こえてくる。メアリは振り返ってマーサを見た。

「ねえ、誰かが泣いているのが聞こえない？」メアリはたずねた。

マーサはふいに困ったような顔になった。

「ううん」マーサは答えた。「風の音だよ。ときどき風の音は誰かがムーアで迷子になって泣いてるみたいに聞こえることがあるんだ。風っていろんな音を立てるからね」

「だけど、聞いて。家の中から音が聞こえるわ。どこか長い廊下の先から」

ちょうどそのとき、階下のどこかでドアが開いたにちがいない。廊下にすさまじい勢いで風が吹きこんできて、二人がすわっている部屋のドアが大きな音を立てて開き、二人とも飛び上がった。突風は明かりを吹き消し、同時に泣き声が風に乗って廊下を伝わってきたので、前よりもはっきりと聞こえた。

「ほら！」メアリは言った。「言ったでしょ！　誰かが泣いてるのよ。しかも、あれは大人じゃないわ」

マーサは走っていってドアを閉めると、鍵をかけた。だが、その前に、遠くの廊下でドアがバタンと音を立てて閉まるのが聞こえた。とたんにすべてが静かになった。風ですら、しばらくのあいだ「吹きすさぶ」のをやめたようだった。

「風のせいさ」マーサは頑固に言い張った。「じゃなかったら、ベティ・バターワースだね、皿洗いのメイドの。一日じゅう歯が痛いって言っとったから」

しかし、マーサがどこか困ったようなぎこちない態度になったので、メアリはまじまじと彼女を見つめた。マーサが真実を言っているとは信じられなかった。

六章　絶対に誰かが泣いていた

翌日は、またもや土砂降りだった。窓から外をのぞくと、ムーアは灰色の霧と雲に覆われてほとんど見えなかった。今日は外に出かけられそうにない。

「こんな雨の日はコテージで何をしているの？」メアリはマーサにたずねた。

「お互いに踏まれたりしないように用心して過ごしてるよ。ああ、ほんと子どもが多くてね、お母ちゃんはふだんはやさしいんだけど、雨になるとけっこういらいらするみたいだよ。大きい子たちは牛小屋に行って遊んでるかね。ディコンは濡《ぬ》れても気にせんから、晴れているときとおんなじように出かけてくよ。晴れた天気じゃ見られないものが雨の日には見られるって言ってたっけ。巣穴で溺《おぼ》れかけたキツネの子を見つけて、シャツの中に入れて温めながら家に連れ帰ったこともあったよ。母ギツネは近くで殺されちまったし、巣穴に水が流れこんできて他のきょうだいも死んじゃったんだって。そのキツネは今家で飼ってるんだ。溺れかけた赤ん坊のカラスを見つけて、やっぱり連れ帰ってきたこともあった。すっかり馴《な》れとるよ。スートっていう名前なんだ。煤《スート》みたいに真っ黒だからね。ディコンの行くところどこにでも、ピョンピョン跳ねたり、飛んだりしてついていくんだよ」

メアリは今ではマーサのなれなれしいしゃべり方がまったく気に障らなくなっていた。それどころか、とても話がおもしろくて、マーサがおしゃべりをやめてさがってしまうと残念に感じるほどだった。マーサの話はインドに住んでいたときにアーヤから聞いた話とはまったくちがっていた。こちらは十四人の人々が四つしか部屋のない狭いコテージで、いつも空腹を抱えて暮らす話だったのだ。子どもたちは元気で気立てのいいコリーの子犬みたいにころげ回り、はしゃぎあっているようだった。とりわけメアリが興味を引かれたのは、母親とディコンだ。マーサが「お母ちゃん」がこう言ったとか、こうしたと話すのを聞くと、いつもほのぼのとした気持ちになった。

「わたしもカラスかキツネの子がいたら、いっしょに遊べるのになあ」メアリは残念がった。「だけど、何もいないでしょ」

マーサはとまどった顔になった。

「あんた、編み物はできねえの？」

「できない」

「縫い物は？」

「できない」

「字は読める？」

「うん」

「じゃあ、本でも読んで、つづりでも勉強したらいいんじゃないかね？　あんたもそろそろ勉強をする年でしょうが」

「本なんて持ってないもの。全部インドに置いてきちゃった」

「そりゃ残念だね。メドロック夫人が図書室に入っていいって言ってくれたら、そこには何千冊も本があるんだけど」

メアリは図書室の場所をたずねなかった。いい考えが閃《ひらめ》いたからだ。自分で図書室を探しに行こうと決めたのだ。メドロック夫人のことは心配していなかった。たいてい階下にある居心地のいい自分の部屋にこもっているようだった。そもそも、この奇妙な屋敷では、誰かを見かけることはめったになかった。実際、使用人以外に誰とも会わなかったし、主人が留守のとき、使用人たちは階下で好き放題をしていた。巨大な台所にはピカピカの真鍮《しんちゅう》や白鑞《しろめ》の調理器具がずらりと並び、広々とした使用人部屋では、毎日四、五回もたっぷりした食事が出され、メドロック夫人が自室にひきとったあとは、どんちゃん騒ぎが繰り広げられていたのだ。

メアリの食事は定期的に出され、マーサが給仕をしてくれたが、メアリのことを気にかける人は誰もいなかった。メドロック夫人は毎日か一日おきにメアリの様子を見にやって来たが、誰も何をしているのかと訊《き》かなかったし、何をしろと指示することもなかった。おそらく、イギリスでは子どもはこういうふうに扱われるものなのだろう、とメアリは推測した。インドではどこに行くにも常にアーヤに付き添われ、痒《かゆ》いところに手が届くような世話をしてもらっていた。いつもアーヤがついてくるので、わずらわしく感じることもしばしばあった。ところが今は誰もついてこないし、自分で服を着ることも覚えつつある。服を出して着せてほしいと言ったら、マーサに馬鹿じゃないの、と言わんばかりの目つきで見られたからだ。

「あんた、自分で考えるっつうことができないの？」手袋をはめてもらおうとしてメアリが突っ立ったままでいたら、マーサに言われたことがあった。「うちのスーザン・アンは、あんたの二倍もてきぱきしとるよ。たった四つだけどね。あんたはちょっとおつむが弱いんじゃないかって思うことがあるよ」

そのあとメアリはへそを曲げて、一時間もしかめ面をしていたが、おかげでそれまで思ってもみなかったようなことをあれこれ考えさせられた。

今朝、マーサが炉床を掃除して下に行ってしまってから、メアリは十分ほど窓辺に立っていた。図書室について聞いたときに閃いた新しい思いつきのことを考えていたのだ。図書室そのものについては、さほど関心はなかった。もともと、ほとんど本を読んだことがなかったからだ。しかし、図書室の話を聞いて、閉めきりになっている百もの部屋のことが思い浮かんだ。本当にどの部屋にも鍵《かぎ》がかかっているのだろうか？　もしどこかの部屋に入れたら、そこには何があるんだろう？　本当に百もの部屋があるの？　実際に行ってみて、いくつ部屋があるか勘定してみたらどうだろう？外に出かけられない今日みたいな雨の朝には、うってつけの暇つぶしだ。メアリはこれまで自分のしたいようにしてきて、子どもが何かをするときには大人に許可をもらわなくてはならない、としつけられていなかった。それに、その権限がメドロック夫人にあることもまったく知らなかったので、たとえメドロック夫人と顔を合わせていても、屋敷内を歩き回っていいかとたずねる必要があるとは思わなかっただろう。

部屋のドアを開けて廊下に出ていくと、歩きはじめた。長い廊下は何本も枝分かれしていて、短い階段を上がると、またいくつもの階段があった。ドアがずらりと並び、壁には絵がかかっている。暗い色調の不気味な風景画もあったが、ほとんどはサテンやビロードの豪奢《ごうしゃ》で風変わりな服を着た男や女の肖像画だった。気がつくと、壁一面にそうした肖像画が飾られた長い廊下に立っていた。一軒の家にこれほどの絵があるとは信じられなかった。ゆっくりと廊下を進みながら、肖像画の顔を見つめると、向こうもメアリを見つめ返しているように感じられた。インドから来た少女が自分たちの屋敷で何をしているのだ、と訝《いぶか》っているかのようだ。子どもの絵もあった。女の子がまとっている厚手のサテンのドレスは床まで届く長い丈で、スカートがふわっと大きく広がっている。ふくらんだ袖《そで》とレースの襟のついた服を着た男の子は髪を長く伸ばしている。大きなひだ襟の服を着た男の子もいる。メアリは子どもの絵の前で足を止め、この子たちの名前はなんというのだろう、どこに行ってしまったのだろう、どうしてこんな妙な服を着ているのだろう、などと思いを巡らせた。メアリによく似た堅苦しい表情をした器量のよくない女の子もいた。緑色のブロケード織りのドレスを着て、緑色のオウムを指にとまらせている。女の子は鋭く、好奇心にあふれた目で、メアリを観察しているように感じられた。

「あなたは今どこにいるの？」メアリは声に出して問いかけた。「ここにいてくれればよかったのに」

もちろん、こんな変わった朝を過ごしている女の子はメアリぐらいのものだろう。この大きな屋敷には自分一人しかいないような気がした。メアリは階段を上がったり下がったりし、狭い廊下や広い廊下を進んでいったが、どこもかしこも、これまで人が通ったことすらないように思えた。これだけたくさんの部屋が造られているのだから、かつては人が住んでいたにちがいないが、あまりにも人気がなく、そんな時代があったことすら疑わしく思えてきた。

　三階に上がったときに、ついにドアの把手《とって》を回してみることにした。メドロック夫人が言ったようにどのドアも閉まっていたが、ひとつの把手に手を伸ばして回してみると、やすやすと回ったので一瞬ぎくりとした。ドアを押すと、重いドアはゆっくりと開いていった。重厚なドアの向こうには、広々とした寝室があった。壁には刺繡《ししゅう》をした壁掛けがかかり、インドで見たことがあるような象眼細工の家具が置いてある。鉛の枠のはまった大きな窓からはムーアが望めた。マントルピースの上には、あの堅苦しい表情をした器量の悪い女の子の肖像画がかけられていて、女の子はさらに興味しんしんでメアリを見下ろしているように思えた。

「たぶんあの子はここで寝ていたのね」メアリは言った。「あんまりじろじろ見つめられて、なんだか居心地が悪くなってきたわ」

　そのあといくつものドアを次々に開けていった。あまりたくさんの部屋を見たので、すっかり疲れ、ちゃんと勘定はしなかったが、きっと部屋が百はあるにちがいないと思いはじめた。どの部屋にも古い絵か、見慣れない風景を織りこんだ古いタペストリーが飾られていた。それに、ほとんどの部屋に奇妙な家具や装飾品があった。

貴婦人の居間らしいある部屋には、刺繡したビロードの壁掛けが飾られ、飾り棚には象牙《ぞうげ》でこしらえた小さなゾウが百個ぐらい並んでいた。どれも大きさが異なり、背中に象使いがまたがっているものもあれば、かごを乗せているゾウもいた。ひときわ大きいゾウがいたかと思うと、赤ん坊ゾウらしい小さなものもあった。メアリはインドで象牙細工を見たことがあったし、ゾウについてはとても詳しかった。飾り棚の扉を開けて足乗せ台に立つと、かなり長い間ゾウで遊んだ。遊ぶのにも飽きると、ゾウをきちんと並べ直し、飾り棚の扉を閉めた。

長い廊下や誰もいない部屋を探検しているあいだ、生き物にはまったく会わなかった。だが、この部屋であるものを見つけた。飾り棚の扉を閉めたとき小さなカサコソいう音がして、思わず飛び上がりそうになり、振り返って暖炉のそばのソファの方を見た。そちらから音が聞こえたと思ったのだ。ソファの隅にはクッションがひとつ置かれていて、そのビロードのカバーには穴が開いていた。その穴からは、怯《おび》えた目をした小さな頭がのぞいていた。

メアリはそっと部屋を突っ切って調べに行った。キラキラした目はちっぽけな灰色のネズミのもので、ネズミはクッションを食い破り、そこに居心地のいい巣をこしらえていたのだ。母ネズミのかたわらでは、六匹の赤ちゃんネズミがくっつきあって眠っていた。百の部屋に生き物がまったくいなくても、この七匹のネズミたちは少しも寂しそうに見えなかった。

「こんなに怖がっていなければ、連れて帰るのに」メアリは言った。

あちこち歩き回ってすっかり疲れてしまったし、もう充分という気持ちになり引き返すことにした。二、三度まちがったところで曲がってしまい、行ったり来たりして、ようやく元の廊下に戻ってきた。だが、自分の部屋のある階に戻ってきたものの、部屋とはかなり離れていて、今どこにいるのか正確にわからなかった。

「またまちがったところで曲がったにちがいないわ」メアリは壁にタペストリーがかけられた短い通路の行き止まりらしき場所でつぶやいた。「どっちに行ったらいいんだろう。物音ひとつしなくて、なんてシンとしてるの！」

そこに立って、そう言ったとたん、静寂が破られた。泣き声がしたのだ。でも、ゆうべ聞いた泣き声とはちがい、短い泣き声だった。癇癪《かんしゃく》を起こした子どもがぐずってあげるような声が壁から伝わってきた。

「ゆうべよりも近いわ」メアリは心臓の鼓動が速くなるのを感じた。「しかも、まちがいなく泣いている」

偶然、片手がすぐそばにあるタペストリーに触れ、メアリはぎくりとして飛びすさった。タペストリーの陰にはドアがあり、それが勢いよく開いたのだ。その先にはまたもや廊下があり、ちょうどメドロック夫人が鍵束を手にこちらに歩いてくるところだった。その顔は恐ろしい形相だった。

「いったいここで何をしているんですか？」メドロック夫人はメアリの腕をつかんでひきずっていった。「わたしが言ったことを忘れたの？」

「まちがえた角で曲がっちゃったの」メアリは弁解した。「どっちに行ったらいいかわからなくなって。そしたら、誰かが泣いているのが聞こえたのよ」

この時点でもメアリはメドロック夫人を嫌な人だと思っていたが、次の言葉を聞いて大嫌いになった。

「そんなものが聞こえるわけないでしょ」家政婦は決めつけた。「自分の部屋に戻りなさい。さもないと横っ面をひっぱたくよ」

そしてメアリの腕をつかんで小突いたり、ひきずったりしながら、廊下をどんどん歩いていき、メアリの部屋に着くと、彼女をドアから中に押しこんだ。

「いいですか、部屋にいなさいと言われたら、そこでおとなしくしているんですよ。さもないと鍵をかけて部屋に閉じ込めますからね。旦那《だんな》さまがおっしゃるように、家庭教師が必要ね。あんたのような子には厳しく監督する人間が必要なんですよ。わたしは自分の仕事で手一杯ですからね」

メドロック夫人は部屋を出ていき、たたきつけるようにドアを閉めた。メアリは怒りのあまり血の気のひいた顔で、炉端の敷物にすわりこんだ。泣きはしなかったが、歯を食いしばった。

「絶対に誰かが泣いていたわ――絶対に。泣いてたのよ!」メアリはつぶやいた。

泣き声を聞いたのはこれで二度目だ。いつかきっと見つけてやる。今朝はいろいろなことを発見した。まるで長い旅をしてきたような気持ちだった。ともあれ朝じゅう退屈しなかったし、象牙のゾウで遊んだし、ビロードのクッションに巣を作っていた灰色のネズミの親子とも出会えた。

七章　庭の鍵

このできごとの二日後、メアリは朝目を覚ますなり、マーサに呼びかけた。

「ムーアを見て！　ムーアを見て！」

嵐は止んでいて、灰色の霧と雲は夜の間に風で吹き払われていた。その風もすでにおさまり、まばゆいほど真っ青な空がムーアの上に弓なりに広がっている。これほど青い空は想像したことすらなかった。インドの空では太陽が熱くぎらついていた。この空は底知れぬ美しい湖の水のように輝き、涼しげな感じのする深い青だった。弧を描く青空高く、高く、雪のように白いふんわりした小さな雲がいくつも浮かんでいる。はるかかなたまで広がるムーアも、どんよりした黒みがかった紫色やわびしい灰色ではなく、やわらかな青みを帯びていた。

「そうそう、嵐がいっとき止んだんだよ」マーサは明るい笑顔になっていた。「この時期はいっつもそうなんだ。まるで嵐なんて来なかったみたいに、一晩できれいに晴れるんだよ。まるで二度と嵐なんて来ないみたいだよね。春が近づいているからだよ。まだまだ春は先だけどね、ちゃあんと近づいてきてるんだ」

「イギリスはいつも雨が降っているか、曇って暗いのかと思ってた」

「あれえ、まさか！」いくつか並んだ黒いブラシのあいだに膝《ひざ》をついていたマーサは体を起こした。「そったらことなか！」

「今、何て言ったの？」メアリは真面目にたずねた。インドでは理解できる人がほとんどいない方言を召使いたちがそれぞれしゃべっていたので、マーサがメアリの知らない言葉を使ってもあまり驚かなかった。

マーサは最初の朝のように笑った。

「あれえ、やっちまった。メドロック夫人に気をつけろって言われたのに、ヨークシャー弁丸出しになっちまったよ。『そったらことなか』っていうのは、『そんなことはありませんよ』っていう意味だよ」とゆっくりと慎重に説明した。「だけど、ちゃんと言うとまだるっこしいからさ。お日様が出てるときは、ヨークシャーは他のどこよりもからっと晴れるんだ。もう少ししたら、ムーアが好きになれるって、あたし、あんたに言ったよね。待っててごらん、もうじき金色のハリエニシダやエニシダの花が咲いて、ヒースが紫色の小さな釣り鐘みたいな花をびっしりつけて、蝶々《ちょうちょう》が飛び回り、蜂がブンブンいって、ヒバリが空高く舞い上がって歌うようになるよ。そしたら夜明けにムーアに出ていって、一日じゅうそこで過ごしたいって思うだろうね。ディコンみたいにさ」

「わたし、いつかあそこまで行けるかしら？」メアリは青くかすむかなたの荒野を窓から眺めながら、あこがれのにじむ声で言った。メアリはこういうムーアを初めて見た。広大ですばらしく、うっとりするような色合いをしていた。

「どうだかねえ」マーサは答えた。「あんた、生まれてからあんまし歩いたことがないんじゃないかね。五マイルも歩けないでしょうが。うちのコテージまで五マイルあるんだよ」

「あんたの家、見てみたいわ」

マーサはしげしげとメアリを眺めてから、磨きブラシをとりあげて、また火格子をこすりはじめた。この子の貧相な小さな顔も、改めて見ると最初の朝ほどすねたように見えなくなったな、とマーサは考えていた。そういえば、スーザン・アンが何かをやたらにほしがるときの顔にちょっぴり似ている。

「お母ちゃんに訊《き》いてみるよ」マーサは答えた。「お母ちゃんはどんなことでも、たいてい、いい方法を考えつくから。あたし、今日はお休みをもらって、これから家に帰るんだ。ああ、うれしいな！　メドロック夫人はお母ちゃんのことを信頼してるんだ。お母ちゃんからメドロック夫人に頼んでもらったらうまくいくかもしれんね」

「あんたのお母さんのこと好きよ」メアリは言った。

「そうだと思ったよ」マーサは磨きながら応じた。

「会ったことはないけどね」

「うん、そんだね」とマーサは応じた。

マーサはまた体を起こすと、ちょっと考えこみながら鼻先を手の甲でこすった。それからきっぱりと言った。

「そうさね、お母ちゃんは分別があるし働き者だし、気立てがよくて、きれい好きだから、会ったことがあってもなくても、誰でもお母ちゃんのことを好きになるんだろうね。あたし、お休みの日に家に帰るときは、ムーアを歩きながらうれしくて飛び跳ねちゃうぐらいだよ」

「ディコンのことも好き」メアリはつけ加えた。「彼にも会ったことはないけど」

「ああ、前にも話したけどさ、鳥もウサギもヒツジもポニーもキツネも、みんなディコンが好きなんだ」一息に言ってから、考えこむようにメアリを眺めた。「ディコンはあんたのこと、どう思うかねえ？」

「好きにならないわよ」いつものように強情なそっけない口調でメアリは言った。

「わたしのことを好きな人なんて誰もいないもの」

マーサはまた考えこんでいるようだった。

「あんたは自分のことをどう思ってんの？」マーサは本気で知りたがっている様子で、質問した。

メアリはちょっと口ごもって、考えた。

「全然好きじゃない……ちっとも」メアリは答えた。「だけど、これまでそんなこと一度も考えなかったわ」

マーサは以前、家であったことを思い出したらしく口元をゆるめた。

「お母ちゃんに前にそう質問されたことがあるんだ。お母ちゃんは洗濯だらいで洗濯していて、あたしは機嫌が悪くて人の悪口を言っていた。そしたら、お母ちゃんはあたしに向かってこう言ったんだ。『口の悪い娘だね！　あの人が嫌い、この人が嫌いって。じゃあ、あんた、自分のことはどう思ってんだい？』思わず笑っちゃったけど、それで自分がまちがっていることにはっと気づいたんだ」

メアリに朝食を出すと、マーサはご機嫌で去っていった。ムーアを五マイル歩いてコテージに帰り、母親の洗濯を手伝い、一週間分のパンを焼き、おおいに楽しんでくるのだろう。

マーサがもう屋敷にいないとわかると、メアリはこれまでにないほど寂しく感じた。

さっそく庭に出ていくと、まず噴水のある花壇をぐるぐると十周した。慎重に数えながら回り、十周走り終えるとぐんと気分がよくなった。日差しのせいで何もかもがちがって見えた。ムーアばかりかミスルスウェイト屋敷の上にも、高くて青い空がアーチ形に広がっていて、メアリは仰向《あおむ》いて空を見上げながら、あの小さな真っ白な雲に寝そべって漂っていったらどんな気分だろう、などと夢想した。最初の菜園に入っていくと、ベン・ウェザースタッフが二人の庭師といっしょに作業をしていた。天気がよくなったので、彼の機嫌も直ったようだった。自分からメアリに話しかけてきたのだ。

「春が近づいておるな」ベンは言った。「春の匂いがせんか？」

メアリは鼻をくんくんいわせた。「新鮮で湿っぽい、いい匂いがするわ」

「そいつはよく肥えた土の匂いだ」ベンは地面を掘りながら答えた。「土もご機嫌でな、植物を育てる準備をしとるんだ。やっと植えつけの時が来て、土は喜んどるよ。冬のあいだはなんもすることがねえから、退屈しとったんだ。あそこの花壇じゃ、地面の下の暗がりでいろんなものがそわそわしはじめとる。太陽に暖められとるからな。もう少ししたら、緑の芽が黒い地面から顔を出すじゃろう」

「何が咲くの？」メアリは質問した。

「クロッカスやらユキノハナ、それにスイセンだ。見たことがねえのかい？」

「ないわ。インドじゃ、雨が降ると暑くて湿っぽくて、そこらじゅうに緑が茂るの。一晩で植物が伸びるのよ」

「ここじゃ、一晩じゃ育たねえ」ベンは言った。「ちょっと待っててやらねえとな。ちょいと芽が出てきたと思ったら、翌日にはちょっぴり茎が伸びて、こっちの葉が開いたら、お次はこっちの葉が開く、ってな具合だ。見ててごらん」

「そうするわ」メアリは答えた。

たちまち宙でやわらかな羽の音がしたので、メアリはまたあのコマドリがやって来たのだとすぐにわかった。コマドリはとても敏捷《びんしょう》で元気いっぱいで、メアリの足のすぐそばをチョンチョン跳ね回り、小首をかしげ、いたずらっぽくこちらを窺《うかが》っているので、メアリはベン・ウェザースタッフにひとつ質問した。

「コマドリさんはわたしを覚えているんだと思う？」

「おめえを覚えているかだと！」ベンは憤慨したようだった。「こいつは畑のキャベツの株を全部知っとるんだ。人間だってもちろん覚えとるさ。こいつはこれまで娘っ子を見たことがねえから、興味しんしんで、おめえのことをすっかり知りたがっとるんだよ。こいつに何か隠し事をしようとしてもむだだわな」

「コマドリさんが住んでいるあのお庭でも、土の下でいろんなものが芽を出そうとしているの？」

「どこの庭だって？」ベンはぼそっと言うと、またむっつりした顔に戻った。

「古いバラの木があるお庭よ」メアリはたずねずにはいられなかった。どうしても知りたかったのだ。「お花はみんな枯れちゃったの？　それともまた夏になったら咲くものもあるの？　バラはまた咲くかなあ？」

「こいつに訊いてみな」ベンはコマドリの方に肩をすくめてみせた。「知っとるのはこいつだけだよ。十年間、誰も中に入った者はおらんからな」

十年は長い時間だわ、とメアリは思った。自分が生まれたのが十年前なのだから。考えこみながら、メアリはゆっくりとその場を離れた。コマドリやディコンやマーサのお母さんと同じように、その庭のことも好きになりはじめていた。マーサのことも好きになっていた。ずいぶんたくさんの人のことを好きになっているようだ。これまでのメアリは誰かを好きになることとは無縁だったのに。メアリはコマドリも人間と同列にみなしていた。メアリは蔦《つた》で覆われた長い塀沿いの遊歩道に出た。塀越しに梢《こずえ》が見える。こうして、その遊歩道に二度目にやって来たとき、とてつもなくすばらしい、わくわくすることが起きた。それはすべてベンのコマドリのおかげだった。

チチチというさえずりが聞こえ、メアリが左手の何も生えていない花壇の方に目をやると、コマドリがあなたを追いかけてきたわけじゃありませんからね、と言わんばかりに、あちこち跳ねながら、土から何かをついばんでいるふりをしていた。でも、メアリにはコマドリが自分を追ってきたことがわかっていた。それは本当にうれしい驚きで、喜びのあまり体が少し震えたほどだった。

「コマドリさん、わたしを覚えていたのね！」メアリは叫んだ。「ほんとに覚えていたのね！　あんたは世界でいちばんかわいいコマドリよ！」

メアリが鳴き真似をしてしゃべりかけ、甘い言葉を口にすると、コマドリは地面を跳ねて、尾をこれみよがしに振り、チチチと鳴いた。コマドリはまるで人間の言葉をしゃべっているかのようだった。赤い胸はサテンのようにつやつやしていて、その小さな胸をふくらませた姿はとてもりりしく堂々としていて美しく、コマドリだって人間にひけをとらずりっぱでしょう、と見せびらかしているようだった。メアリはコマドリにどんどん近づいていくと、これまでつむじ曲がりだったことなどすっかり忘れ、かがみこんでコマドリに話しかけ、その鳴き声を真似しようとした。

ああ！　こんなにそばまで近づいても逃げないわ！　わたしが決して手を伸ばしたり、驚かせたりする真似をしないって、コマドリさんは知っているんだわ。そういうことを知っているのは、コマドリさんが本物の人間だからよ。ただし、世界じゅうの誰よりもすてきな人だわ。メアリはあんまりうれしくて、息もつけないほどだった。

花壇にはまるっきり何も生えていないわけではなかった。多年生の植物は冬越しのために剪定《せんてい》されていたので、花は咲いていなかったが、背の高い灌木《かんぼく》と低い灌木が花壇の奥の方にひとかたまりにして植えてあった。コマドリはそのあいだをチョンチョン歩いていき、掘り返したばかりの小さな土の山に飛び乗った。そこで立ち止まって、虫を探している。犬がモグラを掘りだそうとしたので地面は掘り返されていて、しかも、かなり深い穴ができていた。

メアリはどうしてそこに穴があるのか知らないまま、そちらに目を向けていたが、そのとき掘り返されたばかりの土に何かが埋まっているのがちらっと見えた。錆《さ》びた鉄か真鍮《しんちゅう》の輪のようだった。コマドリが近くの木に飛んでいってしまうと、メアリは手を伸ばして輪をつまみあげた。それはただの輪ではなかった。輪には古い鍵《かぎ》がついていた。鍵は長いあいだ土に埋まっていたように見えた。

メアリは立ち上がり、指先にぶらさげたものを怯《おび》えたような表情で眺めた。

「もしかしたらここに十年埋まっていたのかもしれない」ささやくように言った。

「たぶん、これがあのお庭の鍵なんだわ！」

八章　コマドリの道案内

メアリは長い間鍵を見つめていた。何度かひっくり返して、考えこんだ。彼女は何かをするときに、年長者に許可をもらったり相談したりするようにしつけられていなかった。したがってメアリの頭にあったのは、これがもしも閉ざされた庭の鍵で、ドアがどこにあるかを見つければ、ドアを開いて塀の中を見ることができる、古いバラの木がどうなっているかを確かめることができる、ということだけだった。そんなに長いあいだ閉めきられていた庭なら、ぜひともこの目で見たかった。他の場所とはちがうに決まっているし、十年のあいだに何か不思議なことが起きているかもしれないという気もした。それに気に入ったら、毎日でも庭に入れるし、ドアを閉めてしまえば自分だけの遊びを作って、自分だけで楽しむことができる。みんな彼女の居場所を知らず、ドアにはまだ鍵がかけられ、その鍵は地面に埋まっていると思っているだろう。そう考えると、胸が高鳴った。

閉めきられた謎めいた部屋が百もある屋敷で、メアリは一人きりで何の遊びもせずに暮らしていたが、いまや、ぼうっとしていた頭が働きはじめ、想像力が目覚めかけていた。ムーアから強く吹きつけてくる、新鮮ですがすがしい空気が一役買っていることはまちがいなかった。その風のおかげで食欲がわき、風に逆らって走ることで血行がよくなったように、風はメアリの精神も鼓舞したのだ。インドではあまりにも暑くてだるくて、何もやる気が起きなかったが、この土地では新しいことに関心を持ち、何かやってみたいと思うようになっていた。なぜかわからないが、すでに前ほど「つむじ曲がり」な気持ちになることも少なくなっていた。

ポケットに鍵をしまうと、遊歩道を行ったり来たりした。ここにはメアリ以外には誰も来そうもなかったので、ゆっくりと歩きながら塀を、というか、塀を覆っている蔦を調べることができた。ただし、この蔦がやっかいで、どんなに目を凝らしても、厚く茂っている光沢のある濃い緑色の葉しか見えなかった。メアリはひどくがっかりした。遊歩道を歩きながら、塀の内側にある梢を仰ぎ見るうちに、いつものひねくれた気持ちがいくらかぶり返してきた。なんだか馬鹿みたい、こんなにそばにいるのに中に入れないなんて、とひとりごとをつぶやいた。鍵をポケットにしまうと、屋敷に戻っていった。これからは外に行くときはいつも鍵を持っていこう。そうすれば隠されたドアを見つけたときに入れるわ。

マーサはメドロック夫人にコテージに泊まってきていいと許可されていたが、朝には仕事に戻っていた。その頬はいつもよりもさらに赤く、元気いっぱいだった。

「朝の四時に起きたんだよ」マーサは報告した。「そりゃもうムーアはきれいだったよ。鳥が目を覚まして鳴きはじめるし、ウサギは跳ね回ってるし、ちょうどお天道さまが昇ってきたところでさ。それに、ずっと歩かなくてすんだんだ。荷車に乗せてくれる人がいたから、道中ずっと楽しめたよ」

外出日の楽しかったことをマーサは次から次に話してくれた。母親はマーサに会えて喜び、二人でパンを焼き、たまっていた洗濯物を全部片付けた。マーサは子どもたちにブラウンシュガーをちょっぴり入れた練り粉菓子まで焼いてやった。

「子どもたちがムーアで遊んで帰ってくる頃に、ちょうどお菓子が熱々に焼き上がったんだ。コテージじゅうにパンやお菓子を焼いたいい匂いがしてさ、火も赤々と燃えていてね。子どもたちは大喜びで歓声をあげてたよ。ディコンときたら、うちのコテージは王さまが住めるぐらいりっぱなとこだって言うんだからねえ」

夜は家族みんなで暖炉を囲み、マーサと母親は服のほころびをかがり、靴下につぎをした。マーサはインドから来た女の子の話をした。その女の子は生まれてからずっとマーサの言う〝黒い人〟たちにかしずかれて育ったこと、靴下の履き方すら知らなかったこと。

「みんな、あんたのことを聞きたがってねえ！　黒い人のことやら、あんたが乗ってきた船のことを知りたがって、もっともっとってせがまれたよ」

　メアリはちょっと考えこんだ。

「次のお休みの日までに、もっといろいろ話してあげるわ」メアリは言った。「そうすれば、みんなに話すことができるでしょ。ゾウやラクダに乗る話を聞きたがるんじゃないかしら。それに、トラ狩りに行く士官たちの話とか」

「そりゃいいね！」マーサはうれしそうに叫んだ。「そんな話をしたら、みんな、無我夢中になっちまうよ。ほんとに聞かせてくれるの、嬢ちゃん？　いつかヨークで猛獣ショーがあったって聞いたけど、それと同じようなもんかね」

「インドはヨークシャーとはまるっきりちがうわ」メアリは考えこみながらゆっくりと答えた。「そんなこと、これまで思ってもみなかったけど。ディコンとお母さんはわたしの話を聞きたがってるの？」

「そりゃもう、ディコンの目はまん丸になって、今にも飛び出しちまいそうだったよ。でも、お母ちゃんはあんたがほとんど一人きりで過ごしているみたいなんで、心配してるようだった。『クレイヴンさまは、家庭教師をつけておあげにならんのかねえ。乳母もいないのかい？』って言ってた。だから、あたしは言ったの。『うん、まだね。

でも、メドロック夫人は、旦那《だんな》さまが戻ってきたら、それについて考えるだろうって言ってたよ。でも、あと二、三年はうっちゃっておくかもしれないって』」

「家庭教師なんていらない」メアリはきっぱりと言った。

「だけど、あんたはそろそろ本が読めるように勉強した方がいいし、面倒を見てくれる女性が必要だって、お母ちゃんは言ってた。『ねえ、マーサ、あんな大きな家を一人ぼっちでうろついてるばかりで、お母さんもいないんだよ、あんたなら、どう思う？　できるだけ元気づけてあげなさいね』だから、あたしはそうするつもりだよ」

メアリはじっとマーサを見つめた。

「あんたはちゃんと元気づけてくれてるわよ」メアリは言った。「あんたの話を聞くのが好きだもん」

マーサはちょっと部屋を出ていき、エプロンの下に何か隠して戻ってきた。

「これ、何だと思う？」マーサはいたずらっぽくにやっと笑いかけた。「あんたにプレゼントを持ってきたんだ」

「プレゼントですって！」メアリは叫んだ。お腹をすかせた十四人の人たちがひしめくコテージから、どうやってプレゼントなんて持ってこられたのだろう！

「ムーアで行商しているおじさんがいてね」とマーサは説明した。「たまたまうちにも来たんだ。鍋《なべ》とかフライパンとか、あれこれ持っていたんだけど、お母ちゃんはお金がないからなんも買えなかった。で、おじさんが帰ろうとしたら、リザベス＝エレンが叫んだんだ。『お母ちゃん、赤と青の把手《とって》のついた縄跳びがあるよ』って。そしたら、お母ちゃんはいきなり行商人に呼びかけた。『待って、おじさん、待って！その縄跳びはいくら？』。そしたら『二ペンスじゃ』って言うから、お母ちゃんはポケットを探ってから、あたしに言ったんだ。『マーサ、あんたはいい子だねえ、お給金を全部持ってきてくれて。うちじゃ、その一ペニーにいたるまでむだにはできんけどさ、そこから二ペンス出して、その子に縄跳びを買ってあげようと思うんだけど』で、これを買ったってわけなんだ」

マーサはエプロンの下から縄跳びをとりだし、とても誇らしげに見せた。それは丈夫な細い縄で、両側に赤と青のストライプの把手がついていた。だが、メアリはこれまで縄跳びを見たことがなかったので、不思議そうにじっとそれを見つめた。

「これ、何に使うの？」メアリは興味深げにたずねた。

「何に使うだって？」マーサは叫んだ。「あんた、インドでは縄跳びってものがないのかね、ゾウやらトラやらラクダやらはいるのに！　これはこうやって使うんだよ。見てて」

そしてマーサは部屋の真ん中に走っていくと、両手に把手を持ち、ピョンピョン飛びはじめた。メアリは椅子の中で向きを変えて、じっとマーサを見つめた。古い肖像画の風変わりな人々も、マーサを眺めているかのようだった。コテージ住まいの娘が自分たちの鼻先でずうずうしくも何を始めたんだ、と言わんばかりに。しかし、マーサは肖像画の方には目もくれなかった。メアリの顔に興味と関心がありありと浮かんでいたので、マーサは有頂天になっていた。マーサはそのまま跳び続け、百まで数えると跳ぶのをやめた。

「もっと長く跳べるよ」マーサは言った。「十二のときは五百まで跳んだっけ。だけど、当時は今ほど太ってなかったし、練習もしていたからね」

メアリはわくわくしながら、椅子から立ち上がった。

「楽しそうね。あなたのお母さん、なんて親切なのかしら。わたしもそんなふうに跳べるかなあ」

「いいからやってみな」マーサは勧め、縄跳びを渡した。「最初は百なんて無理だけど、練習すればそのぐらい跳べるようになるよ。お母ちゃんが言ってた。『縄跳びほど、その子のためになることはないよ。子どもにとって、縄跳びは何よりのおもちゃなんだ。新鮮な空気の中で練習するようにって言ってやりな。そうすりゃ、脚も腕も伸びて、力もついてくるから』って」

　跳んでみると、メアリの腕にも脚にも力がろくにないことがあきらかだった。あまり上手に跳べなかったが、メアリはこれがすっかり気に入って、いつまでも跳ぶのをやめようとしなかった。

「暖かく着こんで、外で跳んでおいでよ」マーサが言った。「できるだけ外で過ごすようにあんたに勧めなって、お母ちゃんに言われたんだ。ちょっとぐらい雨が降ってでもね。だから、しっかり着こんでいきな」

　メアリは外套《がいとう》を着て帽子をかぶり、縄跳びを腕にかけた。ドアから出ると、あることを思い出し、ゆっくり振り返った。

「マーサ、これ買ったの、あんたのお給金だったんでしょ。あんたの二ペンスだったのよね。ありがとう」メアリは堅苦しく言った。というのも、これまで人にお礼を言うことに慣れていなかったし、誰かが自分のために何かしてくれても、めったに気づくことがなかったからだ。「ありがとう」メアリは言いながら片手を差しのべた。感謝の気持ちを示すのに、他にどうしたらいいかわからなかった。

　マーサは不器用に握手した。マーサはマーサで、こういうことに慣れていないようだった。それからぷっと吹きだした。

「ははっ！　これって、変ちくりんな、おばさんくさいことだねえ」マーサは言った。

「これがリザベス＝エレンだったら、あたしにキスしてくれただろうけどさ」

　メアリはさらにしゃちほこばった。

「わたしにキスしてもらいたいの？」

　マーサはまた笑い声をあげた。

「いんや、いいの。あんたはちょっと変わってるし、キスしたいなら、自分からしただろうしね。だけど、あんたはそういう子じゃないから。さあ、外に行って、縄跳びで遊んできなよ」

　メアリは少し気まずい思いで部屋を出ていった。ヨークシャーの人々のことはよくわからなかった。マーサにもいつもとまどわされる。最初は彼女のことをあまり好きじゃなかったけれど、今はちがった。

　縄跳びはとてもすてきなものだった。メアリは数を数えては跳び、跳んでは数を勘定した。しまいには頬が真っ赤になり、生まれてこのかた、こんなにおもしろい遊びをしたことはないとまで思った。お日様が出て、そよ風が吹いていた。荒々しい風ではなく、気持ちのいいやさしい風で、掘り返されたばかりの土のすがすがしい香りを運んでくる。噴水の庭を縄跳びしながらぐるっと回り、遊歩道から遊歩道へ跳んでいった。とうとう菜園に入っていくと、ベンが土を掘りながらコマドリに話しかけていた。コマドリはベンの周囲でチョンチョン跳ねている。メアリが遊歩道を縄跳びしながらベンの方に近づいていくと、彼は顔を上げ、興味を引かれたようにメアリの方を見た。ベンはわたしに気づいたな、とメアリは思った。縄跳びをしているところを彼に見てもらいたかった。

「ほほう！」ベンは叫んだ。「こりゃあ、たまげた！　おめえ、どうやらまだ子どもなんだな。おめえの体の中にゃ、酸っぱくなったバターミルクが流れとるのかと思っとったが、ちゃんと子どもの血が流れとるようだ。縄跳びしとったら、顔色がよくなるぞ。わしの名前がベン・ウェザースタッフだってのと同じぐらいまちげえなしだ。おめえにそんなことができるとは思わんかったわ」

「これまで縄跳びしたことがなかったの」メアリは言った。「まだ始めたばっかり。まだ二十回しか跳べないんだ」

「続けるこった」ベンは言った。「異教徒どもと暮らしていた子にしちゃ、上出来じゃよ。あいつもおめえに見とれとるよ」コマドリの方に顎《あご》をしゃくった。「きのう、おめえのあとをついていっただろうが。今日もそうするつもりだろう。縄跳びのひもが何なのか、調べるつもりにちげえねえ。そんなもん、これまで見たことがなかったからな。やれやれ！」ベンはコマドリの方に首を振りながら言った。「好奇心がおめえの命とりになるぞ、気をつけんと」

メアリはときどき休みながら、縄跳びしてすべての庭を移動していき、果樹園も縄跳びしながら回った。最後にお気に入りの遊歩道まで来たので、端から端まで跳べるかどうか試してみることにした。かなり長い距離があったので、最初はゆっくり跳びはじめたものの、半分まで来たときにあまりにも暑くなって息が切れてしまった。足を止めて休まなくてはならなかったが、もう三十まで数えていたので、そんなにがっかりしなかった。楽しげに笑いながら立ち止まると、なんと蔦《つた》の長い枝にとまってコマドリが揺れていた。コマドリはメアリを追ってきたのだ。挨拶《あいさつ》するようにさえずっている。メアリが縄跳びしながらコマドリに近づいていくと、ひと跳びするたびに、ポケットの中の重いものが体にぶつかるのを感じた。コマドリを見て、メアリはまた笑い声をあげた。

「きのう、鍵《かぎ》の在処《ありか》を教えてくれたわよね」メアリは話しかけた。「今日はドアを教えてちょうだい。でも、コマドリさんは知らないわね！」

コマドリは塀の上で揺れている蔦からさっと舞い上がると、くちばしを開けて、愛らしいトリルを朗々と響かせた。すばらしい声をひけらかすように。自分の美点を見せびらかそうとしているコマドリほど、愛らしく魅力的なものはない。しかも、コマドリときたら、ほとんどいつも美声を自慢しようとして歌っているのだ。

メアリはアーヤのお話で魔法についてさんざん聞かされてきたから、そのとき起きたことは魔法にちがいないと思った。

気持ちのいい風が遊歩道にさあっと吹いてきたが、さっきまでよりは少し強い風だった。木々の枝を揺らすぐらいの強い風で、塀から垂れ下がっている刈りこんでいない蔦も大きく揺れた。メアリはコマドリのすぐそばまで来ていたが、風が垂れ下がった蔦の葉をふいに横に吹き寄せた。とたんにメアリは飛びつき、蔦を手でつかんだ。何かがその下に見えたからだ。垂れ下がった蔦の葉に隠されていた丸い把手。それはドアの把手だった。

両手で蔦の葉を持ち上げるようにすると、葉をひっぱったり押したりしてかきわけようとした。蔦は厚く生い茂っていたが、木材や鉄にからみついているのは一部だけで、ほとんどがカーテンのようにゆらゆら垂れているだけだった。うれしさと興奮のあまり、メアリの心臓は早鐘のように打ち、両手がかすかに震えてきた。コマドリも同じように興奮しているみたいに、ひたすら歌い続け、チュンチュンさえずり、小首をかしげている。両手の下にあるこれは何だろう？　四角くて鉄でできていて、指先で探ってみると穴がひとつ開いている。

それは十年もの歳月、閉ざされていたドアの錠だった。メアリはポケットに手を入れると、鍵をひっぱりだした。鍵は錠の鍵穴にぴったり合った。鍵を差しこんで回す。固くて両手で力をこめねばならなかったが、どうにか回りきった。

そこでメアリは大きく息を吸いこむと、誰か来ないか遊歩道の後方を振り返った。誰の姿もない。どうやらここには人が来ることなどないようだ。もう一度深呼吸した。そうしないではいられなかった。蔦のカーテンをかきわけて、ドアを押す。ドアはゆっくり、ゆっくり開いていった。

それからメアリは隙間をするりと通り抜け、ドアを閉めた。ドアにもたれたまま、あたりを見回す。おののきと驚嘆と喜びで息がはずんでいた。

ついにメアリは秘密の花園に足を踏み入れたのだ。

九章　奇妙なお屋敷

そこは想像もしていなかったほど甘美で不思議な場所だった。庭を囲む塀には葉を落としたつるバラが、枝と枝がからみあうようにびっしりと這《は》っている。メアリにはすぐにバラだとわかった。インドでたくさんのバラを見ていたからだ。地面は冬枯れした茶色の草に覆われ、茂みがあちこちにあった。枯れていなければそれらの茂みもバラにちがいない。さらに立木のように枝を長くまっすぐ伸ばしてスタンダード仕立てにしたバラがたくさんあったが、枝が広がりすぎて、小さな木のようになっている。庭には他にも木がいろいろあったが、そうした木という木につるバラがからみつき、長い巻きひげが薄いカーテンのように垂れ下がってゆらゆら揺れ、とても神秘的な愛らしい雰囲気をかもしだしていた。ここかしこで、つるバラとつるバラがからみあい、ときには大きく張り出した枝にからみつきながら、別の木まで伸びていき、木と木の間に美しい橋のようにかかっているところもあった。今は葉も落ち、バラの花も咲いていなかったし、枯れているのか生きているのかすらわからなかったが、灰色と茶色の太い枝や細い枝が、塀も、木々も、すべてのものを覆い尽くしていた。誘引からはずれた枝が、茶色の草で覆われた地面を這っているところまである。その光景は、庭全体に霞《かすみ》のベールをふわりとかけたかのように見えた。木から木へと、霞の衣をまとったようなつるバラがからみあって伸びているせいで、この庭はこれほど神秘的な感じがするのだ。ずっと放置されていた庭は、手入れされているふつうの庭とはきっとちがうだろう、とメアリは想像していたが、そのとおり、これまで見たこともないほど、この庭は特別だった。

「なんて静かなの!」メアリはささやいた。「すごく静かだわ!」

メアリは身じろぎもせず、しばらく、その静けさに耳を澄ませた。木の梢《こずえ》にとまっているコマドリも音を立てずにいた。はばたこうともせず、じっとすわってメアリを見つめている。

「静かなのも当たり前ね」メアリはまた小声でつぶやいた。「この十年、ここでは言葉をしゃべる人が誰もいなかったのだもの」

メアリはドアから離れると、誰かを起こしてしまうのではないかと気遣うように、足音を忍ばせて一歩ずつ進んでいった。草が生えていて足音がしないのでほっとした。おとぎ話に出てくるみたいな木と木のあいだの灰色のアーチの下まで来ると、アーチを形作っている小枝や巻きひげを見上げた。

「どれももう枯れちゃったのかな。ここはすっかり枯れたお庭なの？　そうじゃなければいいいんだけど」

ベンだったら、木を見ただけで生きているかどうかわかっただろう。しかし、メアリには灰色や茶色の枝しか見えず、ちっぽけな緑の芽すら顔をのぞかせていなかった。でも、すばらしい庭の中に入れたし、これからは蔦に隠されたドアから、いつでも入ってこられる。メアリは自分だけの世界を見つけたような気持ちになった。

四方を塀で囲まれた庭には、日差しがさんさんと降り注いでいる。ミスルスウェイト屋敷のうちでも、この特別な庭の上に広がる天蓋《てんがい》は、ムーアの上の空よりもいっそうまばゆくやわらかな青い色に見えた。コマドリは梢から下りてきて、地面をちょこちょこ歩いたり、さっと飛んだりして、茂みから茂みに歩いていくメアリのあとをついてくる。コマドリはさかんにさえずり、せわしく動き回り、メアリにいろいろなものを見せたがっているかのようだ。何もかもが不思議で、ひっそりしていて、メアリは人の住んでいる場所から何百マイルも離れた場所に一人きりでいる気がしたが、なぜかちっとも寂しくなかった。すべてのバラが枯れているのか、もし生きているバラがあるとしたら、もっと暖かくなれば葉やつぼみが出てくるのだろうか、そういうことが気になってならなかった。ここがすっかり枯れた庭だったら残念でならない。もしもまだバラが生きているなら、さぞすてきだろう。庭一面に何千というバラが咲き乱れることだろう！

　庭に入ってきたとき縄跳びのひもは腕にかけていたが、少し歩き回ったあとで、縄跳びで庭を一周しながらいろいろなものを見物しようと思いついた。あちこちに芝生の小道の名残があったし、庭の隅には常磐木《ときわぎ》の東屋《あずまや》がいくつかあり、石のベンチや高さのある苔《こけ》むした花鉢が置かれていた。

　二番目の東屋まで来たとき、縄跳びを止めた。そこにはかつて花壇があったらしく、黒い土の下から何かが顔を出しているのが見えたのだ。尖《とが》った小さな薄緑色のものだ。ベンが言ったことを思い出し、ひざまずいてそれをじっくり眺めた。

「そうよ、このちっちゃなものが大きくなって、クロッカスかユキノハナかスイセンになるんだわ」メアリはつぶやいた。

　メアリは芽に近々と顔を寄せると、湿った土のすがすがしい匂いを嗅《か》ぎ、その匂いにすっかり魅了された。

「他の場所でも芽が出てるかもしれないわ。一回りして、調べてみよう」

　メアリは縄跳びを止めて歩いていった。地面を見ながらゆっくりと歩いて、縁どりの花壇や芝草のあいだを調べた。何ひとつ見落とすまいとして一周すると、さらにたくさんの鋭く尖った薄緑色の芽を発見した。メアリはすっかりわくわくしていた。

「ここは完全に枯れたお庭じゃなかったのよ」そっとひとりごちた。「たとえバラは枯れていても、他にも生きているものがたくさんあるわ」

メアリは庭仕事のことは何も知らなかったが、ところどころで雑草が生い茂って、緑色の芽が出てくるのに苦労しているように見えたので、これでは生長するスペースが充分にないかもしれないと考えた。あたりを探し回って尖った枝を見つけると、しゃがみこんで地面を掘って雑草をひっこ抜き、芽の周囲をきれいにして充分なスペースをこしらえてあげた。

「ほら、これで息ができるようになったでしょ」最初の作業を終えるとメアリは言った。「これからもっとやるつもりよ。見つけたところは全部きれいにするわ。今日は時間がなくても、明日来ればいいわね」

メアリは花壇から花壇へと回り、雑草を抜いていった。それがあまりにも楽しかったので、花壇をすませると、木々の下の雑草とりまでした。その作業のせいで体がぽかぽかしてきたので、まず外套《がいとう》を、次に帽子を脱いだ。いつのまにか草や淡い緑の芽に微笑みかけながら作業をしていた。

コマドリは忙しそうにあたりを飛び回っていた。コマドリは自分の庭で草木の手入れが始まったことに、いたく満足しているようだった。コマドリはベンの仕事ぶりにはいつも感服していた。彼が庭仕事を終えると、掘り返した土といっしょにありとあらゆるごちそうが出てくるのだ。この女の子はベンの半分ぐらいの大きさしかないが、なかなか分別があり、ちゃんとコマドリの庭を見つけ、やって来るなり作業を始めた、と喜んでいた。

メアリはお昼の時間になるまで、せっせと庭仕事にいそしんだ。それどころか、ようやく外套を着て帽子をかぶり縄跳びのひもを手にとったとき、すっかり時間を忘れ、かれこれ二、三時間も作業をしていたことが信じられなかった。そのあいだじゅうメアリはとても幸せだった。雑草をむしると、何十という小さな淡い緑の芽が現れた。生い茂った雑草のせいで窮屈そうだったときに比べ、すっきりした地面では二倍も元気そうに見えた。

「午後にまた戻ってくるね」メアリは新しい自分の王国を見渡しながら語りかけた。木もバラの茂みも、まるでメアリの言葉に耳を傾けているように感じられた。

それから草の上を軽やかに走って、ゆっくりと古いドアを押し開け、蔦《つた》の下をくぐって外に出た。メアリが赤い頬をして目をきらきらさせ旺盛《おうせい》な食欲を見せたので、マーサは大喜びだった。

「お肉をふた切れに、ライスプディングもお代わりして！」マーサは言った。「あれ、まあ！　縄跳びのおかげで、こんなに食欲が出たって知ったら、お母ちゃんも喜ぶだろうねえ」

尖った枝で掘っているときに、メアリはタマネギみたいな白い根っこを掘り出してしまったことに気づいた。それは元どおり土に戻していねいに土をかぶせておいたが、マーサはあれが何かを教えてくれるかもしれない。

「ねえ、マーサ」メアリは言った。「タマネギみたいな白い根っこは何なの？」

「球根だよ」マーサは答えた。「そこから春の花が生えてくるんだ。ちっこいやつはユキノハナやクロッカスで、大きいやつは白いスイセンや黄色のスイセン、ラッパズイセンだよ。いちばん大きいのはユリやアヤメだね。ほんとにきれいだよ。ディコンはうちの庭にそうした花をいろいろ植えたんだ」

「ディコンはそういうことに詳しいの？」メアリは新しいことを思いついてたずねた。

「うちのディコンはレンガ敷きの遊歩道にだって花を咲かせることができるんだよ。ディコンは地面から出てこいって植物にささやきかけてるだけなんだろう、ってお母ちゃんは言っとるけどね」

「球根って長生きするもの？　誰も世話しなくても何年も何年も生きていられる？」

メアリは心配そうにたずねた。

「球根は自分で勝手に生長するのさ」マーサは言った。「だから貧乏人でも植えられるんだ。邪魔さえしなけりゃ、地下で広がっていって、小さい球根を作るんだ。敷地内の森には何千ものユキノハナが集まって咲いてるところがあるんだよ。春になったらヨークシャーじゅうでいちばんきれいな眺めになるだろうね。最初に植えたのがいつだったんかは誰も知らんけど」

「ここがもう春ならいいのに」メアリは言った。「イギリスに咲くお花をひとつ残らず見たいわ」

メアリはお昼をすませると、お気に入りの炉端の敷物の上にすわった。

「わたし――小さなスコップがほしいんだけど」

「あれまあ、どうしてスコップなんかほしいんだね？」マーサは笑いながらたずねた。「嬢ちゃんも地面を掘りたいんかい？　お母ちゃんに相談してみないとね」

メアリは火を見つめながら、少し考えこんだ。秘密の王国を誰にも知られないようにしておくなら、用心しなくてはならない。別に悪いことなどしていなかったが、クレイヴン叔父《おじ》さまはドアが開かれたことを知ったら、烈火のごとく怒り、新しい鍵《かぎ》をとりつけて永遠に閉め切ってしまうかもしれない。そんなことになったら耐えられない。

「ここは大きくてわびしい場所でしょ」慎重に言葉を選びながら、ゆっくりとメアリは言った。「お屋敷はがらんとしているし、敷地も寂しいし、庭にも誰もいない。あちこち閉めきってあるみたいだしね。インドではいろいろなことをしたわけじゃないけど、もっとたくさん人がいたわ――インド人とか行進している兵隊さんとか。バンドが演奏することもあったし、アーヤはお話をしてくれた。ここではあんたとベンしか話し相手がいないの。それに、あんたは自分の仕事があるし、ベンはめったにわたしと口をきいてくれないのよ。小さなスコップがあれば、ベンみたいにどこかを掘って、そのうち彼に種をわけてもらえたら小さなお庭を作れるかなって思ったの」

マーサの顔がぱっと明るくなった。

「ほうら、やっぱり！」マーサは叫んだ。「お母ちゃんもそんなふうに言ってたんだわ。『あの大きな地所にはたくさん空いとる場所があるんだから、あの子にも少し分けてあげたらいいのにねえ。パセリとかラディッシュとかしか植えなくても、土を耕しとったら、あの子も楽しかろうに』お母ちゃん、ほんとそんなふうに言ってたんだよ」

「そうだったの？　お母さん、いろいろなことを知ってるのね」

「そうなんだよ！　お母ちゃんはさ、『十二人の子どもたちを育てた女は読み書き以外にいろいろ学ぶもんだ。子育てすれば算数と同じぐらい、いろんな知恵がつくんだよ』って言ってるんだ」

「スコップっていくらぐらいするの？　小さなのでいいんだけど？」メアリはたずねた。

「そうだねえ」マーサは考えこんだ。「スウェイト村には店があるんだけど、スコップと熊手と鍬《くわ》一揃いで二シリングで売ってたのを見かけたよ。しかも、しっかりした作りだったから、ちゃんと作業ができそうだった」

「お財布にはそれ以上のお金があるわ」メアリは言った。「士官の奥さんのモリソン夫人が五シリングくれたし、メドロック夫人もクレイヴン叔父さまからって少しお金をくれたの」

「旦那《だんな》さまはあんたのことをちゃんと気遣ってたんだねえ」マーサは驚いたように叫んだ。

「お小遣いとして週に一シリングもらえるって、メドロック夫人が言ってたわ。土曜ごとにくれるけど、それを何に使ったらいいかわからなかったの」

「おやまあ！　そりゃ金持ちだ。それだけありゃ、嬢ちゃんの好きなものを何だって買えるよ。うちのコテージの家賃はたった一シリング三ペンスだけど、それを手に入れるんだって四苦八苦してるよ。そうだ、いいことを思いついた」マーサは腰に両手をあてがった。

「何なの？」メアリは勢いこんだ。

「スウェイト村の店には一袋一ペニーで花の種を売ってるの。ディコンならどれがいちばんきれいな花かも育て方も知ってる。あの子は用がなくても一日に何度もスウェイトまで散歩してるんだ。あんた、活字体の書き方を知ってる？」いきなりたずねた。

「字は書けるけど」メアリは答えた。

　マーサは首を振った。

「ディコンは活字体しか読めないんだよ。あんたが活字体を書けるんなら、ディコンに手紙を書いて、庭仕事用の道具と種を買ってきてくれって頼めるよ」

「わあ！　あんた、すごいわ！」メアリは叫んだ。「ほんと、親切なのね！　あんたがそんなにいい人だなんて思わなかった。がんばれば活字体で書けると思うわ。メドロック夫人にペンとインクと紙をもらいましょう」

「あたしが自分のを持ってるよ」マーサが言った。「日曜あたりにお母ちゃんにちょっと手紙を書こうと思って買っておいたんだ。行ってとってくるね」

その午後、メアリはもう外に行かなかった。マーサはペンとインクと紙を持って戻ってくると、テーブルを片付けて、皿やボウルを階下に運んでいった。マーサが台所に入っていくとメドロック夫人に用を言いつけられたので、メアリはマーサが戻ってくるのをじりじりしながら待った。それからディコンに手紙を書くという大仕事にとりかかった。家庭教師たちがメアリに辟易《へきえき》して居着かなかったので、メアリはあまり読み書きを教わってなく、つづりは得意ではなかったが、苦労しながらどうにか活字体で書いた。マーサが口述して、メアリが書いた手紙は以下のようなものだった。

ディコンへ

おげんきでおすごしのこととおもいます。わたしもげんきでやっています。メアリじょうちゃんがおかねをたくさんもっているので、スウェイトにいって、花のたねと、かだんをつくるためのにわしごとようのどうぐ一そろいをかってきてください。いちばんきれいで、そだてるのがかんたんな花をえらんでください。じょうちゃんはこれまでそういうことをやったことがないし、インドだとぜんぜんちがうからです。おかあちゃんとみんなによろしく。メアリじょうちゃんがもっといろんな話をしてくれることになっているので、こんどやすみで帰ったら、ゾウや、ラクダや、ライオンやトラがりに行くしんしたちの話をきかせてあげます。

あなたのあいする姉
マーサ・フィービー・サワビーより

「封筒にお金を入れて、肉屋の小僧さんに荷車で帰るときに届けてもらうように頼むよ。小僧さんはディコンと仲良しなんだ」マーサが言った。

「ディコンが買ったものをどうやって受けとったらいいの？」

「ディコンが自分で届けてくれるさ。こっちまでよく歩いてくるから」

「まあ！」メアリは歓声をあげた。「じゃあ、彼に会えるのね！　ディコンに会えるなんて思ってもみなかったわ」

「あんた、ディコンに会いたいと思ってたんかい？」マーサはメアリがあまりうれしそうなのを見てたずねた。

「ええ、そうよ。キツネやカラスに好かれている男の子なんて会ったことがないもの。とっても会ってみたいわ」

マーサははっと何かを思い出したようだった。

「そうだ」マーサはいきなり言いだした。「すっかり忘れてたよ。朝いちばんで言うつもりだったのに。お母ちゃんに話してみたんだ。そしたら、お母ちゃんからメドロック夫人に頼んでみるって」

「え、何の話――」メアリは言いかけた。

「火曜に言ってたことだよ。あんたをうちのコテージに連れていって、お母ちゃんの熱々のオートケーキにバターを塗ったやつと、ミルクをごちそうしてもいいかってこと」

今日一日でありとあらゆる楽しいことが起きているような気がした。昼間、青い空の下でムーアにお出かけするなんて！　そして十二人の子どもたちがいるコテージに招かれるのだ！

「お母さんはメドロック夫人が許してくれるって考えてるの？」メアリは心配そうにたずねた。

「うん、そう思ってるみたいだよ。お母ちゃんがたいそうきちんとした人で、コテージをとてもきれいにしてるって、メドロック夫人は知ってるからね」

「コテージに行けば、ディコンばかりかお母さんにも会えるのね」メアリはそう考えて胸が高鳴った。「お母さんはインドのお母さんたちとちがうみたいね」

庭仕事をした疲れが出たのと午後に興奮したせいで、メアリは静かに物思いにふけった。マーサはお茶の時間までいっしょにいてくれたが、二人ともほとんど言葉を交わさずに居心地よくくつろいでいた。しかし、お茶のトレイを取りにマーサが階下に行こうとしたとき、メアリはひとつ質問した。

「マーサ、皿洗いのメイドは今日も歯が痛いの？」

マーサは少し驚いたようだった。

「どうしてそんなことをたずねるんだね？」

「だって、さっきあんたが戻ってくるのをずっと待っていたとき、ドアを開けて廊下に出てみたの。あんたの姿が見えないかなって。そうしたら、また遠くから泣き声が聞こえてきたのよ。いつかの晩と同じように。今日は風がないから、風の音じゃないのはまちがいないわ」

「あれま！」マーサは気まずそうだった。「廊下を歩き回って立ち聞きなんてしちゃだめだよ。クレイヴンさまがすごくお怒りになって、お仕置きされるかもしらんよ」

「立ち聞きなんてしてないもん。あんたを待ってただけ――そしたら聞こえてきたの。これで三度目よね」

「おや、大変！ メドロック夫人のベルが鳴ってる」マーサは走るようにして部屋を出ていった。

「こんな奇妙な家ってあるかしら」メアリは眠たげにつぶやくと、近くに置かれた肘《ひじ》掛《か》け椅子のふかふかの座面に頭をもたせかけた。新鮮な空気と庭いじりと縄跳びのせいで心地よい疲労を覚えながら、メアリはいつのまにか眠りこんでいた。

十章　ディコン

　ほぼ一週間というもの、秘密の花園には日差しがさんさんと降り注いでいた。メアリはあの庭のことを〝秘密の花園〟と心の中で呼ぶようになった。その名前はとても気に入ったし、なによりも美しい古い塀のドアを閉めてしまうと、誰も自分の居場所を知らないと思うと胸がときめいた。世界を閉めだして、おとぎの国にいるみたいな気がしたのだ。これまでにおとぎ話の本も何冊か読んだことがあったが、その中には秘密の花園が登場する物語もあった。花園に行って百年も眠る人もいたが、そんなのはメアリには馬鹿らしく思えた。花園で寝るつもりなんてこれっぽっちもなかったし、それどころかミスルスウェイト屋敷で過ごしているうちに眠気も吹っ飛び、日ごとに精神が目覚めてきた。外で過ごすのがどんどん好きになって、今では風も嫌いではなくかえって楽しんでいる。どんどん速く、長く走れるようになり、縄跳びも百回跳べるようになった。秘密の花園の球根たちも驚いていたにちがいない。なにしろ周囲がすっきりしたので好きなだけ呼吸できるようになったのだ。メアリは知るよしもなかったが、暗い地面の下で球根たちは元気づいて、ぐんぐん生長していた。暖かい太陽の光が球根にまで届くようになり、雨が降れば土の下にたちまち水が浸《し》みこんでいったので、球根はますます生き生きとして大きくなっていった。

メアリはいったんこうと決めたらてこでも譲らないところがある女の子だったが、今はやろうと決めたことがなにしろおもしろくてたまらないので、すっかり花園にのめりこんでいた。土を掘り返し、雑草をせっせと抜き、その作業に飽きるどころか、ますます喜びが大きくなっていった。メアリにとっては庭仕事はわくわくする遊びのようなものだった。期待していた以上にたくさんの薄緑色の芽が顔を出していた。ありとあらゆる場所に芽が出ているみたいで、毎日新しい小さな芽を発見した。いくつかの芽は土から出てきたばかりらしく、とても小さかった。あまり次から次に芽が出てくるので、「何千ものユキノハナ」が咲いているという場所のことや、球根が太って、いくつかに分かれて増えていく、というマーサの話を思い出した。ここは十年も放置されていたから、ユキノハナのように球根が何千にも増えたのかもしれない。花が咲くまでどのぐらいかかるのだろう。ときどきメアリは作業の手を休めて庭を見渡し、何千もの美しい花が一斉に咲いたらどんなふうだろう、とうっとりと想像するのだった。

晴れていたその週に、メアリはベンと前よりも親しくなった。メアリはまるで地面から飛びだしたみたいに、いきなりベンの横に現れて何度か老庭師を驚かせた。実を言うと、自分が近づいていくのに気づいたら、ベンが道具をまとめて立ち去ってしまうのではないかと心配だったので、いつもできるだけ足音を忍ばせてそっと近づいていったのだ。でも、ベンは当初ほどメアリにそっけなくふるまわなくなっていた。たぶん自分のような年寄りと話したがっているメアリに、内心、気をよくしていたのだろう。もちろんメアリの方も以前よりも礼儀正しくなっていた。メアリは最初にベンと会ったとき、インド人の召使いに対するように話しかけたのだが、ベンはそんな事情は知らなかった。かたやメアリの方も、気むずかしく頑固なヨークシャー生まれの老人は主人に腰を折ってお辞儀をしたりしないし、命令されたことに唯々諾々と従うこともないとは知らなかった。

「おめえ、コマドリみてえだな」ある朝、ベンはかたわらに立っているメアリを見上げてそう言った。「知らんうちにひょっこり現れるし、どっちから来るのかもわからんて」

「わたしも今じゃコマドリさんとはお友だちよ」メアリは言った。

「いかにも、あいつらしいわ」ベン・ウェザースタッフは手厳しく決めつけた。「あの見栄《みえ》っ張りのお調子者め、女どもに言い寄ることしか考えとらん。尾羽を震わせて、てめえの姿をみせびらかすのが何よりも好きときとる。まったく、とんでもねえうぬぼれ屋だよ」

ベンは寡黙で、メアリの質問にも面倒くさそうにうなり声をあげるだけのこともあったが、今朝はいつもよりも饒舌《じょうぜつ》だった。ベンは立ち上がると、靴底に鋲《びょう》を打ったブーツをはいた片足をスコップにのせ、メアリを振り返った。

「ここに来てからどんぐらいになるね？」いきなりたずねた。

「そろそろひと月かな」

「ミスルスウェイト屋敷の暮らしがおめえにはけっこう合ってるのかもしれんな」ベンは言った。「前よりも太ったみてえだし、顔の黄色も薄くなってきたようだからな。初めてこの庭に入ってきたときゃ、羽をむしられたカラスの子みてえだった。こんなみっともねえ、気むずかしい顔をした子どもは見たことがねえ、と思ったわな」

メアリは虚栄心が強くなかったし、これまで自分の外見を気にしたことがなかったので、この失礼な言葉にもたいして腹が立たなかった。

「たしかに太ってきたの。靴下がきつくなってきたわ。以前はゆるくてたるんでたのに。あら、コマドリさんが来たわ、ベン・ウェザースタッフ」

そのとおりコマドリが現れた。コマドリはますますきれいになっている、とメアリは思った。赤いチョッキはサテンのように光沢があり、羽や尻尾《しっぽ》を震わせ小首をかしげながら、活気にあふれ魅力たっぷりにチョンチョン歩いてみせた。コマドリはベンにほめてもらいたがっているようだったが、ベンはへそ曲がりだった。

「おんや、またおめえか！」ベンは言った。「他には誰もいねえから、わしで我慢しとくんだろ。この二週間ほど、おめえのチョッキはますます赤くなっとるし、羽には艶《つや》が出とるなあ。ふん、おめえの魂胆はわかっとるよ。どっかの若い娘っこに言い寄ってるんじゃろ。おおかた、てめえはミスル・ムーア一のりっぱな雄コマドリで、他のコマドリなんて蹴散《けち》らせるとかなんとか、ほら吹いとるんだろうが」

「まあ！　コマドリさんを見て！」メアリが叫んだ。

　コマドリはどうやらベンの心をつかもうとしているようで、大胆にもどんどん近づいてくると、ベンを愛嬌《あいきょう》たっぷりな仕草で見つめた。それから手近のフサスグリの茂みに飛んでいくと、小首をかしげ、ベンに向かってちょっとさえずってみせた。

「そういうことをすりゃ、わしを手玉にとれると思っとるんだな」ベンはしかめ面で言った。メアリの目には、うれしがっていることを気取られまいとして、わざとそんな渋面をこしらえているようにしか見えなかった。「てめえの魅力には誰も逆らえない、まちげえなくそう考えてるんだわ」

コマドリはさっと翼を広げた。メアリは目を疑った。コマドリがベンのスコップの把手めがけてまっすぐ飛んでいき、そのてっぺんにとまったのだ。すると、老人のしかめ面がこれまで見たこともない表情にゆっくりと変わっていった。息をするのもはばかるようにベンはじっと立っていた。コマドリが飛び去ってしまうといけないから、絶対に動くものか、と心に決めているようだった。ベンはささやくようにしゃべった。

「こりゃ、一本とられたな!」ベンはそう言いつつも、悔しそうではなくやさしい口調だった。「おめえは人たらしだよ、まったく! 途方もなく抜け目がないやつだ」

コマドリがまた羽を広げて飛び去ってしまうまで、ベンは身じろぎもせず、息を殺して立っていた。それから、こいつには魔法がかかっているんだろうか、と言わんばかりにスコップの把手をしげしげと見つめてから、また土を掘りだしたが、しばらく口をきかなかった。

しかし、何度かベンが口元をほころばせているのを見て、メアリはしゃべりかけても大丈夫だと判断した。

「自分のお庭って持ったことがある?」

「いんや、わしは独りもんで、門番小屋にマーティンといっしょに住んどるんだ」

「もし自分の庭を持てたら、何を植える?」

「キャベツとジャガイモとタマネギだな」

「でもお花の庭にしたいなら、何を植えたい？」メアリはさらに質問した。

「球根と、いい匂いのする花かな――でも、バラかねえ」

メアリの顔がぱっと明るくなった。

「バラが好きなの？」

ベン・ウェザースタッフは雑草を一本抜いて、横に放り投げると答えた。

「ああ、好きだとも。前にわしが庭師としてお仕えしとった若奥さまから教わったんだ。奥さまは大好きな庭にそりゃもうたくさんのバラを植えておってな、バラを子どもみたいに、さもなきゃコマドリみたいにかわいがっとったよ。花にかがみこんで、キスしておられるところをよく見かけたもんだ」ベンはまた雑草を引き抜き、眉《まゆ》をひそめた。「もう十年も前のことだがの」

「若奥さまは今どこにいるの？」メアリは興味を引かれてたずねた。

「天国だよ」ベンは答えると、スコップを土に突き立てた。「牧師が言うにはな」

「バラはどうなっちゃったの？」メアリはますます好奇心をかきたてられた。

「そのまんま、ほったらかしさ」

メアリは胸がどきどきしてきた。

「バラは枯れちゃったの？　ほったらかしにされたら、バラって枯れるものなの？」

「実は、わしはバラが好きになってね。奥さまのことも好きだったし、奥さまはバラを大切にしておった」ベンはしぶしぶ認めた。「だもんで、年に一、二度、ちょいと手入れしとったんだ。剪定《せんてい》したり、株の周囲の土を掘り返したりな。伸び放題になっとるが、肥えた土だからまだ枯れずに残っとるのもあるじゃろう」

「葉っぱも落ちちゃって、枝が灰色や茶色で乾いてるときって、枯れてるか生きているかどうやったら見分けられるの？」メアリは質問した。

「春が来るまで待つんだな。雨のあとにお天道様が出て、また雨が降って、お天道様が照る。そういう季節になりゃ、おのずとわかるじゃろう」

「どうやって、どうやってわかるの？」メアリは用心も忘れて夢中で叫んだ。

「小枝や太い枝を調べてみて、茶色いちっぽけなふくらみを見つけたら、暖かい雨のあとでそいつがどうなってるか見てみるといい」ベンはふいに言葉を切り、メアリの熱心な顔つきを訝《いぶか》しげに見た。「なんでまた、急にバラだのなんだのに興味を持つようになったんだ？」

メアリは頰が火照るのを感じながら、おずおずと答えた。

「わ、わたし、自分のお庭ごっこをしようと思ったの」つかえながら言った。「だって他に――何もすることがないでしょ。何も持ってないし、誰も遊び相手もいないから」

「そうだな」ベンはじっとメアリを見つめながらのろのろと言った。「たしかになあ。誰もおらんな」

その口調がなんだかいつもとちがっていたので、ベンは少しは気の毒に思ってくれているのかもしれない、とメアリは思った。メアリは自分のことをかわいそうだと思ったことはなかった。ただ退屈して機嫌が悪くなるだけだった。人やできごとが気に入らなくていらいらしたからだ。でも、今、彼女の回りでは次々に変化が起きて、どんどん楽しくなってきている。秘密の花園のことを誰にも知られなければ、これからずっと一人で楽しめるだろう。

メアリはさらに十五分ぐらいベンのそばにいて、思い切ってあれこれ質問をした。相変わらずぶっきらぼうだったが、ベンはどの質問にも答えてくれたし、不機嫌そうにも見えなかった。スコップを手にして、メアリを置いてどこかに行ってしまおうともしなかった。そろそろ話を切り上げようとしたとき、ベンがバラについて何か言ったので、メアリはさっき彼が好きだと話していたバラのことを思い出した。

「さっき言ってたバラのことだけど、今も見に行ってるの？」メアリはたずねた。

「今年はまだ行っとらんよ。リューマチがひどくなって膝《ひざ》が思うように動かんのでな」

いつものようにぶっきらぼうにそう答えてから、なぜかいきなりメアリのことが気に障ったようだった。

「もう、いい加減にせんか！」ベンは語気荒く言った。「おめえ、あれこれ質問しすぎるぞ。こんなに質問ばっかかする娘っ子は見たことがねえ。さっさと向こうに遊びに行きな。今日はもうおしゃべりはおしまいじゃ」

ベンがすっかりへそを曲げたようだったので、これ以上ここにいても何も聞きだせないとメアリは悟った。外側の遊歩道をゆっくり縄跳びしていきながら、メアリはベンについて考えた。またもう一人メアリには好きな人ができたようだ。不思議なことに、あんなに無愛想な人なのに、メアリは老ベン・ウェザースタッフのことが好きだった。そう、まちがいなく好きだった。だから、彼に口をきいてもらおうとしてメアリは努力したのだ。それにベンは花についてはありとあらゆることを知っているにちがいない、と思った。

秘密の花園の周囲には月桂樹の生け垣がある遊歩道があり、その突き当たりは敷地内の森に通じる門になっている。メアリはこの遊歩道を縄跳びしていって、森でウサギが跳ね回っているかどうか見てくることにした。縄跳びを心から楽しみながら、小さな門まで来ると、それを押し開けて中に入っていった。低い変わった笛の音が聞こえてきたので、何だろうと思ったのだ。

実に奇妙な光景だった。メアリはそれを目にするや、はっと息をのんで立ち止まった。男の子が幹に寄りかかって木陰にすわり、手作りの木の笛を吹いている。十二歳ぐらいのひょうきんな顔をした男の子だった。とてもこざっぱりとした身なりで、鼻が上を向いていて頰はポピーのように真っ赤で、目はメアリがこれまで見たこともないほど丸くて青かった。しかも、男の子がもたれている木の幹には茶色のリスがしがみついて、じっと男の子を見つめていた。さらに背後のやぶでは雄のキジが首をそっと伸ばし、様子をうかがっている。さらに男の子のすぐそばでは二匹のウサギが後ろ足で立ち、さかんに鼻をうごめかしている。動物たちは男の子を見ようとして集まってきて、彼が吹いている不思議な笛の音に耳を傾けているようだった。

男の子はメアリを見つけると、片手を上げ、とても低い、まるで笛の音みたいな声で話しかけた。

「動かんでいて」男の子は言った。「みんなを怖がらせちまうから」

メアリはじっとしていた。男の子は笛を吹くのをやめ、地面から立ち上がろうとした。その動作はきわめてゆっくりなので、まったく動いていないかのように見えたが、彼はついに立ち上がった。リスはするすると木を上っていって枝の間に姿を消し、キジは頭をひっこめ、ウサギは四つ足になってピョンピョンどこかに跳んでいった。ただし、どの動物も怯《おび》えている様子はなかった。

「おれ、ディコン」少年は名乗った。「あんたはメアリ嬢ちゃんだろ?」

メアリはなぜか一目見たときから、この男の子がディコンだとわかっていたことに気づいた。インドでヘビ使いがヘビを意のままに操るみたいに、ウサギやキジを惹《ひ》きつける人間がこのあたりに他にいるわけがない。ディコンは大きな赤い唇の両端を持ち上げ、満面に笑みを浮かべた。

「ゆっくり立ったのはね」とディコンは説明した。「急に動くと、みんなを驚かせちまうからだ。野生の動物がそばにいるときゃ、そうっと動いて、小せえ声で話さにゃならんだよ」

ディコンはこれが初対面ではなく、まるでメアリのことをよく知っているかのようにしゃべった。メアリは男の子のことはまったく知らなかったので恥ずかしくて堅苦しい話し方になった。

「マーサの手紙は届きましたか?」メアリはたずねた。

ディコンは赤い巻き毛の頭をうなずかせた。「そんで来たんだ」

ディコンは笛を吹いていた地面に置いてあった何かをとりあげた。

「庭仕事ん道具を買ってきたよ。小さいスコップと熊手と股鍬《またぐわ》と鍬だがね。なあ、りっぱなもんじゃろが。移植ごてもあるぞ。花の種も買ったら、店のおばさんが白いポピーと青いヒエンソウをひと袋ずつおまけしてくれたんだ」

「種を見せてもらえる？」メアリは言った。

メアリはディコンみたいに話せたらいいのに、と思った。彼のしゃべり方はてらいがなくて親しみやすかった。ディコンはわたしに好意を持っているみたいにしゃべってくれている、とメアリはほっとした。もっともディコンの方はムーアに住むありふれた少年で、ツギのあたった服を着て、ひょうきんな顔にぼさぼさの赤毛の頭をしていたが、メアリに嫌われるのではないかなどとは、これっぽっちも心配していないようだった。メアリがディコンに近づくと、彼からはヒースと青草と葉っぱのすがすがしいさわやかな匂いがした。まるでこの男の子はそうしたものから作られているみたいだ。メアリはその匂いがとても気に入ったし、赤い頬と丸い青い目をしたひょうきんな顔をのぞきこむと、恥ずかしさなどどこかに吹っ飛んでしまった。

「その丸太にすわって、種を見ましょうよ」彼女は提案した。

二人でいっしょに丸太にすわると、ディコンは外套《がいとう》のポケットから粗末な茶色の紙袋をとりだした。ひもをとくと、中には花の絵のついた、もっとこぎれいで小さな袋が入っていた。

「モクセイソウとポピーがたんとあるよ」ディコンは言った。「モクセイソウはそりゃあもう甘い香りの花をつけるんだよ。それに、どこに種をまいても大きくなるからな。ポピーもそうさ。口笛を吹いてやりゃ、勝手に芽を出して花をつけるんだ。いっとう育てやすい花だな」

ディコンは言葉を切り、すばやく頭を巡らせた。赤い頬をした顔が輝いている。

「コマドリがおれたちに呼びかけとるぞ、どこだろ？」彼は言った。

鮮やかな赤い実をつけたヒイラギの深い茂みからさえずりが聞こえてくる。メアリはそれが誰なのかわかっていた。

「あれ、ほんとにわたしたちに呼びかけてるの？」

「そうともさ」ディコンは当たり前だと言わんばかりの口ぶりだった。「友だちに呼びかけてんだよ。『ねえ、来たよ。おれを見て。ちょっとおしゃべりしたいんだ』って言ってるみてえだな。ああ、あのやぶの中にいた。誰の友だちだ？」

「ベン・ウェザースタッフの友だちだけど、わたしともちょっと知り合いなの」

「ああ、あんたのことは知ってるみてえだな」ディコンはまた低い声になった。「でもって、あんたのことを好いてるみてえだな。あんたのこと、おれに残らず話してくれるってさ」

ディコンはさっきのようにゆっくりした動作で、やぶのすぐそばまで近づいていった。それからコマドリのさえずりにそっくりな声を出した。コマドリはしばらく熱心に耳を傾けてから、質問に答えているみたいにさえずりを返してきた。

「やっぱし、こいつはあんたの友だちだってさ」ディコンは楽しげに言った。

「ほんとにそう思う？」メアリは弾んだ声を出した。心からそれを知りたかった。

「コマドリさんは本当にわたしのことが好きなの？」

「好きじゃなかったら、あんたの近くに寄らねえよ。鳥はえり好みが激しいし、コマドリは人間よりもこっぴどく相手をからかうんだ。あれ、あいつ、あんたの機嫌をとろうとしてるぞ。『おれの姿が見えないのかい？』って言っとるよ」

実際、ディコンの言ったとおりだった。コマドリはやぶの上をチョンチョン跳びはねながら、さえずり、小首をかしげ、少しずつにじり寄ってきた。

「あなた、鳥が言うことが全部わかるの？」メアリはたずねた。

ディコンの笑みはますます大きくなり、顔全体が弧を描く赤い大きな口になってしまったみたいに見えた。彼は赤毛の頭をかいた。「そうみてえだな。鳥の方もそう思っとるみてえだ。ちっちゃい頃から鳥たちとムーアで暮らしてきたからな。雛《ひな》が卵の殻を破って外に出てくるとこも見たし、飛ぶ練習したり、歌いはじめるとこも見てきたよ。しまいにゃ自分は鳥の仲間かもって思うぐれえだ。ときどき、おれは鳥かな、キツネかな、ウサギかな、リスかなって、ようわからなくなることもある。もしかしたらカブト虫かもしれねえってさ」

ディコンはほがらかに笑い丸太に戻ると、花の種についてまた語りはじめた。花が咲いたらどんなふうに見えるか、種のまき方、世話の仕方、肥料や水のやり方をメアリに教えた。

「そうだ」ディコンはいきなりメアリの方を向いた。「おれがまいてやるよ。あんたの庭、どこだ？」

メアリは膝《ひざ》の上に置いた両手をぎゅっと握りしめた。どう答えたらいいかわからなかったので、丸々一分ぐらい黙りこくっていた。こういう展開は考えていなかったのだ。みじめな気持ちだった。自分の顔が赤くなったり青くなったりしているような気がした。

「あんた、庭をもらったんだろ？」ディコンがたずねた。

たしかにメアリは赤くなったり青くなったりしていて、ディコンもそれに気づいた。メアリが相変わらず黙っているので、ディコンはとまどったようだ。

「まだ庭をもらっとらんのか？　庭、まだないのかい？」

メアリはさらに両手をきつく握りしめ、視線をディコンに向けた。

「男の子のことは何も知らないけど」とゆっくりと言葉を口にした。「あなた、わたしが秘密を話したら、その秘密を守れる？　大切な秘密なの。誰かに見つかったら大変なことになるわ。わたし、死んじゃうかもしれない！」最後の言葉をメアリは叫ぶように言った。

ディコンはいっそうけげんな顔になり、くしゃくしゃの頭をもう一度かいたが、少しも気を悪くした様子はなかった。

「おれ、いっつも秘密を守っとるよ。他の子に秘密にしておけんかったら、キツネの子も、鳥の巣も、野生の動物たちの巣穴も、ムーアで無事でいられんからね。うん、おれは秘密がちゃんと守れるよ」

メアリは思わず手を伸ばして、ディコンの袖《そで》をぎゅっとつかんだ。

「わたし、お庭を盗んだの」早口で伝えた。「その庭、わたしのものじゃないの。誰のものでもないの。でも、誰もそのお庭をほしがらないし、気にもかけていないのよ。

お庭の中にずっと誰も入ってないの。何もかもすっかり枯れちゃったかもしれないわ。わたしにはよくわからないけど」

これまでなかったほど感情が高ぶり、片意地な気持ちがこみあげてきた。

「ううん、気にするもんですか、へいちゃらよ！　みんな、わたしからお庭をとりあげる権利なんてないわ！　わたしはお庭を大切に思っているけど、みんなはそうじゃないんだもん。枯れるまま平気で放っておいたのよ、誰も入れないようにして」感情を高ぶらせて言うと、両腕を顔に押しつけ激しく泣きだした。かわいそうなメアリ。

ディコンの興味深げな青い目はますます丸くなった。

「ああ、そうかあ！」彼はゆっくりとそう言ったが、そこには驚きと同時に同情がこもっていた。

「わたし、何も持っていないの」メアリは訴えた。「わたしのものはひとつもないのよ。お庭はわたしが自分で見つけて、一人で入ったの。わたし、あのコマドリさんと同じよ。コマドリさんからお庭をとりあげられないでしょ」

「どこにあるんだい？」ディコンは声をひそめてたずねた。

メアリはさっと丸太から立ち上がった。自分がまたもや強情で意固地になっているのがわかったが、そんなことはもうどうでもよかった。インドにいたときのようにいばった態度に戻っていたが、腹立たしさと悲しみがこみあげてきた。

「ついてきて、案内するから」メアリは言った。

メアリは先に立って月桂樹の小道を回り、蔦《つた》がびっしり茂っている遊歩道に向かった。ディコンは気の毒がっているような奇妙な表情を浮かべてついてきた。まるで珍しい鳥の巣に案内されていくかのように、ディコンは足音を忍ばせて歩いていた。メアリが塀際で立ち止まり、垂れ下がっている蔦を持ち上げると、ディコンはあっと驚いた。ドアが現れたのだ。メアリがゆっくりとドアを押し開けると、二人はいっしょに中に入っていった。メアリはすっくと立ち、勝ち誇ったように片手でぐるっと示した。

「ここよ。これが秘密の花園なの。ここがまだ枯れてませんようにって願っているのは、世界じゅうでわたし一人だけなのよ」

ディコンは何度も何度も庭を見回した。それでも飽き足らず、さらにあちこちに視線を向けた。

「ああ！」ささやくようにディコンは言った。「なんて不思議なきれいな場所だろ！　夢ん中にいるみたいだ」

十一章　ヤドリギツグミの巣

数分というもの、ディコンはただあたりを眺め回していた。メアリはそんな彼の様子をじっと見つめていた。やがてディコンは足音を忍ばせて歩き回りはじめた。メアリが初めて塀に囲まれたこの場所に入ったときよりも、さらにそっと歩いている。ディコンはありとあらゆるものを目に焼きつけようとしているみたいだった。灰色のつるがからみついたり枝から垂れ下がったりしている灰色の木々、塀の上でもつれあい草地のあいだを這《は》っていくつるバラの枝。石のベンチが置かれた常磐木《ときわぎ》の東屋《あずまや》と、そこに置かれた花鉢。

「この場所を見るとは思わなんだ」とうとうディコンはささやき声を出した。

「このお庭のことを知ってたの？」メアリはたずねた。

彼女が大きな声でしゃべったので、ディコンは静かにと合図した。

「小さな声でしゃべらんといかんよ」彼は言った。「誰かに聞かれたら、ここで何しとるかと思われる」

「やだ！　忘れてた！」メアリは怯《おび》えて、あわてて口を手で覆った。「お庭のこと、知ってたの？」落ち着きを取り戻すと、もう一度たずねた。

ディコンはうなずいた。

「マーサが誰も入ったことのねえ場所があるって言っとった。おれたち、どんなとこだろうって想像してたんだ」

ディコンは足を止めて、つるバラの愛らしい灰色の枝がからみあっている庭を眺めた。彼の丸い目はとてもうれしそうだった。

「わあ！　春が来たら、あちこちに巣ができるよ」彼は言った。「イギリスでいちばん安全な場所だもんな。人は近くに寄ってこんし、木やバラがもつれたところは巣をかけるのにうってつけだ。ムーアじゅうの鳥が巣を作りにやって来るんじゃねえかな」

メアリは思わずディコンの腕に手を置いた。

「バラは咲くと思う？」声をひそめてたずねた。「あなた、わかる？　もしかしたら全部枯れちゃったんじゃないかと思ったんだけど」

「いやあ、まさか！　全部なんてこたあ、あるもんか。ここを見てみな！」

ディコンは手近の木に近づいていった。幹が灰色の苔《こけ》にびっしりと覆われたとても古い木だったが、もつれた小枝や大枝がカーテンのように張りだしている。ディコンはポケットから厚みのあるナイフをとりだすと、刃を一枚開いた。

「枯れた枝がどっさりあるから、それは切らんとな」ディコンは言った。「それから、古い枝もあるけど、去年出てきた枝もある。ほら、ここんところ」彼は堅くて干からびた灰色の枝ではなく、茶色がかった緑色の若枝に触れた。

メアリはうやうやしいと言えそうな手つきで、うれしそうにそれに触れてみた。

「それ？　それ、本当に生きてるの、本当に？」

ディコンは大きな笑みを見せた。

「ぴんぴんしとるさ、おれやあんたとおんなじように」彼は言った。メアリは「ぴんぴんしてる」というのはヨークシャー弁で「生きている」とか「元気だ」という意味だと、マーサから教わったのを思い出した。

「ぴんぴんしていてよかった！」メアリは声をひそめて言った。「みんな、ぴんぴんしてるといいんだけど。お庭を回って、どのぐらいの木がぴんぴんしているか調べてみましょうよ」

メアリは興奮で息を弾ませていた。そしてディコンもメアリに劣らずわくわくしているようだった。二人は木から木へ、茂みから茂みへ歩いていった。ディコンはナイフを手に、メアリにとっては驚嘆するようなことをあれこれやって見せてくれた。

「どれも伸び放題になっとるな」ディコンは言った。「だけんど、強いやつはとんでもなく育っとる。弱いやつは枯れちまった。けど、残りはどんどん生長して、広がってる。へえ、びっくりだ。ここを見てみな！」ディコンは灰色で乾ききっているように見える太い枝を引っ張った。「枯れ枝だと思うかもしれんけど、おれはそうじゃねえと思う——根っこのとこは生きとるよ。下の方を切ってみりゃわかる」

ディコンはひざまずいて、一見、枯れているように見える枝の地面に近い場所をナイフで切った。

「ほらな！」ディコンは歓声をあげた。「言っただろ。まだ芯《しん》のとこに緑色が残ってる。見てみな」

ディコンに言われるまでもなく、メアリも膝《ひざ》をつき食い入るように切り口を見つめた。

「こんなふうに緑がかってて樹液があるときは、ぴんぴんしてるんだ」彼は説明した。「さっき切ったやつみたいに、中が乾燥して簡単に折れるときゃ、もうおしめえだ。ここにある大きな根っこから生きた枝が出てきてるのさ。古い枝を切り落として、木の周囲をちょっと掘り返して世話してやれば——」ディコンは言葉を切って、頭上を這い、しだれているバラの小枝を眺めた。「今年の夏にはバラの噴水になるぞ」

二人は茂みや木を次々に調べていった。ディコンはとても力があり、ナイフの使い方がうまく、乾ききって枯れた枝をどうやって切り落とすかを知っていたし、思いがけず大枝や小枝に緑の部分が残っているときの見つけ方も心得ていた。三十分もすると、メアリにも見分けられるようになってきた。ディコンが枯れているように見える枝を切ったときに、ほんのわずかでも湿った緑の部分を見つけると、メアリは小さく歓声をあげた。スコップと鍬《くわ》と股《また》鍬は大いに役立ってくれた。ディコンはメアリに股鍬の使い方を教え、自分はスコップで木の根元を掘り返し、土に空気を含ませてやった。

二人でとびぬけて大きなスタンダード仕立てのバラの木の世話をしていたとき、ディコンはあるものを見つけて驚きの声をあげた。「おや！」彼は数フィート先の地面を指さした。「あそこ、誰がやったんだろう？」

それはメアリが薄緑色の芽の周囲をきれいにした場所のひとつだった。

「わたしがやったの」メアリは言った。

「へえ、あんたは庭仕事のことなんぞ、なんも知らねえのかと思っとった」彼は感心しているようだった。

「知らないわ。でも、芽はとっても小さいのに周囲に雑草がはびこっていて、息をする隙間もないみたいに見えたの。だから、場所を作ってあげたのよ。でも、どんな花が咲くかも知らないわ」

ディコンは近づいていきひざまずくと、大きな笑みを浮かべた。

「上出来だよ。あんた、庭師に教わることなんてなんもねえよ。おかげでジャックの豆の木みてえにぐんぐん伸びていくぞ。こいつはクロッカスとユキノハナだ。これはスイセンだね」さらに別の区画に目をやった。「で、こっちはラッパズイセンだ。わあ！　花が咲いたら見事だろうな」

ディコンは花壇から花壇へ移動していった。

「そんなに体がちっこいのに、ずいぶんがんばって仕事したんだなあ」ディコンはメアリをしげしげと眺めた。

「わたし、太ってきてるから。それに力もついてきたわ。以前はすぐに疲れちゃったのよ！　今じゃ、土を掘っていても、ちっとも疲れない。掘り起こした土の匂いが大好きなの」

「うん、庭仕事はあんたのためになっとるようだね」ディコンは物知り顔にうなずいた。「掘り返したばっかの肥えてきれいな土の匂いほどいいもんはねえからな。もっとも雨が降っとるときに、草木が新しく伸びていくときの匂いにゃかなわんけど。雨の日はよくムーアの茂みの陰に寝転がってさ、ヒースに落ちてくるやさしい雨音を聞きながら、ずうっと草の匂いを嗅《か》いどるんだ。おれの鼻はウサギみたいにひくついてるって、お母ちゃんにからかわれるよ」

「風邪をひかないの？」メアリは彼を見つめながらたずねた。こんなにおもしろくて、こんなにすてきな男の子には会ったことがなかった。

「ひくもんか」ディコンはにやっとした。「生まれてこのかた、一度も風邪なんてひいたことねえよ。過保護に育っとらんからね。どんな天気だろうと、ウサギみたいにムーアを駆け回って大きくなったんだ。十二年間、いっつも新鮮な空気を吸っとったから、風邪で鼻をぐずぐずさせる暇がなかったんだろうね、ってお母ちゃんは言っとる。おれはサンザシの棍棒《こんぼう》とおんなじぐらい頑丈なんだ」

しゃべりながらもディコンはずっと作業をしていて、メアリはあとをついて歩きながら、股鍬や移植ごてで彼の仕事を手伝った。

「ここには仕事が山のようにあるなあ！」ディコンは実にうれしそうにあたりを見回した。

「また来て、手伝ってもらえる？」メアリは熱心に頼んだ。「わたしも役に立つと思うわ。土を掘ったり、雑草を抜いたり、言われたことは何でもするから。ああ！どうかまた来てちょうだい、ディコン」

「それが望みなら、毎日来るさ。雨でも晴れでも」ディコンは力強く答えた。「こんなおもしれえこと、生まれて初めてだ――こっそり閉じこもって庭を生き返らせるなんてさ」

「あなたが来てくれるなら、ここを生き返らせる手伝いをしてくれたら――わたし、お返しに何をしたらいいのか」メアリは困ったように言葉を切った。こういう男の子にどうお礼をしたらいいのだろう？

「じゃあ、おれが教えたげるよ」ディコンはうれしそうな笑みを浮かべて言った。「あんたは太って、子ギツネみたいに腹をすかせるようになって、おれみたいにコマドリと話せるようになるんだ。ねえ！　そうすりゃ、すんごくおもしれえぞ」

ディコンは歩き回って、木々や塀や茂みを考えこむような顔で調べていた。

「きっちり刈りこんだ、いかにも庭師が手入れしたっていう庭にはしたくねえな。あんたはどうだい？」ディコンは言った。「こんなふうに勝手に伸びて、枝が垂れ下がったり、からまりあったりしてる方がずっといいよ」

「きちんとしたお庭は嫌だわ」メアリは心配そうに言った。「こぎれいになっちゃったら、秘密の花園らしくないもの」

ディコンはいささかとまどった顔で赤毛の頭をかいていた。

「たしかに秘密の花園だな。けど、十年前に閉め切られてから、コマドリの他にも誰か来とる気がすんだけどなあ」

「だけど、ドアには鍵《かぎ》がかかっていたし、鍵は埋められていたのよ。誰も入れなかったわ」

「そんだな」ディコンはうなずいた。「不思議だなあ。あっちこっちがちょいと剪定《せんてい》されとるように見えんだ、十年よりもっと最近になってから」

「でも、どうやってそんなことができたの？」メアリはたずねた。

ディコンはスタンダード仕立てのバラの枝を調べてから、首を振った。

「そんだな！　どうやったんだろ！」彼はつぶやいた。「ドアは鍵がかかっとって、鍵も埋められてたんだもんなあ」

メアリはこの先何年生きても、庭が生き返った、この最初の朝の感激を決して忘れないだろう、と思った。もちろんメアリにとっては、庭はまさにその朝に息を吹き返したように感じられたのだ。ディコンが種をまく地面の雑草を抜き、耕しているあいだ、メアリはバジルがからかって歌った童謡のことを思い出した。

「鈴みたいなお花ってある？」メアリはたずねた。

「スズランは鈴に似とるよ」ディコンは移植ごてで土を掘りながら言った。「それにフウリンソウとかホタルブクロもそうだな」

「それも植えましょうよ」メアリは言った。

「もうスズランは生えとるよ。さっき見つけた。くっつきあって生えとったから、株分けせにゃならんけど、どっさり生えとった。他のやつは種から植えると花をつけるまでに二年かかる。だけど、うちの庭から株を持ってきてやるよ。どうして植えたいんだ？」

そこでメアリはインドに住んでいたバジルとその兄弟姉妹のことが大嫌いだったこと、連中に「つむじ曲がりのメアリ嬢」と呼ばれていたことを話した。

「いつもぐるぐる踊り回りながら、わたしに向かって歌ったの。こんなふうに。

　つむじ曲がりのメアリ嬢
　あなたのお庭はどうなった？
　銀の鈴と貝殻と
　マリーゴールドまでいっしょに植えた

この歌を覚えていたのはね、銀の鈴みたいなお花があるのかしらって気になったからなの」

メアリは少し眉《まゆ》を寄せると、移植ごてを腹立ちまぎれに地面に突き立てた。

「わたし、あの子たちほどつむじ曲がりじゃなかったわ」

だが、ディコンは笑った。

「ははは!」彼は肥えた黒い土をほぐすと、その香りを嗅いでいるようだった。「どっさり花が咲いてさ、人なつっこい野生の動物たちが巣作りのために忙しく駆けずり回っていて、鳥が巣をかけて歌ったりさえずったりしてたら、誰もへそを曲げたりしねえよな」

メアリは種を手にして、ディコンのかたわらにひざまずいていたが、彼の笑顔を見て仏頂面をひっこめた。

「ディコン、マーサから聞いていたとおり、あなたっていい人ね。わたし、あなたが好き。あなたで五人目よ。五人もの人を好きになるなんて思ってもみなかったわ」

マーサが火格子を磨いているときみたいに、ディコンは体を起こした。この男の子はひょうきんだけど感じのいい顔をしているわ、とメアリは思った。丸い青い目も、赤いほっぺたも、楽しげな上を向いた鼻も。

「あんた、たった五人しか好きな人がいないんか？」ディコンはたずねた。「残りの四人は誰だい？」

「あなたのお母さんとマーサでしょ」メアリは指を折りながら言った。「それにコマドリさんとベン・ウェザースタッフよ」

ディコンはげらげら笑いだし、口に腕をあてがって声を押し殺さなくてはならないほどだった。

「おれのこと、変わったやつだと思ってるだろうけどさ、あんたの方こそ、びっくりするほど変わった女の子だよ」

そこでメアリは思いがけないことをした。よもや誰かにするとは思いもしなかった質問をディコンにしたのだ。しかも、彼のしゃべり方であるヨークシャー弁で伝えようとした。インドにいたとき、現地の人に現地の言葉で話しかけると、とてもうれしそうだったからだ。

「あんた、わたしのことを好きかね？」メアリはたずねた。

「あいよ！」ディコンは心をこめて答えた。「好きだとも。おれ、あんたのことはすごく好きだし、コマドリもそう思ってるさ、まちがいねえ！」

「じゃ、二人ね」メアリは言った。「わたしのことを好きなのは二人」

それから二人はさらに熱心に楽しく作業をした。中庭の大時計が昼ご飯の時間を知らせたときには、メアリはもうこんな時間とびっくりし、残念に思ったほどだった。

「もう行かなくちゃ」メアリは悲しげに言った。「で、あなたも帰らなくちゃならないんでしょ？」

ディコンはにやっとした。

「おれの昼飯は持ち歩けるんだ。お母ちゃんがいつも何かしら食べる物をポケットに入れてくれるんだよ」

ディコンは草の上の外套《がいとう》をとり、ポケットからとても清潔だが粗末な青と白のハンカチーフに包まれたものをとりだした。そこには何かをはさんだ二切れの分厚いパンが入っていた。

「パンだけしかねえこともよくあるんだ。でも、今日はおいしい脂身たっぷりのベーコンがはさんである」

メアリは変わった昼ご飯だと思ったが、ディコンは喜々として食べようとしていた。

「あんたも食べてこいよ」ディコンは言った。「先に食っちまったら、家に戻る前にもう少し仕事をしておくからさ」

ディコンはすわると木に寄りかかった。

「コマドリを呼んでみるよ。で、ベーコンの切れ端を分けてやる。あいつら、脂身が好物なんだ」

　メアリはディコンを置いて屋敷に戻りたくなかった。木の妖精《ようせい》みたいに、また庭に戻ってきたときには姿を消しているかもしれない、とふいに心配になったのだ。こんなにいい人が現実にいるものだろうか？　メアリは塀のドアの方にのろのろと歩きかけて、途中で足を止めると、また引き返してきた。

「ねえ、何があっても――絶対にしゃべらないでいてくれる？」メアリは訊《き》いた。

　ディコンはちょうどパンとベーコンにかぶりついたところで、赤い頬をふくらませてもぐもぐ嚙《か》んでいたが、安心させるようにどうにか笑ってみせた。

「あんたがヤドリギツグミで、おれに巣を見せてくれたとしてさ、おれがそれを誰かにしゃべると思うか？　絶対にしゃべるもんか。ヤドリギツグミとおんなじに、あんたも安心してな」

　それなら絶対に安心ね、とメアリは思った。

十二章　地面を少しいただけますか？

メアリは全速力で走っていったので、部屋に着いたときは息を切らしていた。髪がくしゃくしゃになって額にかかり、頬はきれいなピンク色に染まっている。テーブルの上には昼食が並べられていて、マーサがその近くに立っていた。

「遅いねえ。どこに行ってたんかね？」

「ディコンと会ったの！」メアリは報告した。「ディコンと会ったのよ！」

「あの子が来たのは知ってたよ」マーサははしゃいで言った。「あの子のこと、どう思った？」

「そうねえ――きれいな子だと思ったわ」メアリは自信たっぷりに答えた。

マーサは虚を突かれたようだったが、うれしそうだった。

「たしかに、あの子はめったにないほどいい子だけどさ、うちじゃ、誰もハンサムだなんて思っとらんよ。鼻が上を向きすぎてるしねえ」

「上を向いてるところがいいの」とメアリ。

「それに目もまん丸すぎるよ」マーサはあやふやな口調になった。「まあ、色はすてきだけどさ」

「丸いところがいいのよ。それに、ムーアの空と同じ色をしているわ」

マーサは満足そうな笑みを浮かべた。

「いっつも上を向いて鳥だの雲だの眺めてるから、あんなに青くなったんだ、ってお母ちゃんは言ってるよ。だけど、口が大きすぎないかね？」

「あの大きな口、大好き」メアリはあくまで言い張った。「わたしもあんな口だったらよかったのに」

マーサはご機嫌になってくすくす笑った。

「あんたの顔であの口だと、ちょっとちぐはぐだしおかしいよ」マーサは言った。

「だけど、ディコンだと大きい口が感じよく見えるっつうのはよくわかるよ。種や庭仕事用の道具は気に入ったんかね？」

「ディコンが持ってくるって、どうしてわかったの？」メアリはたずねた。

「あの子のことだもん、運んでくるに決まってるよ。ヨークシャーで手に入るものなら絶対に持ってきてくれる。信頼できる子なんだ、あれは」

答えられないような質問をマーサにされるのではないかと、メアリはひやひやしていたが大丈夫だった。マーサはもっぱら種と庭仕事用の道具に関心があるらしかった。

ただ、一度だけメアリはぎくりとさせられた。どこに種をまくのか、とたずねられたときだ。

「種をどこにまいたらいいか、誰かに訊いたんかね？」マーサはたずねた。

「まだ誰にも訊いてないの」メアリは口ごもった。

「ふうん、庭師頭には訊かん方がいいよ。ローチさんはやたらにいばってるからね」

「その人には会ったことがないわ」メアリは言った。「わたしが会ったのは下働きの人たちとベン・ウェザースタッフだけ」

「あたしなら、ベンに訊くよ」マーサは忠告した。「ベンは見かけによらず意地悪じゃないからね。すごく無愛想だけどさ。クレイヴンさまはベンに好きなようにさせてるんだ。奥さまが生きていたときからここで働いているし、奥さまをしょっちゅう笑わせていたからね。奥さまはベンを気に入ってたんだ。きっとどこか目立たない場所を教えてくれるよ」

「目立たない隅っこなら誰もほしがらないし、わたしがそれをもらっても、誰も気にしないわよね？」メアリは心配そうにたずねた。

「気にする理由もないよね」マーサは言った。「あんた、悪いことをするつもりなんてないんだから」

メアリはできるだけ急いでお昼を食べると、テーブルから立ち上がって寝室に駆け戻り、また帽子をかぶろうとした。だがマーサが止めた。

「話しておくことがあったの」マーサは言った。「でも、まず食事をすませてからの方がいいと思ってさ。クレイヴンさまが今朝戻ってきて、あんたに会いたがってるんだって」

メアリは真っ青になった。

「まあ！　なぜ！　なぜなの！　ここに来たときは会いたがらなかったのに。ピッチャーさんがそう言っているのを聞いたわ」

「実はね、メドロック夫人が言うには、お母ちゃんのせいらしいよ。お母ちゃんはスウェイト村に歩いていく途中で、旦那《だんな》さまにばったり会ったんだって。これまで旦那さまと話したことはなかったんだけど、クレイヴンの奥さまはうちのコテージにも二、三度来てるんだよ。旦那さまは忘れてたけど、お母ちゃんは忘れてなかったから、思い切って旦那さまに声をかけたんだ。あんたのことをどう言ったのか知らないけどさ、お母ちゃんが言ったことのせいで、旦那さまは明日、またどこかに発《た》つ前に、あんたに会ってみようっていう気になったらしいよ」

「そうなの！」メアリは叫んだ。「明日からどこかに行くのね？　ああ、よかった！」

「長いあいだ留守にするらしいよ。秋か冬までお帰りにならんかもねえ。外国をあちこち旅して回るんだって。旦那さまはしょっちゅう外国にお出かけになってるんだよ」

「そうなの！　ああ、よかった——ほっとしたわ！」メアリは胸をなでおろした。クレイヴン叔父《おじ》さまが冬か、せめて秋まで戻らなければ、秘密の花園が生き返るのを見守る時間があるだろう。そのときになってばれて万一庭をとりあげられても、それまで充分に楽しめるはずだ。

「いつわたしに会うつもりなのかしら——」

最後まで言い終えないうちに、ドアが開き、メドロック夫人が入ってきた。メドロック夫人は一張羅の黒いドレスに縁なし帽をかぶり、襟元に男性の顔のついた大きなブローチを留めていた。それは何年も前に亡くなった夫のメドロックさんの色つき写真で、ドレスアップするときにはいつもそれをつけている。メドロック夫人は不安そうで神経が高ぶっているように見えた。

「髪の毛がくしゃくしゃじゃないの」すぐさま指摘した。「さあ、ブラッシングしておいで。マーサ、この子にいちばんいい服を着せてあげて。クレイヴンさまにメアリを書斎に連れてくるようにと言われたの」

メアリのバラ色の頬から血の気が引いた。心臓が早鐘のように打ち、再び無愛想で器量の悪い寡黙な子どもに戻ったような気がした。メドロック夫人に返事もせずに背中を向け寝室に入っていくと、マーサがついてきた。着替えをして、髪をブラッシングされているあいだも、メアリはひとことも発しなかった。きちんと身支度を整えると、メドロック夫人のあとから黙りこくって廊下を歩いていった。こちらから何か話さなくちゃいけないの？　クレイヴン叔父さまの方から呼びつけたのだ。向こうはわたしのことなんて好きにならないだろうし、わたしだって好きにならない。叔父さまが自分のことをどう思うか、メアリには見当がついた。

屋敷の中でこれまで足を踏み入れたことがない場所に連れていかれ、メドロック夫人があるドアをノックすると、中から声がした。「お入り」二人はいっしょに部屋に入っていった。暖炉の前の肘《ひじ》掛《か》け椅子に男性がすわっていて、メドロック夫人は彼に向かって話しかけた。

「メアリお嬢さまをお連れしました、旦那さま」

「その子をここに残して、おまえはさがってよろしい。ベルを鳴らして知らせたら、その子を送っていってあげてくれ」クレイヴン氏は指示した。

メドロック夫人が部屋を出ていってドアが閉まると、不器量な女の子は、やせた両手をよじりながらただ突っ立っていた。椅子にすわった男はせむしというより、たんに高い肩が少し曲がっているだけだということがわかった。黒髪には白いものが交じっていた。クレイヴン氏は高い肩の上の顔をこちらに向けて、メアリに話しかけた。

「こちらにおいで！」

メアリは彼に近づいていった。

叔父さまは醜い男ではなかった。これほど悲嘆に暮れていなければ、ハンサムと言えただろう。クレイヴン氏はメアリの姿を見て不安になり動揺し、この女の子をどう扱ったらいいものか途方に暮れているように見えた。

「元気でやっているかね？」クレイヴン氏はたずねた。

「はい」メアリは答えた。

「ちゃんと世話をしてもらっているかい？」

「はい」

クレイヴン氏は額をこすりながら、メアリの頭のてっぺんから足の先まで眺めた。

「ずいぶんやせているね」彼は言った。

「太ってきています」メアリはおそろしく堅苦しい口調で答えた。

なんて不幸せな顔をしているんだろう！　クレイヴン氏の黒い目はろくすっぽメア

リを見ていないようだった。まるでどこか遠くを見ているみたいだ。彼は目の前にいるメアリに集中できないようだった。

「おまえのことを忘れていたよ」クレイヴン氏は言った。「覚えていられるわけがないが。おまえには家庭教師か乳母か、そういった人間をつけようと思っていたんだが、うっかり忘れてしまった」

「お願いです」メアリは言いかけた。「お願いです——」すると喉《のど》に何かがこみあげてきて、言葉が出なくなった。

「何を言いたいんだね？」叔父さまはたずねた。

「わたし——もう大きいから乳母はいりません。それに、お願いですから——まだ家庭教師はつけないでください」

クレイヴン氏はまた額をこすって、じっとメアリを見た。

「サワビーの女房もそう言っていたな」彼はぼんやりとつぶやいた。

それでメアリはちょっと勇気が出た。

「それって——あの、マーサのお母さんのことですか？」メアリはつかえつかえたずねた。

「ああ、そうだと思うよ」

「あの人は子どもについてよく知っているんです」メアリは言った。「十二人も子どもがいますから。よくわかっているんです」

クレイヴン氏は話に意識を向けはじめたようだ。

「おまえは何をしたいんだね？」

「外で遊びたいんです」メアリは声が震えないように祈った。「インドでは外で遊ぶのが嫌いでした。でも、こっちでは外で遊ぶとおなかがすくので太ってきました」

彼はメアリを観察している。

「サワビー夫人が外で遊ぶのはおまえのためになる、と言っていた。たぶんそうなのかもしれん」クレイヴン氏は言った。「家庭教師をつける前に、もっと体力をつけた方がいいと夫人は考えているようだった」

「外で遊んでいてムーアからの風に当たると、体が丈夫になる気がするんです」メアリは訴えた。

「どこで遊んでいるんだね？」クレイヴン氏はたずねた。

「あちこちで」メアリはぎくりとした。「マーサのお母さんが縄跳びをくれたんです。縄跳びで跳んだり、走ったりして――地面から芽が出ていないか調べて回ってます。わたし、悪いことなんてしません」

「そんなに怖がることはない」クレイヴン氏は心配そうな声になった。「悪いことなんてできるわけがない、ほんの子どもなんだから！　何でも好きなことをしてかまわないんだよ」

メアリは片手を喉にあてがった。興奮の塊が飛びだしてくるのが見えてしまうのではないかと不安だった。一歩、叔父さまに近づいた。

「本当にいいんですか？」震える声でメアリはたずねた。

その心配そうな姪《めい》の小さな顔に、クレイヴン氏はいっそう胸を痛めた。

「そんなにびくびくしないでいいんだ」クレイヴン氏は声に力をこめた。「もちろん、かまわないとも。わたしはおまえの後見人だ。もっとも子どもの後見人としては役に立たないが。おまえに時間も関心も向けてやれないからな。体の具合が悪いし、悲しみのあまりいつもぼんやりして頭が働かない。だけど、おまえには幸せに居心地よく暮らしてもらいたいと思っている。子どものことは何も知らないが、メドロック夫人が必要なものはすべてそろえてくれるだろう。今日、来てもらったのは、サワビー夫人におまえに会った方がいいと言われたからだ。娘からおまえについてさんざん聞かされているらしい。おまえには新鮮な空気と自由と駆け回ることが必要だ、と言っていたな」

「マーサのお母さんは子どものことは何だって知ってます」ついメアリは繰り返した。

「そうらしいな。ムーアで呼び止められたときは図々《ずうずう》しいと思ったが、彼女は――奥さまに親切にしていただいた、と言っていた」亡き妻の名前を口にするのは、つらいらしかった。「サワビー夫人はちゃんとした女性だ。おまえに会ってみて、彼女が分別のあることを言っていたのがわかったよ。好きなだけ外で遊びなさい。敷地は広いから、好きなところに行って、好きなだけ遊ぶがいい。他にほしいものはあるかね?」ふいに思いついたらしく、彼はたずねた。「何かほしいものはないかね、おもちゃとか本とか人形とか?」

「あの」メアリはわななく声で言った。「わたし、あの、地面を少しいただけますか?」

頭の中が秘密の花園のことでいっぱいだったので、メアリはその言葉がどれほど奇妙に聞こえるかに思い至らなかった。しかも、そんなふうに頼むつもりもなかったのだ。クレイヴン氏はとても驚いたようだった。

「地面!」彼は繰り返した。「どういう意味だね?」

「そこに種を植えるんです――大きく育って――花が咲くのを見たいんです」メアリはおずおずと答えた。

クレイヴン氏はじっとメアリを見てから、片手ですばやく目を覆った。

「お、おまえはそんなに庭が好きなのかい？」言葉を絞りだすようにたずねた。

「インドではあまり好きじゃありませんでした。いつも具合が悪くて、疲れていて、暑すぎたので。砂に小さな花壇をこしらえて、花をそこに挿してお庭ごっこをするぐらいでした。でも、ここはちがうんです」

クレイヴン氏は立ち上がると、ゆっくりと部屋を行ったり来たりしはじめた。

「地面か」彼はひとりごとをつぶやいたので、メアリは自分が何かを思い出させてしまったにちがいないと気づいた。やがてクレイヴン氏が立ち止まってメアリに話しかけたとき、叔父《おじ》さまの黒い目はやさしいと言っていいほどで、思いやりがにじんでいた。

「好きなだけ地面をあげよう。おまえを見ていて、地面と、そこで育てる草花をとても愛していた人を思い出した。ほしい地面を見つけたら」笑みらしきものを浮かべた。

「好きなだけ自分のものにするがいい。そしてそこを生き返らせてくれ」

「どこの地面をもらってもいいんですか――誰もほしがっていなければ」

「いいとも」彼は答えた。「では、そろそろ、戻りなさい。わたしは疲れた」クレイヴン氏はベルを押し、メドロック夫人を呼んだ。「じゃあ、これで。わたしは夏のあいだじゅう屋敷を留守にするつもりだ」

メドロック夫人はすぐに現れたので、廊下で待っていたにちがいない、とメアリは思った。

「メドロック夫人」クレイヴン氏が言った。「子どもに会ってみて、サワビー夫人の言わんとすることが理解できたよ。この子は勉強を始める前に、体力をつける必要があるね。質素だが健康的な食べ物をあげなさい。庭で自由に走り回らせるといい。あまり世話を焼きすぎないように。この子には自由と新鮮な空気と体を動かすことが必要だ。サワビー夫人がときどき様子を見に来てくれるそうだし、この子が向こうのコテージに行ってもかまわないよ」

メドロック夫人はうれしそうだった。クレイヴン氏の「世話を焼きすぎないように」という言葉にほっとしたのだろう。彼女のことは厄介なお荷物だと思っていたので、これまで必要最小限しかメアリの様子を見に来なかった。それに加え、マーサの母親には好意を持っていた。

「ありがとうございます」メドロック夫人は言った。「スーザン・サワビーとわたしは同じ学校に通った仲で、彼女はめったにないほど分別があり、心のやさしい女性なんです。わたしは子どもがおりませんが、スーザンには十二人もいて、みんな健康でいい子ばかりです。メアリお嬢さまもあの子たちとつきあえば、いい影響を受けるでしょう。スーザン・サワビーの子どもについてのアドバイスには、いつも耳を傾けるようにしています。スーザンは健全な精神の持ち主と言っていいかと存じます。わたしの言う意味はおわかりかと」

「ああ、わかるよ」クレイヴン氏は言った。「メアリ嬢を連れていって、ピッチャーを寄越してくれ」

メドロック夫人がメアリの部屋のある廊下まで送ってくると、メアリは自分の部屋に飛んで帰った。マーサが待っていた。昼食の片付けをしてから、急いで戻ってきたのだ。

「わたし、自分のお庭が持てるの！」メアリは叫んだ。「好きな場所をもらっていいって！　家庭教師も当分来ないわ！　お母さんがわたしに会いに来てもいいし、わたしもあなたたちのコテージに行っていいんですって！　わたしみたいな女の子が悪いことなんてできないから、好きなことをしていいって。どこでも好きなところで！」

「そりゃよかった！」マーサはうれしそうだった。「旦那《だんな》さまはご親切だよねえ？」

「マーサ」メアリは真面目な口調になった。「叔父さまは本当にりっぱな方だわ。ただ、とても悲しそうな表情で、おでこにいっぱい皺《しわ》が寄っていたけど」

メアリは大急ぎで庭に走っていった。思っていたよりも長く時間をとられてしまった。ディコンは五マイルの道を歩いて帰るので、早めに出発しなくてはならないだろう。蔦《つた》の下のドアから滑りこむと、さっき別れた場所にディコンはもういなかった。庭仕事用の道具は木の下にまとめて置かれている。道具に走り寄り、あたりを見回したが、ディコンの姿はなかった。彼は帰ってしまい、秘密の花園は空っぽだった。ただ、塀の向こうからコマドリが飛んできて、スタンダード仕立てのバラの茂みにとまってメアリを見つめているだけだ。

「もう帰ったのね」メアリはしょんぼりしながら言った。「ああ！　まさか、あれは木の妖精《ようせい》じゃないわよね？」

スタンダード仕立てのバラの茂みに、何か白いものが留めてあるのに気づいた。それは紙きれで、メアリが書いてマーサからディコンに届けてもらった手紙だった。手紙は長い棘《とげ》で茂みに留めつけてあったので、すぐにディコンが残していったのだと気づいた。そこには金釘流《かなくぎりゅう》の活字体と絵らしきものが書かれていた。最初は何だかわからなかったが、よくよく見ると、鳥が巣で卵を温めている絵だった。その下には活字体で、こう書いてあった。

「おれまたくる」

十三章　ぼくはコリンだ

夕食をとりに屋敷に戻ったときに、その絵を持っていきマーサに見せた。

「へえ！」マーサは誇らしげだった。「ディコンがこんなに絵がうまいとは思わんかったよ。それ、巣にいるヤドリギツグミだね。大きさも形も、本物よりも本物らしいよ」

そのとき、ディコンがこの絵をメッセージ代わりにしたことにメアリははっと気づいた。メアリの秘密は守るから安心してほしい、と伝えようとしたのだ。メアリの庭は彼女の巣で、彼女はヤドリギツグミというわけだ。ああ、あの不思議なムーア育ちの男の子は、なんてすてきなのだろう！

明日にはディコンが来てくれるといいな、と願いながら、朝を楽しみに眠りについた。

しかし、ヨークシャーでは天候の予測がつけられない。とりわけ春には。メアリは夜中に窓を激しくたたく雨音で目を覚ました。土砂降りの雨は川になって流れていて、風が屋敷の周囲や大きな古い家の煙突で「吹きすさんで」いた。メアリはベッドに起き上がり、みじめな気持ちになると、同時に怒りがわきあがった。

「雨って、わたしよりもよっぽどつむじ曲がりよ。雨にならないようにと願っていたから降ったのね」

枕に突っ伏して、顔を埋《うず》めた。泣かなかったが、ベッドに横になって激しい雨の音を恨んでいた。それに「吹きすさぶ」風の音も恨んだ。それっきり寝つけなかった。陰鬱《いんうつ》な雨と風の音に、自分までもの悲しくなって眠れなかったのだ。幸せな気持ちだったら、いつのまにか眠りに誘われていただろう。風は「吹きすさび」、激しい雨が窓ガラスにたたきつけ、流れ落ちていく。

「ムーアで迷子になってさまよい、泣いている人の声みたい」メアリはつぶやいた。

一時間ほど寝返りを打ちながら横になっていたが、ふいに何かが聞こえてベッドにさっと起き上がり、ドアの方に耳を澄ませた。じっと耳をそばだてる。

「今のは風の音じゃないわ」メアリは声に出して言った。「風じゃない。ちがうものよ。いつか聞いた泣き声だわ」

ドアが少し開いていて、泣き声は廊下の先の方から、遠くかすかに途切れ途切れに聞こえてくる。数分ほど耳を澄ますうちに、絶対に泣き声だという確信が強まっていった。どうしても泣き声の正体を突き止めなくては。秘密の花園や埋められた鍵《かぎ》よりも、この泣き声の方が謎めいていた。反抗的な気分になっていたので、大胆になったのかもしれない。メアリはベッドから出て床に立った。

「泣き声の正体を見つけてやるわ。みんなベッドで寝ているし、メドロック夫人なんて怖くない――ええ、へっちゃらよ！」

ベッドわきにろうそくがあったので、それを手にすると、足音を忍ばせて部屋を出ていった。廊下はとても長く暗かったが、冒険に胸がときめいていたので気にならなかった。曲がる角を思い出せれば、ドアにタペストリーがかかった短い廊下を見つけられるだろう。迷子になった日にメドロック夫人が現れた廊下だ。薄暗いろうそくの光を頼りに、手探りするようにして進んでいった。心臓があまりどきどきして、鼓動が誰かに聞こえるのではないかと心配になったほどだ。かなたのかすかな泣き声はずっと続いていて、メアリを導いてくれた。この角を曲がるのだった？　メアリは立ち止まって考えこんだ。ええ、ここだわ。ここをまっすぐ行って、左に曲がり、広い階段を二段上がってから、また右に曲がる。ほら、タペストリーのドアがあった。

ドアをそっと押し開け背後で閉めると、廊下に立った。泣き声はとてもはっきりと聞こえてくるが、大きな声ではなかった。左側の壁の向こうから聞こえるが、数ヤード先にはドアがあった。その下から揺れるろうそくの光がもれてくる。その部屋で誰かが泣いていた。しかも、まちがいなく子どもだ。

そこでメアリはドアまで行き、押し開けると、部屋に出た！

そこは古くて美しい家具が置かれた広い部屋だった。暖炉では火が小さく燃え、ブロケード織りの天蓋《てんがい》がつき、彫刻をほどこされた四柱式ベッドのかたわらには常夜灯《とも》が灯っている。そして、そのベッドには少年が横たわり、いらだたしげに泣きじゃくっていた。

これは現実なの？　それともまた寝てしまって、夢を見ていることに気づいていないのだろうか？

少年は象牙《ぞうげ》のような白い肌で、とてもやせた繊細な顔立ちをしていて、顔の中で目だけがやけに大きく見えた。髪が濃く、ふさふさした髪が額に垂れかかり、こけた顔をいっそう小さく見せている。ずっと病気で臥《ふ》せっていた子どものように見えたが、痛みからというよりも、退屈して不機嫌で泣いているようだった。

メアリはろうそくを手にしてドアのそばに立ち、固唾《かたず》を呑《の》んでいた。それから部屋を突っ切って忍び足で近づいていくと、少年はメアリのろうそくの光に気づき、枕の上で顔の向きを変えてメアリを見つめた。ただでさえ大きい灰色の目がさらに見開かれたので、びっくりするほど目が大きく見えた。

「誰なんだ？」いくらか怯《おび》えたようなささやき声で、男の子はたずねた。「幽霊なのか？」

「いいえ、幽霊じゃないわ」メアリのささやき声も少し怯えているように聞こえた。「あなたこそ、幽霊なの？」

男の子は目をみはり、穴の開くほどメアリを見つめている。なんて奇妙な目なのだろう、とメアリは思わずにいられなかった。瞳《ひとみ》はめのうのように鈍く光る灰色で、顔の割に目が大きすぎるように思えたのは、黒い睫《まつげ》にびっしりと縁取られていたからだった。

「ちがうよ」男の子はちょっと間を置いてから答えた。「ぼくはコリンだ」

「コリンって、誰なの？」彼女は震え声でたずねた。

「コリン・クレイヴンだ。きみは？」

「メアリ・レノックスよ。クレイヴンさんはわたしの叔父《おじ》さまなの」

「クレイヴンはぼくの父親だ」男の子は言った。

「お父さんですって！」メアリが息をのんだ。「男の子がいるなんて誰も言ってなかったわ。どういうこと？」

「こっちに来て」奇妙な目をメアリに向けたまま、不安そうな表情を浮かべて男の子は言った。

メアリがベッドのところまで行くと、コリンは片手を伸ばしてメアリの手に触れた。

「本物なんだね」コリンは言った。「しょっちゅう現実そっくりの夢を見るんだ。きみもそうした夢かもしれないと思った」

メアリは部屋を出る前にウールの部屋着をはおってきたので、その布地を彼の指にはさんでやった。

「それをこすってみれば、厚くて暖かい布地だってわかるわ。お望みなら、つねってあげてもいいわよ。そうすればわたしが本物だってわかるでしょ。一瞬、わたしもあなたが夢かもしれないと思ったの」

「どこから来たの？」コリンはたずねた。

「自分の部屋から。風が吹き荒れていたんで眠れなくなったの。そのうち泣き声が聞こえてきたから、誰が泣いているのか突き止めようと思ったのよ。どうして泣いていたの？」

「眠れなかったし、頭が痛かったからだよ。もう一度、名前を言って」

「メアリ・レノックス。わたしがここに住むことになったって、誰かから聞いてないの？」

コリンはまだメアリの部屋着のひだをいじっていたが、彼女が本物の人間だということを納得しかけたようだった。

「ううん。聞いてない」

「どうして？」メアリはたずねた。

「きみに姿を見られるかもしれないって、ぼくが不安になるからだよ。人に姿を見られて噂されるのがいやなんだ」

「どうして？」ますます困惑して、メアリはまたたずねた。

「だって、ずっとこんな有様だもの、病気でずっとベッドに寝てなくちゃならなくて。お父さまもぼくのことが人の噂になるのを許さない。だから使用人はぼくについて話すのを禁じられているんだよ。大人になるまで生きられても、ぼくはせむしになるんだ。どうせ、生きられないだろうけどね。お父さまはぼくが自分みたいになると思うと、耐えられないんだよ」

「まあ、なんて奇妙なお屋敷なのかしら！」メアリは言った。「ほんと変わってるわ！　何もかもが秘密にされていて。部屋も閉めきられているし、お庭も鍵がかかっている――おまけに、あなた！　あなたも閉じこめられているの？」

「ちがうよ。ずっとこの部屋にいるのは外に出たくないからだ。外に行くと疲れるからね」

「お父さまはここに会いに来てくれるの？」メアリは思い切って質問した。

「ときどき。たいていぼくが眠ってるときに。お父さまはぼくに会いたくないんだ」

「なぜ？」メアリはたずねずにはいられなかった。

暗い怒りのようなものが少年の顔をよぎった。

「ぼくが生まれたときにお母さまが亡くなったから、お父さまはぼくの顔を見たくないんだ。ぼくは知らないと思っているかもしれないけど、みんなが噂しているのを聞いた。お父さまはぼくをほとんど憎んでいるんだよ」

「叔父さまは妻が亡くなったから、あの庭を憎んでいるのね」メアリはひとりごとのように言った。

「どの庭？」少年はたずねた。

「ああ！　ただのお庭――お母さまが好きだった」メアリはしどろもどろになった。

「いつもここで過ごしているの？」

「ほとんどそうだよ。海辺に連れていってもらったことも何度かあったけど、みんなにじろじろ見られるから、向こうに滞在するのは気が進まないんだ。以前は背中をまっすぐにする鉄の装具をつけていたんだけど、ロンドンから来たえらいお医者さんがぼくを診察して、こんな装具は馬鹿げてるって言ったんだ。お医者さんは装具をはずして、新鮮な空気に当たらせるように指示した。でも、ぼくは新鮮な空気なんて大嫌いだし、外にも出たくない」

「最初にこっちに来たときは、わたしもそうだったわ。どうしてそんなにわたしをじろじろ見ているの？」

「現実そっくりの夢をよく見るせいだよ」少しすねたようにコリンは答えた。「目を開けていても、自分が本当に目を覚ましているのかどうかわからなくなるんだ」

「ちゃんと二人とも目覚めているわ」メアリは言った。天井の高い部屋を見回した。隅の方は暗く、暖炉の火がほのかな光を投げかけている。「まるで夢みたいだし、時刻も真夜中で、家じゅうのみんなはベッドで眠っている――わたしたち以外の全員がね。だけど、わたしたちはしっかり目を覚ましているわよ」

「これが夢だったらいやだな」コリンは不安そうだった。

メアリははっと気づいた。

「みんなに見られたくないなら、わたしも帰った方がいい？」

コリンはまだメアリの部屋着の端を握っていたが、それを軽く引っ張った。

「ううん、そんなことない。きみが帰ったら、あれはきっと夢だったんだって思うもの。本物なら、その大きな足乗せ台にすわって話をして。きみの話を聞きたいな」

メアリはろうそくをベッドのそばのテーブルに置き、クッションがきいた足乗せ台に腰をおろした。メアリも帰りたいとは全然思わなかった。この謎めいた隠れ家のような部屋で、不思議な男の子とおしゃべりしていたかった。

「何を話してほしいの？」メアリはたずねた。

コリンはメアリがいつからミスルスウェイト屋敷にいるのか知りたがった。それに、どの廊下に彼女の部屋があるのか。ここに来てからメアリが何をしていたのか。自分と同じように、メアリもムーアが嫌いか。ヨークシャーに来る前はどこにいたのか。メアリはそうした質問すべてと、さらに聞かれなかったことまでいろいろ話し、コリンは背中を枕に預けて熱心に耳を傾けていた。コリンはインドについてとても興味を持ったようで、海を渡った船旅についても知りたがった。コリンはずっと病気だったので、他の子どもたちが当たり前のように知っていることを知らないようだった。とても小さいときに乳母の一人に読み書きを教わったので、コリンはいつも本を読んだり、豪華な絵本で絵を眺めたりして過ごしていた。

父親はコリンが目覚めているときにはめったに顔を出さなかったが、一人でも楽しめるように贅沢《ぜいたく》な品々をどっさり与えていた。でも、コリンは楽しそうではなかった。ほしいものは何でも手に入れられたし、嫌なことは一切する必要がなかったのだが。

「みんな、ぼくの機嫌を損ねないように言いつけられてるんだ」コリンはどうでもよさそうに言った。「怒ると体に障るから。ぼくは大人になるまで生きてられないって、みんな思ってるんだよ」

その事実にすっかり慣れっこになっていて、もう気にしていない、と言わんばかりの口ぶりだった。コリンはメアリの声が気に入ったようで、彼女がしゃべっているあいだ、眠そうだったが興味深げに耳を傾けていた。何度かメアリは、コリンが眠りかけているのではないかと思った。だが、コリンがある質問をしたことで、新しい話題が持ちだされた。

「きみいくつなの?」コリンはたずねた。

「十歳よ」メアリは答え、うっかり「あなたもそうでしょ」と言ってしまった。

「どうして知ってるの?」コリンは驚いたようにたずねた。

「あなたが生まれたときに、お庭のドアに鍵《かぎ》がかけられて鍵が埋められたんでしょ。それから十年、お庭は閉められたままだから」

コリンは体を起こすと、肘《ひじ》をつき、メアリの方を見つめた。

「どこの庭のドアに鍵がかけられたの？　それに誰がかけたの？　その鍵はどこに埋められたんだ？」がぜん興味がわいてきたのか、コリンは叫ぶようにたずねた。

「それは――クレイヴン叔父《おじ》さまが嫌っているお庭なの」メアリは口ごもった。「クレイヴン叔父さまがドアに鍵をかけたのよ。それで誰も――誰もどこに鍵を埋めたのか知らないの」

「それ、どういう庭なんだ？」コリンはしつこくたずねた。

「十年間、そこには誰も入ることが許されなかったの」メアリは慎重に言葉を選びながら答えた。

しかし、用心しても、もう手遅れだった。コリンはメアリにそっくりだったのだ。ずっと何もおもしろいことがなかったので、閉ざされた庭があると知ってメアリが夢中になったように、それはコリンの心も虜《とりこ》にしてしまった。コリンは次から次に質問を浴びせた。どこにあるのか？　メアリはドアを探してみなかったのか？　庭師たちに訊《き》かなかったのか？

「庭師たちはそのことを話題にしないようにしているみたい」メアリは言った。「質問に答えてはいけないって命令されてるんじゃないかと思うわ」

「ぼくなら答えさせられる」コリンが言った。

「そうなの？」メアリは言葉を返したものの不安になってきた。コリンが無理やり答えを引き出したら、何が起きるかわからない！

「みんな、ぼくの機嫌を損ねないように気を遣っているって言っただろ。ぼくが大人になるまで生きていたら、この屋敷はぼくのものになるんだ。みんな、それを知っている。絶対に聞きだしてやるよ」

メアリは自分がわがまま放題に育ったことに気づいていなかったが、この不思議な男の子がそうだということは、はっきりとわかった。この男の子は世の中が何でも自分の思いどおりになると考えているのだ。なんて変わっているんだろう。それに、自分の死についてこんなに平然と口にできるなんて。

「大人になるまで生きられないと思っているの？」興味もあったし、それで庭のことを忘れてくれるかもしれないと期待してメアリはたずねた。

「生きられないと思うよ」さっきと同じように、無関心な口調だった。「物心ついたときから、みんながそう言うのを耳にしてきたからね。最初はまだ小さくて、ぼくには理解できないと考えていたんだろうけど、今はぼくに聞こえてないと思っている。だけど、ちゃんと聞こえているよ。主治医は父のいとこで、とても貧しいんだ。ぼくが死ねば、父が亡くなったときに彼がミスルスウェイト屋敷をすべて相続する。だから彼はぼくに長生きしてもらいたくないんだよ」

「あなたは長生きしたいの？」メアリはたずねた。

「いいや」不機嫌で投げやりな返事だった。「だけど、死にたくもない。具合が悪くなると、ベッドに寝ながらそのことを考えているうちに、泣けて泣けて涙が止まらなくなるんだ」

「あなたが泣いているのを三度聞いたわ。だけど、誰なのかわからなかった。そのせいで泣いていたの？」この話で庭のことを忘れてほしかった。

「まあ、そうだね」彼は答えた。「ねえ、別のことを話そうよ。その庭について話したいな。きみはその庭を見たくないの？」

「見たいわ」とても低い声で答えた。

「ぼくもだ」コリンは意気込んで言った。「こんなに何かを見てみたいって思ったこと、これまで一度もないんだ。だけど、その庭はどうしても見たいな。鍵を掘りだして、ドアを開けたい。車椅子でそこに連れていってもらおう。そうすれば新鮮な空気も吸える。そのドアは必ず開けさせるよ」

すっかり興奮していたので不思議な目は星のように輝きはじめ、ますます大きくなったように見えた。

「みんな、ぼくの望むとおりにしなくちゃならないんだ。その庭までぼくを運ばせよう。なんなら、きみも来てもいいよ」

メアリは両手をきつく握りしめた。何もかもだいなしになってしまうわ――何もかもが！　ディコンはもう来なくなるだろう。あの庭にいても、安全な巣にいるヤドリギツグミみたいな気持ちには二度となれないだろう。

「ああ、だめ、だめ、だめよ、そんなことしないで！」メアリは叫んだ。

頭がどうかなってしまったのだろうか、という顔つきでコリンはメアリを見た。

「どうしてだよ？」彼はわめいた。「きみだって見たいって言ったじゃないか」

「見たいわ」こみあげてくる涙をこらえながら、メアリは答えた。「だけど、あなたが無理やりドアを開かせて、自分を中に運ばせたら、もうそれは永遠に秘密ではなくなるのよ」

コリンはさらに体を乗りだした。

「秘密か」彼は言った。「どういう意味なんだ？　話して」

メアリはつかえつかえ言葉を絞りだした。

「あのね――いい」息が苦しくなりながら話を続けた。「ドアは蔦《つた》でどこかに隠されているはずよ――だとしたら――きっと見つけることができるわ。で、そこを通り抜けてドアを閉めたら、わたしたちが中にいるのを誰も知らないから、そこはわたしたちだけの庭になる——わたしたちはヤドリギツグミで、そこがわたしたちの巣だっていうふりもできる。そして毎日のようにそこで遊べば、土を掘って、種を植えて、庭を生き返らせることができるわ——」

「今は枯れているのか？」コリンがさえぎった。

「誰も手入れしなければ、じきに枯れるでしょうね」メアリは先を続けた。「球根は生き延びるでしょうけど、バラは——」

メアリに負けないほど興奮して、コリンはまた話を中断した。

「球根って何なんだ？」彼は早口でたずねた。

「スイセンとユリとユキノハナよ。今は土の中で育っているの——春が近づいているから、淡い緑色の芽が出かかってるのよ」

「春が近づいているのか？」コリンは言った。「春ってどんなふうなの？　病気で部屋の中にいると見えないんだ」

「雨が降って、太陽が照って、また雨が降って、太陽が照る。すると草花が伸びたり、球根が地面の下で活動を始めたりするのよ。お庭を秘密にしておけたら、その中に入って、毎日いろんなものが大きくなっていくのを見られるわ。たくさんのバラが生き返る様子もね。わからない？　ねえ、秘密だったら、ずっとずっとすてきだって思わない？」

コリンはまた枕に寄りかかると、奇妙な表情を浮かべてしばらく横になっていた。

「秘密って持ったことがないんだ」彼は言った。「大人になるまで生きられないっていうやつ以外は。みんな、ぼくが知らないと思っているから、それも秘密みたいなものだよね。だけど、こういう秘密の方がずっといいね」

「あなたがみんなに命じて庭に運んだりしてもらわなければ」とメアリは必死になって訴えた。「たぶん——そのうち庭へ入る方法を見つけられると思うの。そうしたら、お医者さんは車椅子で外に行くといいって言ったんだし、あなたはいつも好きなことができるんでしょ、それなら——車椅子を押してくれる男の子を見つけて、わたしたちだけで庭に行ける。だったら、そこは永遠に秘密の花園のままだわ」

「それは——いいねえ」コリンはゆっくりと言い、夢見るようなまなざしになった。「ぜひそうしたいな。秘密の花園で新鮮な空気を吸うのも悪くないよ」

メアリはようやく息ができるようになり、秘密を守るという提案をコリンが気に入ってくれたようだったのでほっと胸をなでおろした。このまましゃべり続け、メアリが見たとおりの花園をコリンが思い描くことができたら、きっとコリンは花園をすっかり気に入って、誰でもずかずか花園に入ってくることには我慢できない、と考えるはずだ。

「もし庭に入ることができたら、そこはこんなふうだろうって、わたしが想像していることを話してあげるわね」メアリは言った。「とても長いあいだ閉めきりになっていたから、たぶん、いろんなものが伸び放題でからまりあっているでしょう」

コリンは静かにベッドに横たわり、つるバラは木から木に枝を這《は》わせ、木から枝が垂れ下がっているかもしれない、とメアリが話す言葉に耳を傾けた。たくさんの鳥が巣をかけているかもしれない。なぜなら庭はとても安全だからだ。それから、メアリはコマドリとベン・ウェザースタッフについて話した。その話なら安全で気楽にしゃべれたので、メアリの不安も消えていった。コマドリの話にすっかり引き込まれてコリンが笑顔になると、美しく見えるほどだった。最初のうち、コリンは目ばかり大きくて髪の毛も重苦しく、自分以上に不器量だとメアリは思っていたのだった。

「鳥がそんなに馴《な》れるなんて知らなかったよ」コリンは言った。「だけど、部屋にこもっていたら、なんにも見られないんだ。きみはいろんなことを知ってるんだね。まるでその庭に本当に入ったことがあるみたいだ」

メアリは言葉に詰まり黙りこんだ。しかしコリンは答えを期待していなかったようで、そのあと意外なことを言いだした。

「見せたいものがあるんだ」コリンは言った。「あのマントルピースの上の壁に、バラ色をしたシルクのカーテンが見える？」

メアリはそれまで気づかなかったが、顔を上げると、カーテンが見えた。絵らしきものを覆っているやわらかなシルクのカーテンだった。

「ええ」メアリは答えた。

「そこからひもが垂れ下がっているから、あそこに行って、引っ張ってみて」

メアリは不思議に思いながらも立ち上がり、ひもを見つけた。ひもを引くと、シルクのカーテンがするすると開き、一枚の絵が現れた。笑顔の女性を描いた絵だった。結い上げた明るい色の髪にブルーのリボンをつけ、その陽気な美しい目はコリンの不幸な目とそっくりだった。めのうのように鈍く灰色に光る目で、黒い睫《まつげ》に縁どられているせいで実際よりも二倍も大きく見える。

「これがぼくのお母さまだよ」コリンの口調は不満そうだった。「どうしてお母さまが死んだのか知らないけど、ときどき、死んだことでお母さまを恨みたくなるよ」

「そんなの変だわ！」

「お母さまが生きていれば、こんなふうにずっと病気じゃなかったはずなんだ」コリンは不平を並べた。「絶対、大人まで生きられただろう。それに、お父さまが、ぼくを見て憎むこともなかった。背中だって、丈夫で曲がることもなかったにちがいない。またカーテンを閉めて」

メアリは言われたとおりにすると、足乗せ台のところに戻った。

「お母さまはあなたよりもずっときれいね。でも、目はそっくりだわ――少なくとも形と色は同じよ。だけど、どうしてカーテンを閉めておくの?」

コリンは気まずそうに身じろぎした。

「ぼくがそうさせたんだ。お母さまに見られているのに耐えられなくなることがあるから。ぼくは病気で気分が悪いのに、お母さまはあんなに笑っているだろ。それに、ぼくのお母さまなんだから、他の人に見てほしくないんだよ」

二人とも少し黙りこんだ。それから、メアリは口を開いた。

「わたしがここにいたことをメドロック夫人が知ったら、どうすると思う?」メアリはたずねた。

「メドロック夫人はぼくの命令どおりにするだろう。だから、きみに毎日ここに来てもらって、話をしたいって言うつもりだよ。きみが来てくれて、ぼくはうれしいんだ」

「わたしもよ。できるだけしょっちゅう来るわね」ちょっと口ごもった。「ただ、毎日、外に行って、お庭のドアを探さなくちゃならないのよ」

「うん、そうしてくれ。あとでそのことを話してくれればいいよ」コリンはさっきのように横になったまましばらく考えこんでいた。それから、また言いだした。

「きみのことも秘密にしておいた方がいいかもしれないな。見つかるまで、黙っておくことにするよ。一人になりたいからと言って、いつでも看護婦は部屋から追いだせるから。マーサのことは知っている？」

「ええ。とてもよく知ってるわ。わたしの世話係なの」

コリンは外の廊下の方に顎《あご》をしゃくった。

「マーサはあっちの部屋で眠っている。看護婦は妹のところに泊まると言って、きのう休みをとって出かけたんだ。看護婦は外出するとき、いつもマーサにぼくの世話を代わってもらっている。いつここに来たらいいか、マーサからきみに伝えさせるよ」

泣き声について質問したとき、だからマーサは困った顔をしたのだ、とメアリはやっと合点がいった。

「マーサはあなたのことをずっと知っていたのね？」メアリは訊《き》いた。

「うん。よくぼくの世話をしているからね。看護婦がぼくから逃げだしたくなると、マーサがやって来るんだ」

「ずいぶん長居しちゃったわ。もうそろそろ帰るわね。あなた、眠そうだもの」

「きみがいなくなる前に眠れるといいんだけど」コリンは少し恥ずかしそうに言った。

「じゃあ、目をつぶって」メアリは言うと、足乗せ台をベッドに近づけた。「インドでアーヤにいつもしてもらっていたように寝かしつけてあげるわ。手を軽くたたいたりなでたりしながら、とても低い声で子守歌を歌うの」

「うん、それはよさそうだ」コリンは眠そうに言った。

メアリはなんだかコリンが気の毒に思え、眠れずにいる彼を残して帰りたくなかった。そこでベッドにもたれると、手をなでたり軽くたたいたりしながら、ヒンドスターニ語の単調な節の歌をとても低い声で歌いはじめた。

「いい気持ちだ」コリンはさらに眠たげにつぶやいた。メアリは手をさすりながら、歌い続けた。もう一度目をやったときには、黒い睫がぴたりと頬に貼りつき、コリンは目を閉じてぐっすり眠っていた。そこでメアリは静かに立ち上がると、ろうそくを手にとり、音を立てないようにそっと部屋を出ていった。

十四章　若きラージャ

朝になってみると、ムーアは霧にすっぽりと覆われ、雨は止んでおらず相変わらず激しく降りしきっていた。とうてい外には行けそうもなかった。マーサはとても忙しそうだったので、話をする機会がなかったが、午後に時間を作って子ども部屋に来てほしいと頼んでおいた。マーサは暇なときにいつも編んでいる靴下を持ってやって来た。

「どうかしたの？」すわるなり、マーサはたずねた。「なんか言いたいことがあるみたいな顔してるねえ」

「そうなの。あの泣き声の正体がわかったのよ」メアリは言った。

マーサは編み物を膝《ひざ》に置き、メアリを目を丸くして見つめた。

「そんたらことあるもんかね！」マーサは叫んだ。「まさか！」

「夜中に泣き声が聞こえてきたの」メアリは話を続けた。「だから起き上がって、どこから聞こえてくるのか見に行った。コリンだったわ。彼を見つけたのよ」

ぎょっとしたマーサの顔は真っ赤になった。

「なんてことだね！ メアリ嬢ちゃん！」半泣きになっていた。「そんな真似、どうしてしたの。しちゃいけんかったのに！ あたしも厄介なことになるよ。あたしはひとこともしゃべっとらんけど、疑われて、きっとまずいことになる。クビになったりしたら、お母ちゃん、困っちまうよ！」

「クビにはならないわよ」メアリはなだめた。「コリンはわたしが来たのを喜んでたわ。さんざん話をして、来てくれてうれしいって、コリンに言われたの」

「ほんとかね？」マーサは叫んだ。「確かかね？ 何かで機嫌をそこねると、コリン坊ちゃんがどんなふうになるか、あんたは知らないんだよ。まるで大きな赤ん坊みたいにわーわー泣きわめくし、癇癪《かんしゃく》を起こすと、あたしたちを震え上がらせようとしてものすごい声で叫ぶんだ。あたしたちが絶対に逆らえないって知ってるんだよ」

「機嫌は悪くなかったわよ」メアリは言った。「帰った方がいいかって訊いたら、いてほしいって言われたの。さんざん質問されたから、大きな足乗せ台にすわって、インドのこと、コマドリのこと、お庭のこと、いろんなことを話してあげた。なかなか帰してくれなかったわ。お母さまの絵も見せてくれたのよ。帰る前に、わたし、子守歌で寝かしつけてあげたわ」

マーサは驚きのあまり言葉も出ないようだった。

「あれまあ、とても信じられないよ！　あんた、ライオンの巣穴にまっすぐ入ってったようなもんだったんだからね。坊ちゃんがいつもとおんなじだったら、すっごい癇癪を起こして、家じゅうの人間を起こしかねなかった。それに、知らない人に見られるのをそりゃもう嫌がるんだよ」

「わたしが見ても気にしなかったわよ。わたしはずっとコリンのことを見てたし、向こうもわたしを見てた。じろじろ見つめあってたの！」

「どうしよう、困ったことになった！」マーサがうろたえて泣き声を出した。「メドロック夫人に見つかったら、あたしが命令に背いてあんたにしゃべったと思われて、お暇を出されちまうよ」

「コリンはメドロック夫人にはまだ何も言うつもりはないんですって。当分、秘密にしておくことになっているの」メアリはきっぱりと言った。「それに、みんな、コリンに好き勝手をさせてくれるんだって言ってたわ」

「うん、そうなんだ――まったく手に負えない子だよ！」マーサはため息をつき、エプロンで額の汗をぬぐった。

「メドロック夫人はコリンの言うとおりにしなくちゃならないんでしょ。コリンはわたしに毎日来て、おしゃべりしてほしいって言ってたわ。それで、わたしに来てほしいときは、あなたから伝えてもらうって」

「あたしに！」マーサは言った。「そんな真似したらクビになっちまう――絶対だよ！」

「そんなことないわよ、コリンの望むようにしていれば。だって、みんな彼の命令に従うことになってるんでしょ」メアリは反論した。

「さっきから話を聞いてると、坊ちゃんはあんたにずいぶんと感じよくふるまったんだね！」マーサは目を丸くしてたずねた。

「ええ、わたしを気に入ったみたいよ」

「あんた、坊ちゃんに魔法でもかけたんだね」マーサは断言して、大きく息を吸った。

「魔法ですって？」メアリは訊き返した。「インドで聞いたことはあるけど、わたしには魔法なんて使えない。コリンの部屋に入っていって、彼を見てあまり驚いたので、ずっと立って見ていたの。そうしたらコリンが振り向いてわたしを見つけた。最初はわたしを幽霊か夢だと思ったみたいだし、こっちもコリンのことをそう思ってたわ。それに、真夜中にお互いに顔も知らない同士が二人きりでいるって、とても不思議な感じがしたの。だから、あれこれ質問しあったわ。そのうちもう帰った方がいいかとたずねたら、帰らないでほしいって引き留められたのよ」

「あれまあ、びっくり仰天だよ！」

「コリンはどこが悪いの？」メアリはたずねた。

「誰も確かなことはわからないみたいだね。坊ちゃんが生まれたとき、クレイヴンさまは正気を失ったみたいに取り乱してたそうだよ。お医者さまたちは旦那《だんな》さまを病院に入れた方がいいって考えたほどでね。前にも話したけど、奥さまが亡くなったせいなんだよ。旦那さまは赤ん坊の坊ちゃんを見ようともしなかった。この子は自分みたいにせむしになるだろう、それなら死んだ方がましだって、うわごとみたいに繰り返すばかりだったんだって」

「コリンはせむしなの？　そんなふうには見えなかったけど」

「まだそうじゃない。だけど、どんどん悪くなってる。お母ちゃんはあれだけ問題が起きて、家の中が荒れていたら、どんな子だっておかしくなるって言ってるけどね。坊ちゃんの背中が曲がるんじゃないかって心配して、ずっと大事にしてきたんだ。いつも寝かせてばかりで、歩かせないようにしてね。装具をつけてたときもあったけど、坊ちゃんがひどく嫌がって、本当に病気になっちゃって。それで、えらいお医者さんが呼ばれて装具をはずさせたんだよ。そのお医者さんは言葉はていねいだったけど、きっぱりと主治医に言ったらしいよ。薬が多すぎるし、わがままに育てすぎているって」

「たしかにとても甘やかされた子だと思うわ」

「あれほどわがまま放題の子はいないよ!」マーサは言った。「たしかにしょっちゅう病気はしてるけどね。風邪で咳《せき》が悪化して、二、三度死にかけたことがあるし。リューマチ熱にもなったし、チフスにかかったこともある。やれやれ! あのときばかりはメドロック夫人もひやひやしていたよ。坊ちゃんは意識がもうろうとしていたから何もわからないだろうと思って、メドロック夫人は看護婦に『これでまちがいなく坊ちゃまは命を落とすだろうけど、坊ちゃまにとってもみんなにとっても、それがいちばんいいことだね』って言ったんだ。そしてふと見たら、坊ちゃんが大きな目をぱっちり開けて、じっとメドロック夫人を見つめていて、話もしっかり理解していたんだよ。メドロック夫人はうろたえたけど、坊ちゃんはじっと見つめたまま、『水をくれ。おしゃべりはやめろ』って言っただけだったんだって」

「コリンは長生きできないんだと思う?」メアリはたずねた。

「新鮮な外の空気も吸わずに、ただベッドに寝てるばっかで、絵本を眺めて薬を飲むだけの生活をしとったら、どんな子だって死んでも不思議じゃない、お母ちゃんはそう言ってるけどね。坊ちゃんは体が弱くて、外に連れだされるのを嫌がるし、すぐに寒がって、外にいたら病気になるって文句を言うんだよ」

メアリは暖炉の火を眺めていた。

「でもね」メアリは考え考えゆっくりと言葉を口にした。「外に出て、お庭で花や何かが大きくなるのを眺めていたら、コリンの体にもいいんじゃないかなあ。わたしもそうだったから」

「でもねえ、外に連れだしたら、とんでもなくひどい癇癪を起こしたことがあってね。噴水のそばのバラんとこに連れていったときだったんだけどさ」マーサは言った。「坊ちゃんは〝バラ熱〟とかいうものが流行《はや》っているって新聞で読んでいたらしくて、くしゃみが出たとたん、それに罹《かか》ったって騒ぎだしたんだよ。そのとき、お屋敷の決まりを知らない新しい庭師が通りかかってね、物珍しそうに坊ちゃんを見たもんだから、もう大変さ。ぼくがせむしになりかけているから、庭師が見たんだって、坊ちゃんは興奮してわめき散らし、あんまり激しく泣いたもんだから熱まで出て、ひと晩じゅう苦しんだんだよ」

「わたしに怒ったりしたら、もう二度と会いに行ってやらない」メアリは断固として言った。

「会いたいとなったら、坊ちゃんは誰だって呼びつけるさ。そのことは覚悟しといた方がいいよ」

そのすぐあとでベルが鳴り、マーサは編み物を片付けた。

「看護婦が坊ちゃんの付き添いを代わってほしがってるにちがいない」マーサは言った。「坊ちゃんのご機嫌がいいといいんだけどね」

部屋を出ていってから十分ほどして、マーサはとまどった顔で戻ってきた。

「やっぱり、あんた、魔法をかけたんだね」マーサは言った。「ソファにすわって絵本を見てたよ。六時まで部屋を出ていってくれと看護婦に命じて、あたしは隣の部屋で待機することになった。で、看護婦がいなくなったとたん、あたしを呼びつけて、『メアリ・レノックスにおしゃべりしに来てもらいたいんだ。絶対に誰にも言わないように』って言うんだ。すぐに行った方がいいよ」

メアリは言われるまでもなく急いでコリンのところに向かった。いちばん会いたいのはディコンだったが、それでもコリンにもとても会いたかった。

部屋に入っていくと、暖炉で火が赤々と燃えていた。昼間の光で見ると、そこはとても美しい部屋だった。敷物も壁にかけられたタペストリーも絵も、並べられた本も、どれも深みのある豊かな色合いで、鉛色の空から雨が降っていても、部屋は明るく居心地よく見えた。ビロードのガウンにくるまり大きなブロケード織りのクッションに寄りかかったコリンは、まるで絵から抜けだしてきたみたいだった。彼の頬には赤みがさしていた。

「入って」コリンは言った。「朝からずっときみのことを考えていたんだ」

「わたしもあなたのことを考えてたわ」メアリは言った。「マーサったらすっかり怯《おび》えちゃって。マーサがあなたのことをしゃべったとメドロック夫人に誤解されて、お暇を出されるんじゃないかと心配していたわ」

コリンは眉《まゆ》をひそめた。

「マーサにここに来るように言って。隣の部屋にいるから」

メアリは出ていって、マーサを連れて戻ってきた。気の毒に、マーサは足ががくがく震えていた。コリンはまだしかめ面のままだった。

「おまえはぼくが気に入ることをしなくてはならない、そうだろう?」コリンはきつい口調で問いただした。

「そ、そのとおりです、坊ちゃん」マーサは真っ赤な顔になって、つかえながら答えた。

「では、メドロックはどうだ、ぼくの言うことに従わなくちゃならないんだろう?」

「みんながそうです」マーサは言った。

「それなら、ぼくがメアリ嬢を連れてこいとおまえに言ったんなら、メドロックがそれを知ったとしても、おまえに暇を出せるわけがないだろう？」

「どうか、そんなことにならないようにお願いします」マーサが訴えた。

「メドロックがそんなことをちょっとでも口にしたら、彼女の方こそ暇をとらせる」コリンはえらそうな口ぶりで言った。「メドロックだってクビになりたくないだろう。安心しろ」

「ありがとうございます」膝《ひざ》を折ってお辞儀をした。「ちゃんとおつとめを果たしたいと思います、坊ちゃま」

「うん、しっかりやってくれ」コリンはさらに尊大な口調になった。「おまえを悪いようにはしない。さあ、もう行きなさい」

マーサが出ていってドアが閉まると、不思議なものを見るようにメアリがじろじろ見ていることにコリンは気づいた。

「どうしてそんな目で見るんだ？」コリンはたずねた。「何を考えている？」

「ふたつのことを考えてるわ」

「どんなこと？　すわって話してくれ」

「ひとつはね」メアリは大きな足乗せ台に腰をおろしながら言った。「インドにいたときに、ラージャって呼ばれる王子を見たことがあるの。ルビーやエメラルドやダイヤモンドで全身を飾りたててたわ。その子は家来に向かって、今あなたがマーサに話していたのとそっくりの口調で話してた。ラージャが命じたことはどんなことでもしなくてはならなかったの——ただちに。そうしなかったら、殺されたんじゃないかと思うわ」

「あとからラージャについていろいろ話してもらいたいな」コリンは言った。「だけど、先にふたつめのことを教えて」

「あなたとディコンはずいぶんちがうって考えていたの」

「ディコンって誰だ？　なんておかしな名前なんだ！」

話してもかまわないわよね、とメアリは心の中で思った。ディコンについて話しても、秘密の花園のことには触れないでおけるだろう。いつもマーサからディコンの話を聞くのが楽しみだったし、自分も彼について話したかった。人に話すことで、ディコンをもっと身近に感じられる気がしたからだ。

「ディコンはマーサの弟なの。十二歳よ」メアリは説明した。「ああいう子って初めて会ったわ。インドのヘビ使いがヘビを馴《な》らすみたいに、キツネやリスや鳥を手なずけてしまうの。ディコンがとてもやさしい音色で笛を吹くと、動物たちが集まってきてじっと耳を傾けるのよ」

コリンのわきのテーブルには大きな本が何冊か置いてあり、彼はその一冊を手にとった。

「ほら、ヘビ使いが載っている」コリンはうれしそうに言った。「こっちに来て見てごらんよ」

本は見事な色つきの絵がいくつも載った美しいもので、コリンは絵のひとつを示した。

「その子、こういうことができるの？」コリンは熱心にたずねた。

「ディコンが笛を吹くと、動物たちがじっと聞いているの。だけど、ディコンは魔法とは呼んでないわ。いつもムーアにいて、動物たちのことをよく知っているからだって言ってる。ときどき自分が鳥やウサギになったように感じることもあるんですって。ディコンは動物がとても好きなの。コマドリにもいろいろたずねていたんじゃないかな。低くさえずっていたけど、まるで二人でしゃべりあっているみたいだった」

コリンはクッションにもたれ、目をますます丸くし、頬はいっそう赤くなった。

「もっとディコンについて話して」コリンはせがんだ。

「卵や巣のことにはとても詳しいの」メアリは言葉を続けた。「で、キツネやアナグマや他の動物がどこに住んでいるかを知っている。でも、それを秘密にしているの。他の子たちが巣穴を見つけて動物たちを怖がらせるといけないから。ディコンはムーアに生える草花や暮らしている生き物のことは何でも知っているのよ」

「その子はムーアが好きなのかい？」コリンがたずねた。「あんなだだっ広くて何もないわびしい場所がどうして好きなんだろう？」

「ムーアはこの世でもっとも美しい場所よ」メアリは反論した。「美しい植物がたくさん生えているし、何千っていう小さな生き物が巣をかけたり、巣穴を掘ったりしてる。そして、お互いにさえずったり、歌ったり、キイキイ言ったりしてしゃべりあっているのよ。みんな、地面の下や木立の中やヒースの茂みで忙しく働いて、楽しく暮らしている。ムーアはそうした植物や動物たちの世界なの」

「きみはどうしてそういうことを知っているの？」コリンは肘《ひじ》をついてメアリを見た。「実を言うと、まだ一度もムーアに行ったことはないの」メアリは我に返ったように言った。「暗い中、馬車で通っただけ。ぞっとする風景だと思ったわ。ムーアについては初めてマーサから聞いて、それからディコンからも話を聞いたの。ディコンが話していると、まるでいろんなものが目に見え、音が聞こえるように感じるのよ。自分が太陽の照っているヒースの野原に立っていて、ハリエニシダが蜜《みつ》みたいに甘い香りを漂わせていて、あたりをハチやチョウチョウが飛び回っているような気がしたわ」

「病気だと何も見られないんだ」コリンはいらだたしげに言った。コリンは遠くで耳慣れない物音を聞きつけ、あの音は何だろうと思っている人のようだった。

「部屋にこもっていれば無理ね」

「ムーアには行けないんだよ」コリンはくやしそうだった。

メアリはちょっと黙りこんでから、思い切って言った。「行けるかもしれないわ——いつか」

びくっとしたようにコリンは身じろぎした。

「ムーアに行く！　どうやって！　そんなことしたら、ぼく、死んじゃうよ」

「あら、どうしてわかるの？」メアリはそっけなく言った。コリンがしょっちゅう死ぬ、死ぬ、ということがいささか鼻につき、あまり同情する気持ちになれなかったのだ。なんだかコリンは死ぬことを自慢しているみたい、とメアリは思った。

「だって、小さいときからずっと聞かされてるからね」コリンはむっとしたようだった。「みんな、いつもひそひそ噂しているんだよ、ぼくが気づいていないと思って。しかも、ぼくが死ねばいいと思っているんだ」

メアリは猛烈につむじ曲がりな気持ちになって、唇をへの字に曲げた。

「あたしなら、死ねばいいと思われても絶対に死なないわ。あなたが死ねばいいと思ってるのは誰なの？」

「使用人たちだよ――もちろんクレイヴン先生もだ、ミスルスウェイト屋敷を自分のものにできて、貧乏医者から金持ちになれるからね。口ではそう言わないけど、ぼくの具合が悪くなると、いつもうれしそうだし、腸チフスに罹《かか》ったときなんか笑いがこらえられないみたいだった。お父さまもそう思っていると思うよ」

「お父さまはちがうと思うわ」メアリは意固地になって反論した。

その言葉にコリンは振り向き、またメアリをじっと見た。

「そう思う？」彼はたずねた。

それからまたクッションにもたれると、身じろぎもせずに何か考えているようだった。長い沈黙が続いた。おそらく二人とも、子供がふつう考えもしないような奇妙なことを考えていたのだろう。

「ロンドンから来たえらいお医者さんが正しいんじゃないかしら」メアリがとうとう言った。「鉄の装具をはずさせたんでしょ。そのお医者さまも、あなたが死ぬって言ったの？」

「いや」

だ

「どう言ったの？」

「そのお医者さんは陰でこっそり言わなかった。たぶん、ぼくがそういうのを嫌いだって知ってたんだよ。お医者さんが大きな声でこう言うのが聞こえたよ。『本人が生きたいという気持ちになれば、生きられるだろう。生きる意欲をかきたててあげなさい』お医者さんはちょっと怒っているみたいだった」

「あなたをその気にさせてくれそうな人を知ってるわ」メアリは考えこみながら言った。とにかく、この問題を解決したかった。「ディコンよ、絶対にまちがいないわ。いつも生きているもののことを話しているから。死んだものや病気のことは一度も話したことがないの。いつも空を見上げて鳥が飛んでいくのを見ている――さもなければ地面を見て、新しい芽が出ていないか調べてる。まん丸な青い目をしているんだけど、その目をみはって、いろいろ観察しているのよ。それに大きな口で思いっきり笑う――ほっぺたは赤いの――サクランボみたいにね」

メアリは足乗せ台をソファに近づけた。弓形の大きな口と大きく見開かれた目のことを思い出したせいで、メアリの表情はうって変わってやわらかくなっていた。

「ねえ、死ぬことなんて話すのはやめましょうよ。死なんて考えたくないわ。生きることを話しましょう。そうよ、ディコンのことを話したいわ。それから、あなたの絵本を見せて」

それはメアリにとって精一杯の提案だった。ディコンについて話すというのは、ムーアのこと、コテージのこと、週十六シリングでそこで暮らしている十四人家族のことを話すことだ。それに野生のポニーみたいにムーアの草で太っている子供たちのこと。さらにディコンのお母さんのこと、縄跳びのこと、日差しを浴びたムーアのこと、黒い土から顔をのぞかせている薄緑色の芽のこと。どれもとても生き生きした話題だったので、メアリはこれまでなかったほどたくさんしゃべった。そしてコリンの方も、これまでなかったほどよくしゃべり、熱心に話に耳を傾けた。子どもというのは楽しいときにはどうでもいいことで笑いころげるものだが、このときの二人も、まさに何でもないことで笑い合った。しまいには健康なありふれた十歳の子供同士で遊んでいるみたいににぎやかになった。頑固でやせっぽちの情が薄い女の子と、自分がもうじき死ぬと信じている病身の男の子はどこかに消えてしまった。

あまり楽しかったので、二人とも絵本のことも、時間のことも忘れてしまった。ベン・ウェザースタッフとコマドリの話に二人で大声でげらげら笑い、コリンは弱い背中のことも忘れ、体を起こしていた。そのとき、コリンはあることに気づいた。

「ねえ、これまで考えたこともなかったことがあるんだ。ぼくたち、いとこなんだよ」

これまでさんざんおしゃべりしていたのに、そんな単純な事実を忘れていたことがあんまり不思議だったので、二人はまたひとしきり笑った。いまや、どんなことでもおかしくてたまらない気分になっていたのだ。そして、その大騒ぎの最中にドアが開いて、クレイヴン先生とメドロック夫人が入ってきた。

クレイヴン先生が驚きのあまりあとずさったので、メドロック夫人はその背中にドシンとぶつかって後ろにひっくり返りそうになった。

「なんてこと！」メドロック夫人は目玉が飛びだしそうな顔で叫んだ。「なんてことなの！」

「これはどういうことだね？」クレイヴン先生が近づいてきた。「何があったのだ？」

とたんにコリンはまたもラージャに戻った。コリンは先生の驚きもメドロック夫人の恐怖も、まるで意に介していないかのように横柄な態度で応じたのだ。老いぼれ犬と猫が部屋に入ってきただけみたいに、コリンは少しも動揺していなかった。

「こちらはぼくのいとこのメアリ・レノックスだ」コリンは言った。「ここに来て話をしてくれるように、ぼくが頼んだんだ。ぼくは彼女が気に入っている。ぼくが迎えに行かせたら、メアリにはいつでもここに来て話し相手をしてもらうことにするよ」

クレイヴン先生は振り返ってメドロック夫人をなじるように見た。

「いえ、先生」メドロック夫人はあわてて弁解した。「どうしてこんなことになったのか、さっぱりわかりません。お屋敷にはしゃべるような者はいません――みんなちゃんと命令を守っています」

「誰も何もしゃべっていない」コリンは言った。「ぼくが泣いているのをメアリが聞きつけて、自分でここを見つけだしたんだよ。彼女が来てくれて、ぼくはうれしいんだ。馬鹿なことを言うな、メドロック」

メアリはクレイヴン先生が気に入らない様子なのを見てとったが、患者に反論するつもりはないようだった。コリンの隣にすわると、脈をとった。

「興奮しすぎではないかと心配だよ。興奮はきみの体に障るからね、コリン」クレイヴン先生は言った。

「万一メアリが来られなくなったら興奮するだろうね」コリンは言い返し、その目は険悪にぎらつき始めた。「ぼくはこれまでよりもずっと気分がいいよ。彼女のおかげでよくなったんだ。看護婦にぼくたちのお茶を持ってこさせてくれ。いっしょにここでお茶にするから」

メドロック夫人とクレイヴン先生は困ったように顔を見合わせたが、どうしようもなかった。

「たしかに坊ちゃまは元気そうですね、先生」メドロック夫人が思い切って意見をさしはさんだ。「ただ、考えてみますと、今朝も具合がよさそうでしたよ。メアリが部屋に来る前のことです」

「メアリが来たのはゆうべだよ。長いあいだいっしょにここで過ごした。彼女はヒンドスターニ語の子守歌を歌って寝かしつけてくれたんだ」コリンは言った。「おかげで朝起きたとき、ぼくはいつもより気分がよかった。朝食だって食べたよ。さあ、お茶を持ってきてくれ。看護婦に伝えてくれ、メドロック」

クレイヴン先生は長居をしなかった。部屋にやって来た看護婦と少し話をしてから、コリンにいくつか注意を与えた。しゃべりすぎてはならない。病気であることを忘れてはならない。すぐに疲れることを忘れてはならない。コリンは気が滅入《めい》るようなことをあれこれ覚えておかなくちゃならないのね、とメアリは思った。

コリンは不機嫌になり、黒い睫《まつげ》に縁どられた不思議な目でクレイヴン先生をにらみつけた。

「ぼくは忘れたいんだ」しばらくして彼は言葉を発した。「メアリはそうしたことを忘れさせてくれる。だから来てほしいんだよ」

クレイヴン先生はむずかしい顔で部屋を出ていきながら、大きな足乗せ台にすわっているやせた女の子をいぶかしげに見た。メアリは先生が部屋に入ってきたとたんに、かたくなで無口な子どもに逆戻りしたので、クレイヴン先生にはメアリの魅力が理解できなかったのだ。ただ、少年はあきらかに明るくなっていた。クレイヴン先生は大きなため息をつくと廊下を歩み去った。

「食べたくないときに限って、みんな、食べろ、食べろって言うんだよ」看護婦がお茶を運んできて、ソファのそばのテーブルに置くと、コリンは言った。「でも今は、きみが食べれば、ぼくも食べるよ。そのマフィンは熱々でおいしそうだ。ねえ、ラージャのことを話してよ」

十五章　巣作り

一週間も雨が続いたあと、再び晴れた青い空が高く広がり、太陽の光が降り注いで暑いくらいになった。この一週間、メアリは秘密の花園を見に行くこともできず、ディコンとも会えなかったが、とても楽しい時間を過ごしていた。一週間はあっという間だった。毎日何時間もコリンの部屋で過ごし、ラージャや庭やディコンやムーアのコテージについて話をした。美しい本や絵を眺め、メアリがコリンに朗読してあげることもあったし、コリンもときどき本を読んでくれた。愉快に楽しく過ごしているとき、コリンはまったく病人には見えないわ、とメアリは思った。ただ、顔の血色は悪く、いつもソファで過ごしていたが。

「あなたは油断がない子ですね、泣き声を聞きつけて夜中にこっそりベッドを抜けだして調べに行くなんて」あるときメドロック夫人に言われた。「だけど、わたしたちにとっちゃ、ありがたいと言えなくもないんですよ。あなたたちが仲良くなってから、坊ちゃまはひどい癇癪《かんしゃく》を起こさなくなったし、激しく泣くこともなくなった。看護婦は坊ちゃまがあまりにも手に負えないから、お暇をいただきたい、って言ってたけど、今はメアリ嬢さんが手伝ってくれるなら、ここにいてもかまわない、って言ってますよ」とメドロック夫人は少し笑った。

　コリンと話すとき、メアリは秘密の花園について口を滑らせないようにとても用心していた。コリンについていくつか確認したいことがあったが、直接質問をせずに、それを探りださなくてはならなかった。コリンといっしょに過ごすことがとても楽しくなってきた頃、まず、コリンが秘密を打ち明けても大丈夫な男の子かどうかを確かめたかった。コリンはディコンとはまるっきりちがっていたが、誰も知らない庭というアイディアをとても気に入っていたので、信用できそうだと思った。ただし、本当に信用できると自信を持って言えるほど、コリンを長く知っているわけではないことも考慮に入れなくてはならないだろう。次にメアリが知りたかったのは、コリンが本当に信頼できるとして、彼を秘密の花園まで誰にも知られずに連れていくことが可能なのか、ということだ。えらいお医者さんは新鮮な空気を吸う必要があると診断しているし、コリンは秘密の花園で外の空気に触れるのもいい、と言っていた。たっぷり新鮮な空気を吸い、ディコンやコマドリと知り合いになり、大きくなっていく草花を眺めたら、もう死ぬことなんて考えなくなるかもしれない。最近、メアリは鏡に映る自分の姿を見て、インドから来たばかりのときとはまったくの別人だと思った。今の方がずっと感じがよかった。マーサですら、その変化に気づいていた。

「ねえ、ムーアの空気が、あんたにゃ、よかったんだねえ」マーサは言った。「前ほど顔が黄色くなくなったし、ガリガリじゃなくなったしねえ。髪だって、前みたいに頭にぺたんと張りついてないしさ。腰がでて、ちょっとふんわりしてきたよ」

「髪もわたしと同じよ」メアリは言った。「どんどん強くなって、太ってきたの。量も増えたんじゃないかな」

「うん、そうにちがいないね」マーサはメアリの顔の周囲にふわっと逆毛を立てながら言った。「前に比べて見栄えがよくなったし、頰っぺたも赤くなってるし」

庭と新鮮な空気がメアリに効果があったのなら、きっとコリンの体にもいいだろう。だけど、コリンが人に見られるのを毛嫌いしているなら、ディコンと会いたがらないかもしれない。

「人に見られると、どうして腹が立つの？」あるときメアリはコリンにたずねてみた。

「ずっと嫌だったんだよ。ほんとに小さなときからね。海辺に連れていかれると、毎日乳母車に寝かされていて、通りかかった人たちからじろじろ見られたんだ。女の人たちは立ち止まって看護婦に話しかけ、ひそひそ話をしていた。ぼくが大人になるまで生きられない、って言っていたのさ。それから、女の人たちはぼくの頰をなでて、

『気の毒な子！』って言うんだ。一度、そうされたとき、ぼくは金切り声で叫んで手に嚙《か》みついてやった。その女はすごく怯《おび》えて逃げていったよ」

「その人、あなたが狂犬になったとでも思ったでしょうね」メアリはいささかあきれて言った。

「どう思われようとかまうもんか」コリンは顔をしかめた。

「わたしが部屋に入ってきたとき、どうして叫んだり、嚙みついたりしなかったの？」メアリは言うと、ゆったりと笑みを浮かべた。

「きみは幽霊か夢だと思ったんだ。幽霊や夢には嚙みつけないし、悲鳴をあげても動じないだろ」

「もし他の男の子に姿を見られたら――嫌だと思う？」メアリはおそるおそるたずねた。

コリンはクッションにもたれると、考えこんだ。

「見られても気にしないだろうなっていう男の子が一人だけいるよ」一語一語を吟味しているかのように、コリンはゆっくりと言葉を口にした。「キツネが住んでいる場所を知っている男の子――ディコンだ」

「ディコンなら絶対に大丈夫よ」

「鳥は逃げないし、他の動物もディコンに寄ってくるんだよね」コリンは考えながら続けた。「だったら、たぶんぼくも大丈夫だよ。ディコンは動物使いみたいなものだし、ぼくは男の子っていう動物だからね」

そこでコリンは笑いだし、メアリもつられて笑った。結局、その話は二人で大笑いして終わった。男の子の動物が巣穴に隠れているところを想像すると、おかしくてたまらなかったのだ。

あとになって、これでディコンのことは心配する必要がなくなったわ、とメアリは胸をなでおろした。

ようやく空が青く晴れ上がった朝、メアリはとても早くに目覚めた。太陽の光がブラインドから斜めに射しこんでいて、それを目にするとうきうきしてきて、メアリはベッドから飛びだすと窓に走り寄った。ブラインドを上げ窓を開けると、さわやかな香りのするすがすがしい風がさあっと吹きこんできた。ムーアは青く染まり、全世界に魔法の力がふるわれたかのように見えた。あちこちでフルートのような音色が響いている。まるでたくさんの鳥たちが、コンサートのために一斉に音合わせを始めたかのようだ。メアリは窓から片手を差しだし、太陽にかざした。

「わあ、暖かいわ――暖かくなってる！これで緑の芽が土から出てきて、どんどん伸びていくわね。球根も根も地面の下で一生懸命がんばって、大きくなっているにちがいないわ」

メアリはひざまずいて、できるだけ窓から体を乗りだすと、大きく深呼吸して空気の匂いを嗅《か》いだ。そのときディコンのお母さんが彼の鼻はウサギみたいにひくついていると言ったという話が頭をよぎり、笑いだした。

「まだとても早いにちがいないわ、あの小さな雲がピンク色だし。こんな空の色を見たのは初めて。まだ誰も起きていないのね。厩舎係《きゅうしゃ》の声もまだ聞こえない」

ふいにいいことを思いついて、あわてて立ち上がった。

「ぐずぐずしていられないわ！　花園を見に行こう！」

このころには自分で服を着られるようになっていたので、メアリは五分で服を身につけた。自分でかんぬきを開けられる小さな通用口のドアを知っていたので、靴下のまま大急ぎで一階に下りていくと、玄関ホールで靴をはいた。チェーンをはずし、かんぬきをずらし、鍵《かぎ》を開けると、ドアが開き、メアリはひとっ飛びで階段を下りると地面に立った。あたりは緑色に変わり太陽がさんさんと降り注ぎ、暖かくてかぐわしい風が吹き抜けていき、ありとあらゆる茂みや木々からチュンチュン、ピーピーと鳥の声が聞こえてくる。喜びが胸に湧きあがり、両手を握りしめて空を仰いだ。空は青とピンクとパールのような白に染まり、春の光があふれている。メアリは自分でもフルートを吹き、大きな声で歌いたくなったので、ツグミやコマドリやヒバリたちが歌っている気持ちがよくわかった。茂みを回って、秘密の花園に通じる小道に向かった。

「どこもかしこも、もうすっかり変わっている」メアリはつぶやいた。「草が青々と茂り、あちこちで芽が地面から顔を出し、植物の背が伸びてきて、葉っぱになる固い緑の芽が枝でふくらみかけている。今日の午後には、きっとディコンが来るわ」

暖かい長雨は、低い塀際の遊歩道を縁どる花壇をびっくりするほど変えていた。植物のもつれあった根のあいだから茎がずんずん伸び、クロッカスの茂みでは赤紫色と黄色の花弁がちょっぴり広がりかけている。半年前のメアリだったら、世界が目覚めかけていても気づかなかっただろうが、今のメアリは何ひとつ見逃さなかった。

蔦《つた》に隠されたドアのところまで来たとき、カラスのカァカァという大きな鳴き声がしてメアリはぎくっとした。塀のてっぺんから聞こえてくる。見上げると、そこには青みを帯びた黒くつややかな羽をした大きな鳥がとまって、とても賢そうな目でメアリを見下ろしていた。メアリはこれほど間近でカラスを見たことがなかったので、少し不安になったが、次の瞬間、カラスは翼を広げ、花園の方に飛んでいってしまった。

カラスがずっと花園に居座るつもりじゃありませんように、と思いながら、メアリはドアを開けた。花園の奥まで進んでいったとき、カラスはどうやらここにずっといるつもりだとわかった。というのも、カラスは低いリンゴの木にとまり、その木の下にはふさふさした尻尾《しっぽ》をした赤毛の小さな動物が寝そべり、鳥と動物はどちらも、そこでかがみこんでいるディコンの錆色《さびいろ》の頭を見つめていたからだ。ディコンは草に膝《ひざ》をつき、せっせと作業をしているところだった。

メアリは草の上を走ってディコンに近づいていった。

「まあ、ディコン！　ディコンなのね！」彼女は叫んだ。「こんなに早くどうやってここまで来たの？　よく来られたわね！　太陽はさっき昇ったばかりでしょ！」

ディコンは立ち上がった。髪はくしゃくしゃだったが、笑っている姿は輝いているようだった。目は空のかけらのように青い。

「ああ！」ディコンは言った。「夜明けのずうっと前に起きたんだ。寝てなんかいられねえよ！　ようやっと今朝はきれいさっぱり晴れたもんなあ。でもって、チュンチュン、ピーピー鳥は鳴くわ、動物はあちこちひっかいて巣作りしてるわ、いい匂いのする風が吹いてくるわで、ベッドから飛び起きて外に出たんだ。お日様が昇ったら、ムーアじゅうがうれしくて大騒ぎになったよ。ちょうどヒースのど真ん中にいたんだけど、おれもうれしくて舞い上がっちまって、めちゃくちゃに走りながら叫んだり歌ったりした。でもって、まっすぐここにやって来たんだ。放っておくわけにゃいかんもの。ほれ、庭はここでちゃあんと待っとったよ」

メアリは両手を胸にあてがい、ずっと走ってきたみたいに息せききって言った。

「ああ、ディコン！　ディコン！　わたし、息ができないぐらいうれしくてたまらない！」

見知らぬ人とディコンがしゃべっているのを見て、尻尾のふわふわした小さな生き物が寝そべっていた木の下から立ち上がり、ディコンに近づいていった。カラスは一声、カァと鳴き、枝から飛び立ち、そっとディコンの肩にとまった。

「こいつがキツネの子だよ」ディコンはそう言いながら、赤毛の小さなキツネの頭をなでた。「キャプテンっていうんだ。でもって、こっちがスート。スートはおれといっしょにムーアを飛んできたんだ。キャプテンの方はさ、猟犬に追っかけられてるみたいなすげえ勢いで走ってきた。どっちもおれとおんなじ気分だったんだねえ」

カラスもキツネもメアリのことを少しも怖がっていないようだった。ディコンが歩き回りはじめてもスートは肩にとまっていて、キャプテンはディコンのかたわらをトコトコついてくる。

「ここを見ろや！」ディコンは言った。「芽が出とるぞ、ここも、ここにも！　それから、わあ！　こいつを見てくれ！」

ディコンが膝をついたので、メアリはその隣にしゃがんだ。ひとむらのクロッカスが一斉に紫色と金色の花をつけていた。メアリは顔を近づけ、次々に花にキスした。

「人にはこんなふうにキスしないわ」メアリは顔を上げると言った。「お花は特別なの」

ディコンはとまどっているようだったが、にっこりした。

「そっかあ！」彼は言った。「おれは一日じゅうムーアを歩き回ってさ、帰ってきたときにゃ、お母ちゃんにそんなふうにキスするよ。お母ちゃんがお日様浴びて戸口に立ってるときにな。お母ちゃん、キスされてすんごくうれしそうだし、満足してるみてえだ」

二人は庭のあちこちを見て回り、いくつもの驚きを発見したので、ささやくように話さなくてはならないことをうっかり忘れそうになった。ディコンは一見枯れているように見えたバラの枝で、葉の芽がふくらみかけているのを教えてくれた。地面から数え切れないぐらい顔を出している新しい緑の芽を教えた。二人でいそいそと地面に鼻を近づけて、暖かい春の息吹を嗅いだ。土を掘り返し、雑草を抜き、うれしさのあまり声を殺して笑ううちに、メアリの髪はディコンと同じようにくしゃくしゃになり、頬も彼と同じくポピーのように真っ赤になった。

その朝、秘密の花園には地上のありとあらゆる喜びが存在していた。その喜びに浸っているときに、さらにすばらしい、さらに喜ばしいことがもたらされた。何かが塀を越えて飛んできて、葉が茂った隅の木立のあいだにすごい勢いで飛びこんでいったのだ。くちばしから何かをぶらさげた胸の赤い鳥の姿がちらっと見えた。ディコンはとても静かに立ち上がると、教会で笑っていたことにいきなり気づいたかのように、片手をメアリにかけた。

「ちらっとも動くんでねえ」ディコンはヨークシャー弁でささやいた。「息もしちゃいけねえ。このあいだあいつに種やったときに、相手を探してるのは知っとった。あれ、ベン・ウェザースタッフのコマドリさ。巣を作っとるんだ。おれたちが怖がらせなければ、このままここにいるさ」

二人はそっと草の上にすわると、そのまま動かずにじっとしていた。

「あんまりじろじろ見ねえようにしないとな」ディコンが言った。「おれたちに邪魔されると思ったら二度と戻ってこんよ。あいつ、巣作りが終わるまでは、ふだんとちょっとちがうんだ。なにしろ家をこしらえとるからね。いつもよりえらく用心深いし、えらく神経質になっとる。おれたちのところにやって来て、しゃべくる時間もないほどだ。とにかく、こっちは草とか木とか茂みみたいに見せかけて、じいっとしとらんと。そのうち、あいつがおれたちの姿に馴《な》れてきたら、おれはちょいとさえずりで話しかけて、あいつの邪魔はしないって知らせるよ」

ディコンにはわかっているようだったが、メアリはどうしたら草とか木とか茂みみたいに見せられるのか、見当もつかなかった。それでもディコンがそんな奇妙なことをあっさりと、ごく当たり前のことのように口にしたので、彼にとってはやすやすとできることなのだろう、と想像した。そこでメアリは数分ほどディコンをじっと観察しながら、今にも彼は緑に変わり枝や葉を生やしたりするのだろうかと期待していた。しかし、彼はただ驚くほどじっとすわっているだけだった。ディコンはとても低い声でしゃべったので、聞きとれるのが不思議なぐらいだったが、どうにかメアリは彼の言葉がわかった。

「こいつは春のお決まりの仕事なんだ、この巣作りはさ」ディコンは言った。「この世が始まってからっつうもの、ずうっと毎年おんなじように繰り返されてきたんだろうな。あいつらにはあいつらなりの考え方とやり方があるからね、こっちは鼻を突っこまねえ方がいい。あんまし詮索《せんさく》すると、他の季節とちがって春は簡単に友だちを失っちまうよ」

「コマドリさんの話をしていると、ついそっちに目が行っちゃうわ」メアリはできるだけ声を抑えて言った。「他の話をしましょうよ。そうそう、話したいことがあるの」

「おれたちが別の話をしている方が、あいつもうれしいだろう。何だい、話したいことって？」

「実はね――コリンのこと、彼、知ってる？」彼女はひそひそとたずねた。

ディコンは振り向いて彼女をじっと見た。

「あんた、どういうことを知ったんか？」ディコンはたずねた。

「コリンと会ったの。今週は毎日おしゃべりしにコリンのところに行ってるわ。彼が来てほしいと言うから。コリンはわたしといると、自分が病気で死にかけていることを忘れられるって言ってた」

ディコンの丸い顔から驚きが消え、あきらかに安堵《あんど》の表情を浮かべた。

「そいつはよかった」彼は弾んだ声になった。「本当にうれしいよ。気が楽になった。あの子のことはなんも言っちゃいけねえってわかってたけど、おれ、隠し事は嫌いなんだ」

「花園のことを隠すのは嫌じゃないの？」メアリはたずねた。

「このことは絶対にしゃべらねえよ」ディコンは答えた。「だけど、母ちゃんにはこう言った。『母ちゃん、おれ、秘密を守らねばなんねえんだ。秘密ったって悪いことじゃねえ、そのことはわかっとるよな。鳥の巣の場所を秘密にしとくのとおんなじようなことなんだ。だったら、かまわねえよな？』」

メアリはお母さんの話を聞くのがいつも楽しみだった。

「で、お母さんは何と言ったの？」そうたずねたとき、まったく不安はなかった。

ディコンは人のいい笑みを浮かべた。

「いかにもお母ちゃんが言いそうなことさ。お母ちゃんはおれの髪の毛をくしゃっとすると、笑ってから、『ああ、好きなだけたんと秘密を持てばいいよ。あんたのことは十二年も知っとるからね』ってさ」

「コリンのことはどうして知ったの？」メアリは質問した。

「クレイヴンさまのことを知っとる人なら、みんな、体の悪い子どもがおるって知っとるよ。クレイヴンさまは子どもの話をされるのが嫌いだってこともな。旦那《だんな》さまのことは、みんな気の毒に思っとる。だって、奥さまはあんなに若くておきれいで、みんなに好かれとったからねえ。スウェイトに行く途中で、いっつもうちに寄ってくれて、お母ちゃんと話しとった。おれたち子どもが横で話を聞いていても、気にせんかったんだ。おれたちが信頼できる子に育てられてるって、わかっとったのさ。あんたはどうして坊ちゃんのことを知ったんだい？　マーサはこのあいだ家に帰ってきたときに、えらく困っとったよ。坊ちゃんがぐずって泣いてるのをあんたが聞いて、あれこれ質問するもんだから、どう答えたらいいかわからんかったって」

メアリは真夜中に風が吹きすさんでいたので目が覚め、かすかに泣き声が聞こえたので、ろうそく片手に声を頼りに暗い廊下を進んでいき、ドアを開けたら薄暗い部屋に彫刻をほどこされた四柱式ベッドが置いてあった、という顛末《てんまつ》を話した。小さな象牙《げ》のような顔と黒い睫《まつげ》に縁どられた不思議な目について説明すると、ディコンは頭を振った。

「それ、奥さまの目そっくりだよ。奥さまの目はいつも笑っていたけどさ。クレイヴンさまは、坊ちゃんが目覚めているときは顔を見るのに耐えられないって話だよ。坊ちゃんの目は奥さまの目に生き写しなのに、病弱な坊ちゃんの顔だとまるっきりちがって見えて辛《つら》いらしい」

「叔父《おじ》さまはコリンが死んだらいいと思ってるの？」メアリはささやいた。

「まさか。でも、生まれなけりゃよかった、と思っとるらしいよ。そいつは子どもにとってこれ以上ないほど不幸だ、ってお母ちゃんは言っとる。望まれない子がちゃんと育つはずねえからな。クレイヴンさまは金で買えるものは何だって、あのかわいそうな子に与えとるけど、この世に坊ちゃんがいることを忘れたがっとるんだ。ていうのも、いずれ坊ちゃんがせむしになるんじゃないかって、すっごく恐れてるんだってさ」

「そのことをコリンもとっても怖がっていて、起き上がろうとしないの。背中にこぶができるのがわかったら頭がどうかなっちゃう、大声で泣いて泣いて死んでやる、って思いこんでるみたい」

「だめだよ、ベッドに寝て、そんなことばっか考えてるのはよくねえよ。そんなんじゃ、どんな子だってよくならねえ」

キツネがディコンのすぐそばの草に寝そべり、なでてとせがむように、ときどき顔を上げてこちらを見るので、ディコンはかがんでキツネの首をやさしくなでながら、しばらく黙りこんで考えていた。やがてディコンは顔を上げて、庭を見回した。

「おれたちが初めてここに入ったとき、何もかも灰色に見えた。ねえ、見てごらん、そんときとのちがいがわかるかい？」

メアリは見回して、はっと息を止めた。

「まあ！」彼女は叫んだ。「灰色の塀が変わってきている。まるで緑の霧に包まれているみたい。緑のガーゼのベールをふんわりかけたようだわ」

「そうともさ。これからどんどん緑が濃くなっていって、しまいにゃ灰色が消えちまうだろう。なあ、おれが考えていること、わかるかい？」

「絶対にすてきなことよね」メアリは意気込んで言った。「たぶんコリンのことでしょ」

「この庭に出てきたら、コリン坊ちゃんも背中のこぶのことでくよくよせんでもすむんじゃないかって思うんだ。バラの茂みでつぼみが開くのを見とったら、もっと元気になれるよ。坊ちゃんをどうにか説得してさ、車椅子で庭に出てきて、木の下で過ごす気にできんかなあ」

「わたしもそうできないかな、って思ってたの。コリンと話すたびに、そのことを考えてるのよ。コリンが秘密を守れるなら、誰にも見られずに、ここまでコリンを連れてこられないかなあ。車椅子はあなたが押してくれるでしょ。お医者さんは、コリンには新鮮な空気が必要だって言ってるんだし、コリンがわたしたちにここまで連れてきてほしいって言えば、誰も反対はできないわ。他の人が言ってもコリンは外に行きたがらなかったんだから、わたしたちと出かけるなら、みんな喜ぶんじゃないかしら。庭師たちには近づかないように命じておけば、このお庭にいることはばれないわよ」

ディコンはキャプテンの頭をかいてやりながら、真剣に考えこんでいた。

「そいつは坊ちゃんのためになるよ、絶対に」ディコンは言った。「坊ちゃんが生まれてこなければよかった、なんておれたちは思っとらんからね。おれたちは庭の草木が生長していくのをただ見守っている子どもだ。でもって、坊ちゃんはそこに仲間入りする。男の子が二人と女の子一人で、ただ春を眺めて楽しむんだ。絶対、医者の治療や薬なんかよりも効き目があるさ」

「部屋でずっと寝ていて背中の心配ばっかりしているから、コリンはちょっと変わり者になっちゃってるの」メアリは言った。「本を読んで、いろんなことを知ってるけど、それ以外のことは何も知らない。具合が悪いから周囲のことなんて何も気づかないし、外に出ることも、庭も庭師も大嫌いだって言ってたわ。だけど、この花園は秘密だから、とても気に入ったみたいなの。まだ詳しく話さないようにしているけど、コリンはここをとても見たがっているわ」

「いつか、きっと坊ちゃんを連れてきてやろう。おれが車椅子を押すよ。なあ、おれたちがここにすわっているあいだに、コマドリと奥さんが何をしていたか気づいたか？　ほら見てみな、あの枝にとまって、くちばしにくわえた小枝をどこに置くのがいちばんいいか思案しとるぞ」

ディコンが低く口笛のような音を出すと、コマドリは小枝をくわえたまま頭を回し、問いかけるようにディコンを見た。ディコンはベン・ウェザースタッフのようにコマドリに話しかけた。ただしディコンの口調は友だちがアドバイスするような調子だった。

「おめえ、巣なんざ、どこに作っても大丈夫だって」とディコンは語りかけた。「おめえは卵から孵《かえ》る前っから、巣の作り方なんて知っとっただろ。そのままがんばれや。のんびりしてる時間はねえぞ」

「まあ、その話し方、気に入ったわ」メアリは楽しそうにくすくす笑った。「ベン・ウェザースタッフはコマドリさんを叱ったり、からかったりするの。コマドリさんはそこらをチョンチョン歩いて、ひとことと残らずベンの言っていることを理解しているみたいだし、そうやって話しかけられることが好きみたい。ベンが言うには、コマドリはすごくうぬぼれているから、注目されないぐらいなら石を投げつけられる方がましだと思ってるんですって」

ディコンも笑い、コマドリと話を続けた。

「おめえ、おれたちが悪さしないことを知っとるもんな。おれたちも動物みたいなもんさ。ちょうどおれたちも巣を作ろうとしてるとこだ。誰にも言うなよ」

コマドリの方はくちばしがふさがっていたので、返事をしなかった。だが、庭の片隅に小枝をくわえて飛んでいったとき、メアリはその朝露のように光る黒い目を見て、コマドリは誰にも秘密を洩《も》らさないだろう、と確信した。

十六章　大げんか

その朝はどっさりやることがあり、メアリは屋敷に戻るのが遅くなった。しかも、大急ぎでまた庭仕事に戻ろうとしたので、ぎりぎりまでコリンのことを思い出さなかった。

「コリンにまだ会いに行けないって伝えて」メアリはマーサに頼んだ。「お庭の仕事が忙しいの」

マーサは怯《おび》えているように見えた。

「そりゃまずいよ、嬢ちゃん。そんなこと伝えたら、坊ちゃんはひどく機嫌をそこねるよ」

しかしメアリは他の人たちのようにコリンを恐れていなかったし、自分を犠牲にするタイプの人間ではなかった。

「ぐずぐずしていられないのよ」メアリは答えた。「ディコンが待っているから」そしてメアリは走って出ていった。

午後は朝以上に美しく、忙しかった。すでに庭の雑草はほぼ抜いてあり、ほとんどのバラや木々は剪定《せんてい》し、根本を掘り返してあった。ディコンは自分の鋤《すき》を持ってきていて、メアリにすべての道具の使い方を教えた。というわけで、秘密の花園はこぎれいな「庭師の庭」にはなりそうもなかったが、春が終わるまでさまざまな植物がのびのびと生い茂る美しい場所になりそうだった。

「そこんとこ、頭の上にはリンゴの花と桜の花が咲くよ」ディコンが力をこめて土を掘り返しながら言った。「でもって、あそこの塀際にはモモとスモモの木が花をつけ、草地は花の絨毯《じゅうたん》みてえになるぞ」

　子ギツネとカラスは二人と同じように楽しそうで、あちこちせわしげに動き回っていた。コマドリのつがいは稲妻のようにすばやく行ったり来たりしている。カラスはときどき黒い翼をはためかせて、庭の梢《こずえ》の上まで飛んでいった。戻ってくるたびに、カラスはディコンの肩にとまり、冒険について報告しているかのようにカァカァと鳴いた。ディコンはコマドリと同じようにカラスにも話しかけていた。一度、ディコンが忙しくて返事をしなかったら、スートは飛んできて肩にとまり、大きなくちばしでディコンの耳をそっとつついた。メアリがちょっと休憩しましょう、と声をかけると、ディコンは木の下にメアリと並んですわり、ポケットから笛をとりだすと、あの不思議なやわらかい音で吹き鳴らした。たちまち二匹のリスが塀の上に現れると、じっとこちらを見ながら笛の音に聞き惚《ほ》れた。

「あんた、以前よりも力がついたな」ディコンはメアリが土を掘っているのを見て言った。「見た目も変わってきとる、ほんとに」

メアリは体を動かしたせいで顔が上気し、気分がよかった。

「毎日太ってきてるみたい」メアリはうきうきと言った。「メドロック夫人にもっと大きな服を買ってきてもらわないとだめね。マーサに髪の毛が濃くなってきたって言われたわ。前ほどぺたんとしてないし、少し太くなってきたのよ」

太陽が沈みかけ、木々の下から濃い金色の光が斜めに射してきたとき、ようやく二人は別れた。

「明日は晴れるぞ」ディコンは言った。「夜明けにここに来るよ」

「わたしも」メアリは応じた。

メアリはできるだけ速く走って屋敷に戻った。コリンにディコンの子ギツネのことやカラスのこと、春になって草花がどうなったかについて話したかった。コリンは絶対に聞きたがるだろう。だから自分の部屋のドアを開けたとき、マーサが悲痛な顔で待ち構えているのを見たときは、弾んだ気持ちに水を差されたように感じた。

「どうしたの？」メアリはたずねた。「行けないって伝えたら、コリンはどう言ったの？」

「それがねえ！　嬢ちゃんが行ってくれればよかったのに。坊ちゃんはいつもの癇《かん》癪《しゃく》を起こす寸前でね。なだめるのに午後じゅうかかっちまった。ずっと時計ばっかし見てて」

メアリは唇をぎゅっと結んだ。コリンと同じく、メアリは他人への配慮とは無縁のまま生きてきたので、わがままな男の子に自分の大好きなことをするのを邪魔されるいわれはない、と腹立たしかった。ずっと病気でいるせいで不安に苛《さいな》まれている人間の胸の内を思いやろうとはしなかったし、癇癪を抑えれば他人に嫌な思いをさせずにすむのに、そういう病人はつい怒りを他人にぶつけてしまうということに、同情する心の余裕もなかった。そもそも、インドでは自分が頭痛がするときは、他のみんなも頭痛か、もっとひどい目に遭えばいいのに、と思っていたほどだ。しかし、もちろん、今はコリンがまるっきりまちがっているとわかっていた。

メアリがコリンの部屋に入っていくと、彼はソファにすわっておらず、ベッドに仰《あお》向《む》けに寝て、メアリの方に顔を向けようともしなかった。最初から険悪な雰囲気だ。

メアリはこわばった表情で、つかつかとコリンに近づいていった。

「どうして起きなかったの？」メアリはたずねた。

「今朝はきみが来ると思ったから起きてたよ」コリンはメアリの方を見ずに答えた。「今日の午後、ベッドに移してもらったんだ。背中が痛いし、頭が痛いし、疲れたから。どうして来なかったんだ？」

「ディコンといっしょに花園で仕事をしていたの」

コリンはしかめ面になり、えらそうにメアリをじろっと見た。

「ぼくと話をしに来ないで、その子といっしょに過ごしているんなら、その子がここに来られないようにしてやる」

メアリはたちまちカッとなった。彼女は声もあげずに怒りを爆発させることができた。片意地を張って強情になり、何があろうと絶対に譲らなかった。

「ディコンを追い払うなら、二度とこの部屋には来ないわ！」メアリは叫んだ。

「ぼくがそうしろと言ったら、来ないわけにいかない」

「来るもんですか！」

「ひきずってでも、来させてやる」

「やってみたらいいわ、ラージャさま！」メアリは荒々しく言い返した。「ひきずってここに連れてきても、無理やりしゃべらせることはできないわよ。歯を食いしばってすわってるだけで、ひとことも口をきいてやらない。あなたの方だって見ない。床をずっと見てるわ！」

にらみあいとなると、二人はまさに好敵手だった。通りの浮浪児二人だったら、飛びかかって組んずほぐれつの取っ組み合いになっただろう。しかし、この二人は言葉を投げつけあった。

「わがままなやつだ！」コリンが叫んだ。

「どの口が言うの？　わがままな人は決まってそう言うのよね。自分の望みどおりにならない人間は、みんなわがままだって決めつける。あなたの方がわたしよりもずっとわがままよ。あなたみたいにわがままな子、会ったこともないわ」

「ちがう！」コリンは反論した。「きみのお気に入りのディコンほどわがままじゃないよ！　ぼくが一人きりでいるのに、きみをずっと引き留めて土いじりをしていたんだから。ディコンこそわがままだ、そうとも！」

メアリの目に怒りが燃え上がった。

「ディコンは世界じゅうの誰よりもいい人間よ。彼は――天使みたいな男の子だわ！」馬鹿げて聞こえるかもしれないが、メアリは開き直った気持ちだった。

「けっこうな天使だね！」コリンは嫌みたっぷりにせせら笑った。「ムーアのはずれのおんぼろコテージに住んでるくせに」

「ろくでもないラージャよりも、よっぽどましよ！　ずっとずっと、ディコンの方がりっぱだわ！」

メアリの方が体力があったので、しだいにコリンを言い負かしはじめた。実を言うと、コリンはこれまでこんなふうに対等の相手とけんかをしたことがなかったのだが、全体的に見て、これは彼のためになる経験だった。もっとも彼もメアリも、そのときは何もわからなかった。コリンは枕の上で顔をそむけ、目を閉じた。大粒の涙が目からあふれだして頬を伝わっていった。コリンは悲しくなってきた。他の誰でもない自分自身が気の毒でならなかった。

「ぼくはきみほどわがままじゃない。だって、ぼくはずっと病気だし、絶対に背中にこぶができかけているからね」コリンは言った。「おまけにもうじき死ぬんだ」

「死ぬわけないでしょ！」つむじ曲がりのメアリは冷淡に宣言した。

コリンは猛烈に腹を立てて、目をカッと大きく見開いた。そんなことを言われたのは初めてで、怒りを感じると同時に少しうれしい気持ちもあった。一人の人間が正反対の気持ちを同時に感じることができるとは、おかしな話だった。

「死なないって？」彼はわめいた。「いや、死ぬんだ！　死ぬってわかってるだろ！誰もがそう言ってるんだからな」

「そんなのわたしは信じない！」メアリは頑《かたく》なに言い張った。「死ぬ死ぬって言って、みんなの同情を引こうとしているのよ。それを自慢にしてるんだわ。わたしは死ぬなんて信じない！　あなたがいい子だったら、それも本当かもしれないけど――こんな嫌な子が死ぬもんですか！」

背中が弱いにもかかわらず、コリンはとてつもない怒りに駆られてがばっとベッドで体を起こした。

「部屋から出ていけ！」彼は叫び、枕をつかむとメアリめがけて投げつけた。遠くに投げられるほどの力はなかったので、枕はメアリの足元に落ちた。メアリの顔は怒りのあまりひきつっていた。

「行くわよ。もう二度と来るもんですか！」

メアリはドアに向かい、そこで振り返ると、また叫んだ。

「いろいろおもしろいことを話してあげるつもりだったのに。ディコンがキツネとカラスを連れてきたから、その話を残らず聞かせてあげるつもりだったのに。もう何ひとつ話してあげない！」

メアリは大股《おおまた》で部屋から出ていき、ドアを閉めた。すると驚いたことに、そこには看護婦が立っていた。ずっと二人のやりとりを聞いていたらしかった。しかも、どうしたことか、彼女は笑っていた。看護婦は大柄なきれいな女性で、そもそも看護婦になるようなタイプではなかった。というのも病人の世話が大嫌いで、ことあるごとに言い訳をこしらえて、マーサをはじめ代わってくれる人には誰にでもコリンの世話を押しつけていたからだ。メアリはこの看護婦が嫌いだったので、ハンカチーフを口元に当てて笑っている看護婦を憮然《ぶぜん》としながら見つめた。

「どうして笑っているの？」メアリは看護婦を問いただした。

「お二人のことで。病気の甘ったれの坊ちゃんにとっては願ってもない荒療治ですよ。自分に負けないほど甘ったれの相手が現れて、盛大な口げんかができるなんて」それからまたハンカチーフで口を押さえてひとしきり笑った。「坊ちゃんに口の達者な妹がいたら、命が助かったんでしょうけどね」

「コリン、死ぬの？」

「さあ、どうかしら。わたしにはどうでもいいことです」看護婦は言った。「ヒステリーと癇癪のせいで、あの子は病気になっているようなもんですから」

「ヒステリーって何？」メアリは質問した。

「今度、坊ちゃんが癇癪を起こしたら、自分の目で見られますよ。ともかく、あなたはヒステリーの種をまいたわけで、わたしとしては喜んでいるわ」

メアリは秘密の花園から帰ってきたときとはまるっきりちがう気分で自分の部屋に戻っていった。不機嫌で失望していたが、コリンのことはちっとも気の毒ではなかった。彼にたくさんのことを話すのを楽しみにしていたし、大きな秘密を彼に打ち明けても大丈夫か、見極めるつもりだった。実際、たぶん大丈夫だと考えかけていたのだ。しかし完全に気持ちは変わった。もう絶対にコリンに話すつもりはない。彼は部屋に閉じこもったまま新鮮な空気も吸わず、お望みどおり死ねばいいのだ！　当然の報いだ。あまりの怒りで辛辣《しんらつ》な気持ちになっていたので、しばらくのあいだディコンのことも、あたり一面を覆っている緑色のベールのことも、ムーアから吹いてくるやわらかな風のこともほとんど頭から消えていた。

マーサが待っていたので、メアリのしかめ面はたちまち興味しんしんの表情に変わった。テーブルの上に木箱が置いてあり、蓋《ふた》がはずされ、きれいな包みが詰められているのが見えた。

「クレイヴンさまがあんたにって」マーサが言った。「絵本が入ってるみたいだね」

メアリは叔父《おじ》さまの部屋に行ったときにたずねられたことを思い出した。「何かほしいものはないかね、おもちゃとか本とか人形とか？」人形を送ってきたのだろうか、だとしたら、どうしようと思いながら、メアリは包みを開けた。しかし、叔父さまが送ってきたのは人形ではなかった。コリンが持っているような美しい本が数冊、そのうち二冊は庭についての本で、絵がたくさん載っていた。さらにゲームが二、三個と、金色でメアリのイニシャルが刻印された美しい文具箱と、金色のペンとインクスタンドも入っていた。

どれもこれもすばらしい品で、メアリは喜びのあまり怒りを忘れてしまった。叔父さまが気に懸けてくれるなんて期待していなかったので、メアリの頑なな心はとても温かくなった。

「わたし、活字体よりも筆記体の方が得意なの」メアリは言った。「最初にこのペンを使って、叔父さまに心から感謝していますって、お礼の手紙を書くことにするわ」

コリンとまだ友だちだったら、すぐにプレゼントを見せに行っただろう。そしていっしょに絵本を眺め、庭作りの本について読み、ゲームをしたはず。そうしたらコリンは愉快になり、もうじき死ぬなんてことを考えなかっただろうし、片手で背骨を探ってこぶができているか確かめるようなこともしなかっただろう。コリンがそういう真似をすると、メアリは耐えられなくなった。コリンがいつも怯《おび》えているように見えるせいで、メアリまで不安で怖い気持ちになる。ちょっとでも背中にこぶができていたら、背中が曲がってきたっていう証拠だ、とコリンは言っていた。メドロック夫人が看護婦とひそひそ話をしていたせいで、コリンはそう考えるようになった。そして、それについて繰り返し繰り返し一人で考えているうちに、その考えが頭の中にしっかり根付いてしまったのだ。メドロック夫人はコリンの父親の背中は子どもの頃にああいうふうに曲がりはじめた、と言っていた。みんなが「癇癪《かんしゃく》」と呼ぶものは、病的なひそかな恐怖から生まれているのだ、とコリンはメアリにだけ告白した。それを聞いたとき、メアリはコリンを哀れに思ったのだった。

「コリンは機嫌が悪かったり、疲れたりすると、そのことを考えはじめるのよね」メアリはひとりごちた。「今日、コリンは不機嫌だったから――たぶん、午後じゅうそのことを考えていたんだわ」

メアリは立ったまま絨毯《じゅうたん》を見つめていた。

「二度と来るもんか、って言っちゃったけど――」口ごもって、眉根《まゆね》を寄せた。「だけど、朝になったら確かめに行ってみよう――コリンがわたしに会いたがっているかどうか。また枕を投げつけてくるかもしれないわね――でも行ってみよう」

十七章　癇癪

今朝はとても早く起きたし、花園で一生懸命働いたので、メアリは疲れて眠かった。だからマーサが夕食を運んできて、それを食べてしまうと、そそくさとベッドに入った。枕に頭をつけながら、ひとりごちた。

「朝食の前に出かけてディコンと花園で庭仕事をして、そのあとで……必ず……コリンに会いに行くわ」

真夜中頃だろうか、おぞましい物音が聞こえてメアリははっと目覚め、すぐにベッドから飛び起きた。何なの……これは何？　次の瞬間、その正体を確信した。あちこちでドアが開いたり閉まったりして、廊下を急ぐ足音が響く。同時に誰かが泣いたりわめいたりするのが聞こえてきた。身の毛もよだつような声で。

「コリンだわ。看護婦がヒステリーって呼んでいた癇癪を起こしてるのね。なんてぞっとする声かしら」

泣きわめく声を聞いていると、こんな恐ろしい声を聞かされるよりは、何でも好きなようにさせておく方がいい、とみんなが考えるのも不思議ではない、とメアリは思った。メアリは両手で耳をふさいだが、気分が悪くなり、体がガタガタ震えてきた。「どうしたらいいの？　どうしたらいいの？」メアリはただ繰り返していた。「もう我慢できないわ」

　コリンが泣き止んだら思い切って部屋に行ってみようかとも思ったが、前日に部屋を追いだされたときのことを思い出し、自分の姿を見たら、よけいに興奮させてしまうのではないかと思い直した。だが、さらに強く両手を耳に押し当てても、背筋が凍るような絶叫を閉めだすことはできなかった。メアリはその声を心から憎み、心底から怯えていたが、ふいに猛烈な怒りがわきあがってきた。自分もすさまじい癇癪を起こして、同じようにコリンを震え上がらせてやりたいと思った。自分の癇癪はともかく、メアリは他人の癇癪には我慢できなかった。両手を耳から離すと、ぱっと立ち上がり、足を踏み鳴らした。

「やめさせなくちゃ！　誰かがやめさせるべきよ！　あの子をぶってやればいいのよ！」メアリは叫んだ。

　そのとき廊下を小走りに近づいてくる足音が聞こえ、ドアが開いて看護婦が入ってきた。今の看護婦は笑っているどころではなかった。顔が蒼白《そうはく》になっている。

「坊ちゃんがヒステリーを起こしているんです」看護婦は息せききって伝えた。「このままじゃ、体に障ります。誰もどうにもできずにいるんです。ねえ、いい子だから、どうにか説得してみて。坊ちゃんはあなたを気に入っているから」

「コリンはわたしを部屋から追いだしたのよ」メアリは憤懣《ふんまん》やるかたなしと言わんばかりに片足でバンと床を踏みつけた。

看護婦はそれを見て胸をなでおろした。実を言うと、看護婦はメアリが布団を頭までかぶって泣いているのではないかと心配していたのだ。

「ええ、怒って当然だわ」看護婦は言った。「さあ、行って、坊ちゃんを叱りつけてやってください。何かで気をまぎらわせてあげて。お願い、今すぐ行って、ほら、急いで」

あとになってから、恐ろしいと同時になんて滑稽《こっけい》な状況だったのだろう、とメアリは思ったものだ。大人がそろってすくみあがってしまい、コリンに負けないぐらいわがままだからという理由だけで、よりによって小さな女の子のところに助けを求めてきたのだから。

メアリは飛ぶように廊下を進んでいった。部屋に近づくにつれ、金切り声はますますすさまじくなり、彼女の怒りもふくらんでいった。ドアまでたどり着いたときには、とんでもなく険悪な気分になっていた。片手で勢いよくドアを押し開けると部屋に走りこみ、四柱式ベッドのところに行った。

「やめなさい！」叫ぶように言った。「やめて！　あんたなんか大嫌い！　みんなあんたを嫌ってるわ！　一人残らずお屋敷から逃げだして、あんたはそうやって一人で泣きわめいて死んじゃえばいいのよ！　ええ、そんなに泣き叫んでいたら、じきに死ぬでしょうよ。そうなればいい気味だわ！」

思いやりのある同情心の厚い子だったら、こんなことを考えたり言ったりしなかっただろうが、誰にも制止したり非難されたりしたことがないヒステリー状態の少年にとっては、そういう乱暴な言葉がいちばん効果のある荒療治だった。

突っ伏した枕を両手で打ちすえ、ベッドで体をばたつかせていたコリンは、怒りのこもった声の方にすばやく顔を向けた。白と赤でまだらになり、むくんだ顔は目を背けたくなるほどひどい有様で、息が苦しいのかゼエゼエしている。しかし、憤怒に駆られたメアリはそんなことでは容赦しなかった。

「もう一回叫んでごらん」とメアリは言った。「わたしもわめいてやる――言っとくけど、わたしの方が大きな声が出せるから、あんたを震え上がらせてやるわ。覚悟しなさい！」

コリンはあまりびっくりしたので叫ぶのをやめてしまった。叫ぼうとして吸い込んだ息を喉《のど》に詰まらせながら、涙を流し、わなわな震えている。

「やめられないんだ！」コリンはあえぎながら言うと、すすり泣いた。「どうしても……やめられないんだよ！」

「やめられるわよ！」メアリは怒鳴った。「あんたの病気の原因のほとんどがヒステリーと癇癪なのよ。ううん、ヒステリーだけ。ヒステリー、ヒステリーがいけないの！」ヒステリーと言うたびに、メアリはドンと床を踏みつけた。

「こぶがあるんだ……こぶに触れたんだよ」コリンは声を絞りだした。「こうなるとわかってた。ついに背中にこぶができて、ぼくは死ぬんだよ」そう言うと、また身をよじり、枕に突っ伏すと泣きじゃくった。でも、もう悲鳴はあげなかった。

「こぶなんてないわよ！」メアリはきっぱりと否定した。「あるとしたら、ヒステリーのこぶ。ヒステリーのせいでこぶができるのよ。あんたの背中には悪いとこなんてどこもない……ただのヒステリーなの！　さあ背中を見せて、わたしが見てあげる！」

メアリは「ヒステリー」という言葉が気に入ったし、その言葉はどうやらコリンにも効果があるようだった。コリンもメアリと同じく、これまでその言葉を聞いたことがなかったのだろう。

「看護婦、こっちに来て。コリンの背中を見せてちょうだい、今すぐ！」メアリは命じた。

看護婦とメドロック夫人とマーサはドアのところに集まって、半分口を開けたままメアリを見ていた。さっきから全員が何度も恐怖のあまり息をのんでいた。看護婦がおそるおそる近づいてきた。コリンは大きくしゃくりあげながら泣いている。

「あの、たぶん坊ちゃんは……見せようとしないかと」看護婦はためらいがちに低い声で言った。

しかしコリンはその言葉を聞きつけ、しゃくりあげながら言った。「み、見せてやれよ！　そ、そしたらわかるから！」

むきだしになったのは哀れなほどやせた背中だった。あばら骨も背骨の関節も、ひとつひとつ数えられるほど浮き出ている。だがメアリは骨の数を勘定することはせず、かがみこんで、しかめた険しい顔で背中をじっくりと観察した。その顔がまるで口うるさいおばあさんそっくりだったので、看護婦は横を向いて、笑いでひきつりそうになる口元を隠した。一分ほど静寂が続き、まるでロンドンからやって来たえらい医者のように、メアリが背骨を上から下へ、下から上へ、熱心に検分しているあいだ、コリンですら息を殺していた。

「こぶなんてひとつもないわ！」とうとうメアリは宣言した。「ピンの先ほどのこぶもない……ただ背骨が出っ張っているだけよ。やせてるからそれが手に触れたの。わたしも以前背骨が出っ張っていて、あんたと同じように手で触れることができた。最近太ってくるまではね。でも、まだ出っ張りが隠せるほどのお肉はついてないわ。あんたにはピンほどのこぶもないわよ！　またこぶがあるなんて言ったら、大笑いしてやる！」

このぶしつけな子どもっぽい言葉の持つ力は、コリンにしかわからないことだった。もしもコリンにひそかな恐怖について相談する相手がいたら、せめてあれこれ疑問をぶつけられる相手がいたら、同じ年頃の遊び相手がいたら、ちがっていただろう。そして無知なうえに彼にうんざりしている人々の恐怖で重苦しくよどんだ雰囲気を感じながら、大きな閉ざされた屋敷でベッドに寝てばかりいなかったら、自分の病気と恐怖は実は自分自身の手で作りだした空想だと気づいただろう。しかし、コリンは寝てばかりいて、自分の痛みと体の弱さのことだけを何時間も何日も何カ月も何年もひたすら考え続けてきたのだった。そして、今、怒り狂っている薄情な女の子に、自分で思っているような病気じゃないと断固たる口調で言われ、もしかしたら彼女は本当のことを言っているかもしれないとコリンは感じた。

「わたし、存じませんでした、坊ちゃまが背中にこぶがあると考えていらっしゃるなんて」看護婦が口をはさんだ。「坊ちゃまは寝てばかりいるので、背中が弱いのです。もっと早く、こぶなんてないと言ってあげればよかったですね」

コリンは涙をこらえ、顔を少しだけ向けて看護婦を見た。

「ほんとに？」哀れな声でたずねた。

「もちろんです」

「ほらね！」メアリも涙をこらえながら言った。

コリンはまた顔を戻すと、とぎれとぎれに大きく息を吸いこんだ。癇癪《かんしゃく》の嵐が静まりかけているようだった。しばらく横になっていると、大粒の涙が頬を流れ落ち、枕を濡《ぬ》らしたが、その涙は不思議なほど大きな安堵《あんど》のせいだった。コリンはまた顔を向けて看護婦を見ると話しかけた。このときのコリンにはラージャのような横柄さはみじんも感じられなかった。

「ぼく……大人になるまで……生きられるかな？」

看護婦は機転もきかないし、やさしい心を持ち合わせてもいなかったが、ロンドンの医者の言葉を繰り返すことぐらいはできた。

「お医者さまに言われたようにして過ごせば、たぶん生きられるでしょう。癇癪を起こさないようにして、外で新鮮な空気をたっぷり吸って過ごすんです」

コリンの癇癪はおさまり、泣いたせいで消耗しきっていた。そのせいでやさしい気持ちになったのだろう。コリンはメアリの方に手を差しのべた。運よくメアリの癇癪もおさまり、気持ちがやわらいでいたので、差し出された手を自分からとった。いわば仲直りのしるしだった。

「ぼ、ぼく、きみといっしょに外に行くよ、メアリ」コリンは言った。「新鮮な空気も悪くないと思うんだ、もし――」コリンははっと思い出し、かろうじて「秘密の花園を見つけることができれば」という言葉をのみこんだ。「ディコンが来て、ぼくの車椅子を押してくれれば、いっしょに外に行きたいな。ディコンにも会いたいし、キツネやカラスにも会ってみたい」

看護婦はくしゃくしゃになったベッドを直し、枕を振ってふくらませた。それからコリンにビーフスープを作り、メアリにも一杯くれた。あんなに興奮したあとだったので、メアリはありがたくスープを飲んだ。メドロック夫人とマーサはひと安心して姿を消し、すべてがきちんと片付くと、看護婦もそろそろ部屋に引き取りたがっているように見えた。健康な若い女性なので、睡眠を妨害されたことが迷惑らしく、メアリの方を見ながらおおっぴらに大あくびをした。メアリは大きな足乗せ台をベッドのわきに押していき、コリンの手をとった。

「あなたもそろそろ戻って、寝た方がいいですよ」看護婦は言った。「坊ちゃんももうじき寝つくでしょう……興奮もおさまってきたようですから。そうしたらわたしも隣の部屋で休みます」

「アーヤから教わったあの歌を歌ってほしい？」メアリはコリンにそっとささやいた。

コリンはメアリの手をやさしく引き寄せると、疲れた目で訴えるように彼女を見た。

「うん、お願い！　あれ、とっても静かな歌だから、すぐに眠れると思う」

「わたしがコリンを寝かしつけるわ」メアリはあくびをしている看護婦に言った。

「よかったら、あなたはもう行ってもいいわよ」

「でも」と、ためらうふりをしながら看護婦は言った。「三十分しても寝つかなかったら、わたしを呼んでください」

「わかったわ」

すぐに看護婦は部屋を出ていった。彼女の姿が見えなくなると、コリンはメアリの手をまた引っ張った。

「もうちょっとで口を滑らせそうになったよ」コリンは言った。「でも、どうにか言わずにすんだ。もうおしゃべりはやめて寝るよ。だけど、すてきなことをいろいろ話してくれるって言ってたよね。もしかして……秘密の花園に入るための手がかりでも見つけたのかい?」

メアリは哀れな泣き疲れた顔と腫《は》れぼったい目を見て、胸がしめつけられた。

「ええ、まあね」メアリは答えた。「たぶん見つけたんじゃないかしら。だから、今夜は眠って。明日話してあげるから」

コリンの手はわなないていた。

「ああ、メアリ! すごいよ、メアリ! その庭に入れれば、ぼくは大人になるまで生きられるような気がする! アーヤの歌の代わりに……初めて秘密の花園に入ったときに庭がどんなふうに見えるか、きみの想像を小さな声で話してくれないかな? それを聞いていれば絶対に眠れる気がするんだ」

「いいわよ」メアリは答えた。「目をつぶって」

コリンは目を閉じ、じっと横たわったので、メアリは彼の手をとり、ごく低い声で、とてもゆっくりと語りはじめた。

「長いあいだずっと放置されていたから……枝や葉っぱがもつれあって茂っていて、とてもきれいだと思うわ。つるバラがどんどん伸びていって、木の枝や塀から垂れ下がったり、地面の上まで這《は》ってたりするでしょう。それがまるで不思議な灰色の霧みたいに見えるの。枯れているものもあるけれど、生きているバラもたくさんあって、夏が来ればバラのカーテンやバラの噴水みたいになるわ。そこらじゅうにスイセンやユキノハナやユリやアヤメがたくさん植わっていて、今は地下からぐんぐん伸びてきているところだと思うわ。もう春は始まったから……たぶんね……きっと……」

メアリのやわらかな低い声に、コリンの息遣いはどんどん静かになっていき、メアリはそれを目にしながら話を続けた。

「草のあいだから芽が出てきて……紫色のクロッカスと金色のクロッカスがびっしりと咲くわ。もしかしたらもう咲いているかもしれない。木の芽がふくらんで葉っぱが次々に開き、灰色が変化していき、緑色のガーゼのベールがあたりを覆いはじめ……やがて、あたり一面を覆い尽くす。そして鳥たちがそれを見物にやって来るの。だってその庭はとても静かで安全だから……たぶん……きっと……」メアリはとても静かに、とてもゆっくりと話していた。「コマドリさんもお嫁さんを見つけて、巣を作っているかもしれないわ」

コリンは眠っていた。

十八章「さっそく行動に移さにゃいかんな」

当然ながら翌朝メアリは早く起きられず、疲れていたせいで寝坊した。マーサは朝食を運んでくると、コリンはすっかりおとなしくなったが、泣きわめいて消耗したあとは決まってそうなるようで、具合が悪くて熱っぽいと報告した。

「どうかできるだけ早く会いに来てくださいって、坊ちゃんは言ってるよ」マーサは言った。「あんたのことをこんなに気に入ってるのは不思議だよ。ゆうべ、あんなに言いたいこと言ってやったのにねえ。これまで誰もそんなこと口にする勇気がなかったんだよ。だけど、気の毒な子だね！　坊ちゃんはとことん甘やかされちまったんだよ。お母ちゃんは子どもにとって最悪なことはふたつある、ひとつは何でも禁じられることで、もうひとつは何でも思いどおりにできることだって言ってるよ。どっちが不幸かわからないって。あんたも癇癪玉《かんしゃくだま》を爆発させたよね。だけどさ、あたしが部屋に入っていくと、坊ちゃんったら『よかったら話をしに来てもらえませんかとメアリ嬢に頼んでください』って言ったんだよ。坊ちゃんがこんなていねいな言葉遣いをするなんてねえ！　あんた、行くの、嬢ちゃん？」

「まず最初にディコンのところに行ってくるわ」メアリは言った。「ううん、まずコリンのところに行って、伝えてくる……話したいことがあるの」ふいにある思いつきが閃《ひらめ》いたのだ。

コリンの部屋に現れたとき、メアリは帽子をかぶっていたので、それを見てコリンはがっかりしたようだった。彼はベッドに入っていて、気の毒になるほど顔が青白く、目の下には隈《くま》ができていた。

「来てくれてうれしいよ」コリンは言った。「頭も痛いし、体じゅうが痛いんだ。それにすごく疲れている。どこかに行くの？」

メアリは近づいていって彼のベッドにもたれた。

「すぐ戻ってくるわ。ディコンのところに行くの。でも戻ってくる。コリン、これはね……秘密の花園に関係のあることなの」

コリンの顔がパッと明るくなり、わずかに血の気が戻ってきた。

「ええっ！　ほんとに？」彼は叫んだ。「ひと晩じゅう庭の夢を見ていたんだ。灰色が緑色に変わっていくって、きみが言っていただろう。そのせいで、揺れている小さな緑の葉がいっぱいあって、あちこちに鳥の巣がかけられている場所に立っている夢を見たんだよ。とても気持ちがよくて静かだった。きみが戻って来るまで、その庭のことを考えていることにするよ」

五分後、メアリは秘密の花園にいるディコンのところにいた。キツネとカラスはまた彼といっしょで、さらに今回は二匹の馴《な》れたリスも連れてきていた。

「今朝はポニーに乗ってきたんだ」ディコンは言った。「そいつがとてもいい子でさ、ジャンプって言うんだよ！　この二匹はポケットに入れてきた。こっちがナッツで、そっちはシェルだ」

ディコンが〝ナッツ〟と言うと、片方のリスがディコンの右肩に飛び乗り、〝シェル〟と呼ぶと、もう一匹のリスが左肩に飛び乗った。

二人が草の上にすわると、キャプテンは足元で丸くなり、スートは木に悠然ととまって話に耳を傾け、ナッツとシェルは二人のそばをくんくん嗅《か》ぎ回っていた。こんな楽しい場を抜けだして戻るなんて残念でたまらない、とメアリは思ったが、話を始めると、ディコンの顔の表情がみるみる変わっていったので、メアリも考えを改めた。メアリ以上に、ディコンはコリンに同情を覚えているようだった。彼は空を仰ぎ、あたりを見回した。

「なあ、鳥の声に耳を澄ましてみな。そっこらじゅうから聞こえとるよ、チュンチュン、ピーピーって」ディコンは言った。「で、忙しそうに飛び回って、ほれ、仲間を呼び合っとるのが聞こえる。春が来ると、みんなが互いに呼び合っとるみたいだ。葉っぱも開いてきとるし、ああ、いい匂いがすんな！」上を向いた鼻をうれしそうにくんくんいわせた。「だのに、そのかわいそうな子は部屋に閉じこもったきりで、なんも見られんから、いろんなことを考えちまって叫びたくもなるんだわ。なあ、その子をここに連れてこんと。いろんなものを見せて、聞かせて、空気の匂いを嗅がせてさ、お日様の光をたんと浴びさせるのさ。さっそく行動に移さにゃいかんな」

ディコンはふだんメアリが理解しやすいようにヨークシャー弁を抑えていたが、夢中になると訛《なま》りが強く出た。しかしメアリはディコンのヨークシャー弁が好きだったので、実は自分でもしゃべれるようにこっそり練習していた。そこで、少しヨークシャー弁でしゃべってみることにした。

「そだね、ぐずぐずしていらんねえ」メアリは言った。「じゃ、まず、どうすっかっていうとさ」メアリが先を続けると、ディコンはにやっとした。ヨークシャー弁をしゃべろうとして奮闘しているメアリの様子が、とてもおもしろかったのだ。「コリンはあんたにすんごく興味を持っとるの。あんたに会いたがっとるし、スートとキャプテンにもね。屋敷に戻ったらコリンに、聞いてみるな。あんたが明日の朝、会いに来

ん《（》も見せてあげようよ」

ら、葉っぱがたくさん茂って、つぼみがひとつ、ふたつふくらむだろうし、コリンをこっちに連れてきてやったらいいよ。あんたが車椅子を押して、ここまで連れてきてさ、なんもかんも見せてあげようよ」

言葉を切ったとき、メアリはとても誇らしい気持ちだった。これまでヨークシャー弁で長くしゃべったことはなかったが、ちゃんと覚えて、うまく話せたと思った。

「コリン坊ちゃんにも、そったらヨークシャー弁でしゃべんないとな」ディコンはくすくす笑った。「坊ちゃん、きっと笑いだすぞ。病人には笑いほどいいもんはねえんだ。毎朝、半時間も心から笑っとったら、発疹《はっしん》チフスになりかけの人も治っちまうって、母ちゃんは信じとるよ」

「今日はヨークシャー弁でコリンにしゃべってみるわ」メアリもくすくす笑いながら応じた。

秘密の花園は、いまや日ごと夜ごと魔法使いがやって来て魔法の杖《つえ》をふるい、地面の下や木々の枝から美しいものを引きだす、そんな時期を迎えていた。ここをあとにして帰るのは辛《つら》かった。なにしろナッツはメアリの服の上によじ登ってくるようになっていたし、シェルは二人が木陰にすわっているりんごの木の幹を下りてきて、物問いたげにメアリをじっと見つめていたのだから。しかしメアリは屋敷に戻っていった。

コリンのベッドのすぐそばにすわると、ディコンほど手慣れた様子ではなかったが、
コリンもくんくんと匂いを嗅ぎはじめた。

「きみは花みたいな匂いがする、それに新鮮な何かの匂い」コリンははずんだ声で叫んだ。「何の匂いかな？　ひんやりしているのに暖かくて甘い香りだ」

「そいつはムーアから吹いてくる風の匂いさ」メアリは言った。「木の下の草んとこに、ディコンとスートとナッツとシェルとすわっとったときに吹いてきとったんよ。そいつは春の匂いだよ、外の匂い、お日様のそんりゃもう、うっとりするような匂いさ」

メアリはできるだけ訛りながらしゃべった。ヨークシャー弁というのは初めて聞くと、その訛りのすごさに驚くだろう。案の定、コリンは笑いだした。

「何言ってるの？　そんなふうにしゃべるのを初めて聞いたよ。すっごくおかしい言葉だね」

「ヨークシャー弁、ちょいと聞かせてやろうと思ってさ」メアリは得意そうに言った。

「ディコンやマーサみたいにはしゃべれんけど、少しはできるようになったんよ。ヨークシャー弁聞いたら、ちっとはわからんのかね？　あんた、生まれも育ちもヨークシャーじゃろ！　あんれ、恥ずかしくないいんかね！」

そしてメアリも笑いだし、二人ともおなかを抱えて笑い、どうにも笑いが止まらなくなった。部屋じゅうに笑い声が響いているときに、メドロック夫人がドアを開けて入ってこようとしたが、びっくりして廊下に戻ると耳をそばだてた。「あれ、たまげたねえ！」誰も聞いている人がいなかったし、あまり驚いたので、メドロック夫人もついヨークシャー弁が出た。「おったまげたよ！　こんな笑い声をここで聞くなんてねえ！」

話すことは尽きなかった。コリンはディコンとキャプテンとスートとナッツとシェルとジャンプという名前のポニーについて、次から次に質問した。ジャンプと会うために、メアリはディコンといっしょに森まで走っていったのだ。ジャンプは小柄で毛の長いムーアのポニーで、額にふさふさした毛が垂れたかわいらしい顔をしていて、ビロードのような鼻を押しつけてきた。ムーアの草を食べているのでかなりやせていたが、脚の筋肉は鉄のバネでできているみたいに頑丈で屈強だった。ジャンプはディコンを見たとたん、頭を上げてそっと鳴き、トコトコ近づいてくると、頭をディコンの肩にのせた。ディコンが耳元でなにやらささやくと、ジャンプも小さくいないたり、口や鼻から息をフンフン出して答えている。ディコンはジャンプにメアリと前足で握手させたり、ビロードのような鼻面でメアリの頰にキスさせたりした。

「ジャンプはディコンが言うことを全部理解しているのかな？」コリンがたずねた。

「そうみたいよ。本当に友だちになれば、どんな動物も理解するんだって。ただし、本当に友だちにならないとだめなの」

コリンはしばらく黙りこんでいた。不思議な灰色の目は壁を見つめているようだったが、メアリには彼がいろいろ考えているのだとわかった。

「いろんなものと友だちになれたらいいのになあ」しばらくしてコリンは言った。「だけど、無理なんだ。これまで誰とも友だちになったことがないし、人に我慢できないんだよ」

「わたしにも？」メアリはたずねた。

「ううん、それは大丈夫。不思議だけど、きみのことは好きなくらいなんだ」

「ベン・ウェザースタッフにわたしは彼に似ているって言われたわ。二人ともとんでもない癇癪《かんしゃく》持ちだって。あなたもベンに似ているんじゃないかな。三人ともそっくりなのよ、あなたとわたしとベンは。ベンが言うには、自分もわたしも器量がよくないし、偏屈なんですって。だけど、コマドリさんやディコンと知り合ってから、それほどつむじ曲がりな気分にならなくなった気がするの」

「人間は嫌いだって感じたことはあった？」

「あったわ」メアリはてらいもなく答えた。「コマドリさんとディコンと知り合う前にあなたに会ったら、大嫌いになっていたはずよ」

コリンはやせた手を伸ばして、メアリに触れた。

「メアリ、ディコンを追い払うことなんて言わなければよかったと思ってるんだ。ディコンが天使みたいだってきみが言ったとき、頭にきて、きみを馬鹿にしたけど――きっと彼は本当に天使みたいなんだと思う」

「でも、天使って呼ぶにはちょっと滑稽《こっけい》なの」メアリは正直に認めた。「だって、ディコンの鼻は上を向いてるし、大きな口をしてるし、服はあちこちつぎはぎだらけだし、ヨークシャー弁で話すし。だけど、もし天使がヨークシャーにやって来て、ムーアに住んでいるなら……もしもヨークシャーの天使がいるんなら……その天使はきっとディコンみたいに植物に詳しくて、植物の育て方を知っていて、野生の動物とも話せるはずよ。で、動物たちの方もディコンが友だちだってちゃんとわかっている」

「ぼく、ディコンに見られても気にしない」コリンは言った。「彼と会いたいな」

「そう言ってくれてうれしいわ。だって……だって……」

ふいに、メアリは今こそコリンに打ち明けるタイミングだと悟った。コリンもこれから何かが始まるのを察した。

「だって、何なの？」熱心にたずねた。

メアリは不安になって足乗せ台から立ち上がると、コリンの両手を握った。

「あなたを信頼できる？　わたし、鳥たちが信用したから、ディコンを信頼したの。あなたを本当に、絶対に信頼できる？」メアリは言葉に力をこめた。

その顔はとてもおごそかだったので、コリンはささやくように答えを口にした。

「うん……大丈夫だよ！」

「じゃあ、ディコンは明日の朝、あなたに会いに来るわ、動物たちをいっしょに連れて」

「わあ！　すごい！」コリンはうれしそうに叫んだ。

「だけど、それだけじゃないの」メアリは興奮のあまり青白くなった顔で続けた。「もっといい話があるの。秘密の花園に入るドアがあったのよ。わたしが見つけたの。塀の蔦《つた》の陰に隠れていたのよ」

健康で丈夫な男の子だったら、おそらくコリンは「やったぜ！　やったぜ！　万歳！」と大声で叫んだだろうが、体が弱っていてヒステリー気味のコリンは、ただいっそう大きく目を見開いているだけで、荒い息をつきはじめた。

「ああ！　メアリ！」コリンは半泣きになって叫んだ。「ぼく、それを見られるんだね？　そこに入れるんだね？　秘密の花園に入るまで生きられるんだね？」コリンはメアリの両手を握りしめて、自分の方に引き寄せた。

「もちろん、見られるわよ！」メアリは憤然として言った。「ええ、生きられるに決まってるでしょ！　馬鹿言わないで！」

そしてメアリがヒステリーとはほど遠く、ごく自然で子供らしい無邪気な態度だったので、コリンも落ち着きを取り戻し、馬鹿げたことを言ったと笑いだした。数分後、メアリはまた足乗せ台にすわると、今度は想像の秘密の花園ではなく、実際の庭の様子を語りはじめた。コリンの痛みと疲れはどこかに吹き飛んでしまい、彼はうっとりと話に聞き入った。

「きみが思ってたとおりの場所だったんだね」最後にコリンは言った。「まるで実際に見てきたみたいに話してたもの。最初に話してくれたとき、ぼく、そう言ったよね」

メアリは二分ほど躊躇《ちゅうちょ》していたが、思い切って真実を口にした。

「実はもう見たことがあったの……それに中に入ったこともあったの。鍵《かぎ》を見つけて、何週間も前に中に入っていたのよ。だけど、あなたに言う勇気がなかった……あなたを信用できないかもしれないとすごく不安だったから、はっきり確かめたかったの！」

十九章　春が来た！

コリンが癇癪《かんしゃく》を起こした翌朝は、もちろんクレイヴン先生が呼ばれた。こういうことが起きると、必ず先生が呼ばれ、屋敷に到着すると、ベッドで蒼白《そうはく》な顔をして震えている少年を目にするのが常だった。そのときのコリンは不機嫌でまだヒステリー状態にあるので、何かひとこと言われただけで、またもやわあわあ泣きはじめるのだった。実のところクレイヴン先生は気の滅入《めい》るこの往診にほとほと嫌気がさしていたので、今回ミスルスウェイト屋敷にやって来たのは、とうに昼を過ぎてからだった。

「コリンの様子はどうだね？」到着するとクレイヴン先生はメドロック夫人にいらだたしげにたずねた。「ああいう発作を何度も起こしていたら、いつか血管が切れてしまうよ。あの子はヒステリーとわがままのせいで、少し頭がおかしくなっているんだ」

「それがね、先生、たぶん坊ちゃまに会われたら目を疑いますよ。坊ちゃまに劣らずわがままで不器量で無愛想な女の子が、坊ちゃまに魔法をかけたとしか思えないんですよ。何をしたかはわかりませんけどね。かわいくもないし、口数も多くない子なんですが、わたしたちの誰も出来なかったことをやってのけたんです。ゆうべ子猫みたいに坊ちゃまのところに走ってくると、足でドンと床を踏みつけ、やめなさい、って一喝したんですよ。あまりびっくりしたからでしょうけど、坊ちゃまはすぐに泣き止み、今日の午後には……まあ、行ってご自分の目でごらんください。とうてい信じられませんよ」

患者の部屋に入っていってクレイヴン先生が目にした光景は、たしかにあっと驚くものだった。メドロック夫人がドアを開けると、笑い声としゃべり声が聞こえた。コリンはガウン姿で背筋をまっすぐ伸ばしてソファにすわり、園芸の本の挿絵を見ながら、不器量だという女の子と話していた。ただし、そのとき女の子の顔は楽しげに輝いていたので、不器量にはまったく見えなかったが。

「その長くて細い葉がついた青い花、これをどっさり植えようよ」コリンが言っていた。「ええと、デル……フィ……ニウムっていうやつだ」

「それ、大きく育ったヒエンソウの一種なんだって、ディコンが言ってたわ」メアリが言った。「もう、まとまって植わってるわよ」

そのとき二人はクレイヴン先生に気づき、話をやめた。メアリはぴたっと黙りこみ、コリンは不機嫌な顔になった。

「かわいそうに、ゆうべは具合が悪かったそうだね、コリン」クレイヴン先生は少しぴりぴりしながら言った。彼はもともと神経質な男だった。

「もうすっかりよくなった……とっても元気だ」コリンはラージャみたいな口調で答えた。「晴れていたら、明日かあさってには車椅子で外に行くつもりだ。外の新鮮な空気を吸いたいんだ」

クレイヴン先生はコリンの隣にすわると、脈をとり、慎重にコリンを観察した。

「とりわけいいお天気のときじゃないとだめだよ」先生は言った。「それに、疲れないようによくよく気をつけなくてはいけない」

「外の空気で疲れるなんてことはない」若きラージャは答えた。

過去には何度か、この同じ少年が外の空気に当たったら風邪を引いて死ぬかもしれない、と激怒して金切り声でわめき散らしたことがあったので、クレイヴン先生がいささか驚いたのも不思議ではなかった。

「外の空気は嫌いなのかと思っていたよ」

「一人だと嫌いだけど、いとこが付き添ってくれるからね」ラージャは言った。

「もちろん、看護婦もいっしょだろうね？」クレイヴン先生は念を押した。

「いや、看護婦は連れていかない」メアリはその尊大な物腰を目にして、ダイヤやエメラルドやパールで全身を飾り立てた若いインドの王子が、大きなルビーをはめた小さな浅黒い手を振って召使いを呼びつけ、頭を下げている召使いに命令を下す姿を思い浮かべた。

「いとこはぼくの世話の仕方をちゃんと心得ている。いとこといっしょだと、気分がいいんだ。ゆうべも面倒を見てくれたよ。それに知り合いの力のある少年が車椅子を押してくれることになっている」

クレイヴン先生は急に心配になった。このいまいましいヒステリー症の少年が健康になったら、自分がミスルスウェイト屋敷を相続する可能性がなくなってしまう。しかし、先生は弱い人間かもしれなかったが、悪辣《あくらつ》な人間ではなかったので、あえてコリンを危険な目にあわせるつもりはなかった。

「車椅子を押すなら、とても力があって信頼できる子じゃないとだめだよ」先生は言った。「医者の立場として、誰なのか教えておいてもらいたいな。誰なんだね？ 名前は何というのかな？」

「ディコンよ」メアリがいきなり口をはさんだ。ムーアにいる人間はみんなディコンのことを知っているはずだ、という気がした。そして、思ったとおりだった。クレイヴン先生の緊張した表情がたちまちやわらぎ、安堵《あんど》の笑みを浮かべた。

「ああ、ディコンか」先生は言った。「ディコンなら安心だ。あの子はムーアのポニーみたいに力があるからね、あのディコンは」

「ほんにしっかりした子だがね」メアリは言った。「ヨークシャーでいっとう頼りになる子じゃ」ずっとコリンにヨークシャー弁でしゃべっていたので、うっかり訛《なま》りが出てしまった。

「ディコンから教わったのかい？」クレイヴン先生がふきだしながらたずねた。

「フランス語みたいにヨークシャー弁を勉強しているの」メアリはすまして答えた。「インドで現地語を習うのと同じだわ。頭のいい人は土地の言葉を習うものよ。わたしはこの言葉が好きだし、コリンも気に入ってるの」

「ほう、それならけっこう」クレイヴン先生は言った。「楽しんでいるならかまわないよ。ゆうべは鎮静剤を飲んだのかね、コリン？」

「飲まなかった」コリンは答えた。「飲みたくなかったんだ。それに、メアリが話をしてるうちに眠っちゃったから……とても低い声で、庭に春が少しずつやって来る様子を話してくれたんだよ」

「それは効果がありそうだ」クレイヴン先生は不思議そうに、足乗せ台にすわってうつむき、無言で絨毯《じゅうたん》を見つめているメアリをちらっと窺《うかが》った。「だいぶよくなっているようだね、でも、覚えておいて――」

「ぼく、覚えていたくないんだ」ラージャの顔がまたもや現れた。「一人きりでベッドに横になって、あれこれ思い返していると体じゅうが痛くなってくるし、すごく嫌なことばかり頭に浮かんで、悲鳴をあげたくなるんだよ。病気だってことを思い出すんじゃなくて、忘れさせてくれるお医者さんがどこかにいるなら、ぜひここに連れてきてほしいもんだ」そして、ルビーの印章指輪をはめていてもおかしくない王族らしい仕草で、やせた手を振った。「いとこはそれを忘れさせてくれるから、ぼくは体調がよくなったんだ」

「ヒステリー」の発作のあとで、これほど短時間でクレイヴン先生が帰っていったのは初めてだった。たいてい長い時間いて、いろいろな治療をした。その午後は投薬もせず、新しい指示を与えることもなく、不愉快な騒ぎも起きなかった。一階に下りていったとき、クレイヴン先生はすっかり考えこんでいて、図書室で応対したメドロック夫人は医師がすっかり当惑しているのを見てとった。

「ねえ、先生、こんなことって信じられますか？」メドロック夫人はたずねた。

「あきらかにこれまでにはない状況だね」先生は言った。「しかも、以前より状態がよくなっていることはまちがいない」

「スーザン・サワビーが正しかったんだわ、本当に。きのうスウェイトの村に行く途中でスーザンのコテージに寄って、ちょっとおしゃべりしたんです。そうしたら、こう言われたんですよ。『ねえ、サラ・アン、あの女の子はいい子でもなく、かわいくもないかもしれない。だけど、子どもであるのはまちがいない。子どもには子どもが必要なんだよ』スーザン・サワビーとわたしは学校時代からの友だちなんです」

「病人の世話にかけては、スーザン・サワビーほど頼りになる者はいないからな。スーザンが往診先のコテージで看病をしていると、これなら患者は助かりそうだと、いつもほっとするよ」

メドロック夫人は微笑んだ。彼女はスーザン・サワビーが大好きだったのだ。

「スーザンはしっかりした考え方の持ち主なんですよ」メドロック夫人は饒舌《じょうぜつ》になって続けた。「きのう、スーザンが言ったことを午前中ずっと考えていたんです。こんなことを言ったのでね。『子どもらがけんかをしたあとで、どの子にもこんなふうにちょいとお説教をしとるんだよ。お母ちゃんは学校んとき、地理の先生に教えられたんだ、世界はオレンジみたいな形をしとるって。で、十になる前には、そのオレンジを丸々一個自分のものにすることはできんことがわかっとった。誰も自分の分け前以上はもらえんし、それだって行き渡らないこともあるって。だけど、絶対に、いいかい、絶対に、丸ごと自分のものにしようと考えちゃいけないよ。さもないと、痛い目にあい、自分がまちがっとることを思い知らされるよ、ってね。子どもが子どもから学ぶのは、そういうことなんだ。つまりさ、オレンジを皮から何から丸々一個手に入れようとするのはいけないってことなんだよ。そんなことをしようとしたら、種すらもらえなくなるし、だいたい種なんて苦くて食べられんからね』」

「あの女性は賢い人だ」クレイヴン先生はコートをはおりながら言った。

「ええ、スーザンはなかなか含蓄のあることを言いますよ」メドロック夫人はご機嫌で相づちを打った。「わたし、ときどき、こんなふうに言ってやるんです。『ねえ、スーザン、あんた、見かけはそんなふうだし、ヨークシャー弁もひどいけど、ほんと頭がいいねえ。そう思ったことは一度や二度じゃないんだよ』ってね」


その晩、コリンは一度も起きずにぐっすり眠り、朝になって目を覚ますと、ベッドに横になったままいつのまにか微笑んでいた。不思議なほど気分がよかったので、ついい笑みがこぼれたのだ。とてもいい気分で起きたので、寝返りを打って手足を思い切り伸ばした。自分をずっとしばっていた固いいましめがゆるみ、解き放たれたような気分だった。クレイヴン医師なら、神経がリラックスしたので休まったのだ、と説明しただろう。いつものように横になって壁を見つめながら目が覚めなければよかったと思う代わりに、コリンの頭の中はきのうメアリと立てた計画や、庭の挿絵や、ディコンと野生動物のことでいっぱいだった。考えることがたくさんあるのは、とてもすてきなことだ。おまけに、目覚めて十分もしないうちに、廊下に足音が響き、メアリが戸口に現れた。彼女はすぐに部屋に入ってきて、ベッドに駆け寄ってきた。いっしょに、朝のかぐわしい香りのする新鮮な空気も運んできた。

「もう外に行ってきたんだね！　外に行ってたんだ！　葉っぱのいい匂いがするよ！」コリンは叫んだ。

コリンは知らなかったが、メアリはずっと走ってきたのだった。そのせいで髪の毛が風でほどけ、いい空気を吸って頬がピンク色に上気していた。

「すごくきれいよ！」息を弾ませてメアリは言った。「こんなにきれいな景色、初めて見たわ！　春が来たのよ！　このあいだの朝、もう春になったと思ってたけど、まだやって来る途中だったの。今、ついに春になったのよ！　来たのよ、春が！　ディコンもそう言ってるわ！」

「ほんとに？」コリンは春について何も知らなかったが、胸の鼓動が速くなるのを感じた。彼はベッドで体を起こした。

「窓を開けて！」コリンは喜びと興奮に笑いころげながら言った。そして、ふざけてつけ加えた。「天使の金のラッパが聞こえるかもしれない!」

コリンが笑っているあいだに、メアリは窓辺にすっ飛んで行き、さっと大きく窓を開いた。とたんにすがすがしい空気と春の香りと鳥の歌声がいちどきに流れこんできた。

「なんてさわやかな空気」メアリは言った。「仰向《あおむ》けになって思い切り吸ってみて。ディコンはムーアに寝ころがって、そうしているのよ。空気が血管を巡って、強くなれるように感じるんだって。永遠に生きられるって気がしてくるんだって言ってる。さあ、吸って、吸ってみて」

ディコンが言ったことを繰り返しているだけだったが、コリンは興味をひかれた。

「永遠に! ディコンはそんなふうに感じているのかい?」コリンは言われたとおりにして、大きく深く、何度も何度も息を吸いこんだ。しまいにはこれまで経験したことのない喜びが全身に満ちあふれるのを感じた。

メアリはまたベッドわきに戻ってきた。

「地面からいろんなものが一斉に顔を出してきたの」メアリは早口になってまくしたてた。「でね、あちこちでお花が開き、木の芽がふくらんできて、灰色のものはほとんど緑のベールに覆われちゃった。鳥たちは間に合わないんじゃないかって、大あわてで巣作りをしているわ。なかには秘密の花園で場所の取り合いをしている鳥までいる。それにバラの葉っぱがどんどん茂ってきて、小道や森ではサクラソウが咲きはじめてるし、わたしたちがまいた種も芽を出してるわ。それからね、ディコンがキツネとカラスとリスと生まれたての子ヒツジを連れてきたの」

メアリは息を継ぐためにちょっと言葉を切った。生まれたての子ヒツジは、三日前にムーアのハリエニシダのやぶのあいだで、死んだ母ヒツジのかたわらに倒れているのをディコンが発見したのだった。ディコンはこれまでにも母親を失ったヒツジを見つけていたので、どうしたらいいかを知っていた。子ヒツジを上着にくるんでコテージに連れていくと、暖炉のそばに寝かせ、温めたミルクを飲ませた。かわいらしい天真爛漫《らんまん》な赤ん坊らしい顔をした子ヒツジは毛がほわほわして、体の割に脚が長かった。ディコンはポケットにリスといっしょに哺乳瓶《ほにゅうびん》を入れると、子ヒツジを抱っこしてムーアを歩いてきたのだった。メアリはくたっとした暖かい体を膝《ひざ》にのせて木の下にすわったとき、言葉では言い表せないほどの不思議な喜びが湧きあがった。子ヒツジ……子ヒツジよ！　生きている子ヒツジが赤ちゃんみたいに膝の上で寝ている！

メアリがそのできごとを弾んだ口調で語り、コリンが深呼吸を繰り返しながら耳を傾けているときに、看護婦が部屋に入ってきた。窓が開いているのを見て、ちょっとびっくりしたようだ。患者が窓を開けたら風邪を引くと言うに決まっているので、これまで暖かい日でも閉め切った部屋で息苦しい思いをしてきたのだった。

「本当に寒くないですか、コリン坊ちゃん？」看護婦はたずねた。

「大丈夫だ。さわやかな空気を胸いっぱい吸ってると、力が湧いてきた。朝食はソファにすわってとるよ。いとこもいっしょにここで朝ごはんを食べるからな」

看護婦は笑みを押し隠しながら、朝食を二人分運んでくるように言いつけるために部屋を出ていった。看護婦は病人の部屋よりも使用人部屋の方で過ごす方が楽しかったが、今は誰も彼もが、上はどうなっているのか知りたがっていた。人望のないひきこもりの坊ちゃんはさんざんからかいの種にされてきたが、コックは冗談めかしてこう言った。「ようやく坊ちゃんも人の意見に耳を貸すようになったんだね、よかったよかった」使用人部屋では坊ちゃんの癇癪《かんしゃく》にほとほとうんざりしていたので、家族のいる執事などは、坊ちゃんを「鞭《むち》で打ちすえてやればいい」という厳しい意見を何度も開陳していたほどだ。

ソファにすわり、二人分の朝食がテーブルに用意されると、コリンはいかにもラージャらしい声音で看護婦に宣言した。

「今朝、男の子とキツネとカラスと二匹のリスと生まれたての子ヒツジがぼくに会いに来る。ただちにここに通してもらいたい。使用人部屋で動物と遊んだりして引き留めないように。ここにすぐに連れてきてほしい」

看護婦は驚きのあまりええっ!?　と声をあげそうになり、咳払《せきばら》いをしてごまかした。

「承知しました、坊ちゃん」看護婦は答えた。

「そうだ、こうしてもらおう」コリンは片手を振ってつけ加えた。「マーサに彼らを案内させてくれ。男の子はマーサの弟なんだ。ディコンという名前で、動物使いだ」

「動物が嚙《か》みつかないといいんですが、坊ちゃん」

「ディコンは動物使いだと言っただろ」手厳しくコリンはたしなめた。「動物使いの動物は絶対に嚙まないんだ」

「インドにはヘビ使いがいたわ」メアリが言った。「ヘビ使いはヘビの頭を口に入れられるの」

「おお、嫌だ！」看護婦は身震いした。

朝の風が入ってくる部屋で二人は朝食をとった。コリンの朝食はとても上等な食べ物で、メアリは真剣なまなざしで彼を見つめた。

「あなたもわたしみたいに少しずつ太ってくるわよ。インドにいるときは朝ごはんなんて食べたくなかったけど、今は待ち遠しいわ」

「今朝はおなかがすいてるな」コリンは言った。「たぶんさわやかな空気のせいだよ。
ディコンはいつ来るかなあ？」
ディコンはまもなくやって来た。十分後、メアリは顔を上げた。
「聞いて！　カァっていう声が聞こえた？」
コリンは耳をそばだて、その鳴き声を聞きつけた。しわがれた「カァカァ」という
鳴き声は屋敷の中にはいかにもそぐわなかった。
「聞こえたよ」コリンは言った。
「あれはスートよ」メアリが言った。「待って。メェっていう声はどう？　小さな声
だけど」
「あ、聞こえた！」コリンは興奮で顔を赤くして叫んだ。
「あれが生まれたての子ヒツジ。ディコンがやって来るのよ」
ディコンのムーア用のブーツは分厚く頑丈にできていたので、いくら静かに歩こう
としても、長い廊下を歩くドスンドスンという音が響いた。メアリとコリンはディコ
ンが歩いてくるのを聞いた――タペストリーのかかったドアを抜けて、やわらかい絨《じゅう》
毯《たん》の敷かれたコリン専用の廊下を進んでくる。
「失礼します、坊ちゃん」マーサが言いながら、ドアを開けた。「失礼します、こち

らがディコンと動物たちです」

ディコンはあの独特の感じのいい大きな笑みを浮かべながら部屋に入ってきた。生まれたての子ヒツジを腕に抱き、赤毛の子ギツネが横をちょこちょこついてくる。ナッツは左肩にすわり、スートは右肩にとまり、シェルの頭と前足がコートのポケットからのぞいていた。

コリンはゆっくりと立ち上がり、目をまん丸にして見つめた。メアリと初めて会ったときのように。ただし、今回は驚嘆と喜びがこもったまなざしだった。いろいろ話に聞いていても、実はコリンはディコンがどんな男の子かまったく理解していなかったのだ。それにキツネとカラスとリスと子ヒツジがディコンから離れようとせず、とてもなついていて、まるでディコンと一心同体になっていることにも驚かされた。コリンはこれまで男の子としゃべったことがなかったし、うれしさと好奇心ではちきれんばかりになっていたので、何を言ったらいいのか途方に暮れてしまった。

しかしディコンは照れることも、とまどうこともまるでなかった。カラスだって、最初に出会ったときは人間の言葉を知らず、ただこちらをじっと見つめるだけでひとことも発さない。それと同じことだと気にも留めなかった。動物は相手のことがわかるまで、そういう態度をとるものだ。ディコンはコリンのソファに近づいていくと、生まれたての子ヒツジをそっとコリンの膝に乗せた。すると小さな生き物は暖かいビロードのガウンの方に顔を向け、鼻先をひだの隙間にぐいぐい押しこみ、じれったそうにコリンの脇腹を巻き毛の頭でコツコツ突《つっ》いた。

「何をしているの？」コリンが叫んだ。「何がほしいんだろう？」

「お母ちゃんを探しとるんだ」ディコンがさらに大きな笑みを浮かべて言った。「腹をすかせたまま連れてきたんだ。お乳をやるところを見たいだろうと思ってさ」

ディコンはソファのかたわらにひざまずくと、ポケットから哺乳瓶を取り出した。

「ほれ、おちびさん」ディコンは言うと、毛むくじゃらの白い頭を茶色の日に焼けた手でそっと自分の方に向かせた。「おまえがほしいのはこれだろ。ビロードのガウンじゃなくて、こっちをたんと飲め。ほれほれ」そう言いながら、哺乳瓶のゴムの乳首をお乳を求めている口に押しこむと、子ヒツジは旺盛《おうせい》な食欲を見せて夢中になって吸いはじめた。

そのあとは自然に会話が弾んだ。子ヒツジが眠りこんでしまうまでに、コリンはいくつも質問し、ディコンはそのすべてに答えた。三日前の朝、太陽が昇りかけたときにどうやって子ヒツジを見つけたかをディコンは語った。ムーアに立ってヒバリの声に耳を澄まし、ヒバリがぐんぐん高く飛んでいき、青い空のポツンとした点になるまで見送っていたときのことだった。

「ヒバリの姿はほとんど見えんなっても、歌だけが聞こえとった。あっという間に空の果てまで飛んでいったのに、歌だけが聞こえとるって不思議だなあ、と思っとったら、ハリエニシダのやぶの中で、別の声が聞こえたんだ。弱々しいメエって声だったから、生まれたての子ヒツジが腹をすかせてんだってわかった。だけど、お母ちゃんがなんかの理由でいなくなるってことがなけりゃ、腹をすかせることはねえ。だから探しに行ったのさ。ほんと、さんざん探し回った。ハリエニシダのやぶを出たり入ったり、ぐるぐる回ったりして、何度もちがう方向に行っちまった。だけど、ようやっとムーアのはずれの岩の上に、ちっぽけな白いもんが見えた。岩に登っていくと、このおちびさんが寒いのと腹減ったので半分死にかけてたんだ」

　ディコンがしゃべっているあいだ、スートは開いた窓から悠然と出たり入ったりして、外の風景についてカァカァと意見を言い、ナッツとシェルは外の大きな木に遠征して幹を上ったり下りたりして、枝から枝へ探検をしていた。ディコンは炉端の敷物を選んですわっていたが、その横でキャプテンは丸くなっていた。

　三人は庭作りの本を広げて挿絵を眺めた。ディコンはどの花も地元での呼び名を知っていて、秘密の花園ではどれがすでに育っているかを正確に知っていた。

「その名前は言えんけど」とディコンは〝アキレジア〟と書かれた花を指さした。

「地元じゃ、オダマキって呼んどる。で、そっちはキンギョソウでさ、どっちも生け垣に勝手に生えとるよ。だけんど、庭用のやつもあって、そっちの方が大きくてきれいなんだ。秘密の花園にゃ、オダマキがまとまって植わっとるとこがあるよ。花が咲くと、青と白のチョウチョウがひらひら舞っとるみたいに見えんぞ」

「それを見に行きたい」コリンが叫んだ。「見に行きたいよ！」

「あいよ、行かんとね」メアリが真面目くさって言った。「さっそく行動に移さにゃいかんな」

二十章「ずっとずっと生きるんだ！」

しかし、三人は一週間以上待たねばならなかった。まず、とても風の強い日が続き、コリンが風邪をひく恐れがあったからだ。こんなふうに待ちぼうけを食わされ、ふだんのコリンなら癇癪《かんしゃく》を起こしていただろうが、慎重に秘密の計画を立てているところだったし、ディコンがたとえほんの数分でも毎日顔を出して、ムーアや小道や生け垣や小川のほとりがどんなふうに変わってきているかを報告してくれたので、落ち着いて過ごせていた。鳥の巣や野ネズミの巣穴、それにカワウソやアナグマやミズネズミの家について、ディコンの話を聞いているだけで、コリンは興奮のあまり体が震えそうになるのだった。動物使いから手に取るような詳しい話を聞いていると、動物たちも人間の目につかない場所で一生懸命に忙しい生活を送っていることがわかった。

「あいつら、おれたちとおんなじなんだ」ディコンは言った。「ただし、毎年家を作らなくちゃなんねえけどね。そんで、家ができるまでは忙しくておたおたしちまうんだわ」

ただし、三人がいちばんのめりこんだのは、秘密の花園までコリンをひそかに運ぶ計画を立てることだった。生け垣の角を曲がって、蔦《つた》の這《は》う塀沿いの遊歩道に入ったら、車椅子とディコンとメアリは誰にも見られてはならない。日がたつにつれ、秘密の花園をとりまく謎めいた状況こそ最大の魅力だ、とコリンは確信するようになった。どんなことがあっても、それをだいなしにさせるわけにいかない。三人に秘密があることを誰にも勘づかれてはならないのだ。コリンがメアリとディコンといっしょに外に行きたがっているのは、二人が好きで、二人なら姿を見られてもかまわないと思っているからだ、と周囲に信じさせておかねばならなかった。手順について、三人は時間をかけてわくわくする相談を重ねた。この小道を進んでから、こっちに曲がり、次にこの道を横切って、噴水の花壇をぐるっと回って、庭師頭のローチ親方が植えた〝花壇の草花〟を眺めているふりをする。それは実に理にかなったことで、誰も変だとは思わないだろう。生け垣の小道に曲がりこんだら、そのあと長い遊歩道にたどり着くまで誰にも姿を見られないようにする。戦時中に名将たちが作った進軍計画に負けないほど、それは微に入り細を穿《うが》つよく練られた計画だった。

病人の部屋でこれまでにない奇妙なことが起きている、という噂は使用人部屋から厩舎《きゅうしゃ》へ、さらに庭師のあいだまで広まっていた。しかしそれだけではなく、ある日ローチ親方は、仰天した。外働きの者は見たことすらないコリン坊ちゃまの部屋まで来るように、じきじきに話をしたいから、という命令を受けたのだ。

「やれやれ」ローチ親方は上着を着替えながらぼやいた。「今度は何だろう？　これまで目もくれなかった相手を呼び寄せるとはどういうことだ？　自分の顔を見ることもまかりならん、と坊ちゃまは命じていたはずだが」

ローチ親方は好奇心がそそられていた。これまで一度も坊ちゃまを見たことがなかったし、不気味な外見や常軌を逸した癇癪についての誇張された話をさんざん聞いていたからだ。今にも死にそうだということは頻繁に耳にした。それに、一度も坊ちゃまと会ったことがない人々が、背中にはこぶがあるとか、手も足も麻痺《まひ》しているとか、ただの想像であれこれ噂を流していた。

「お屋敷もいろいろ変わってきているんですよ」メドロック夫人が裏階段から謎の部屋に通じる廊下へローチ親方を案内していった。「いい方向に変わるといいんですがね、メドロック夫人」親方は応じた。

「これ以上悪くなりっこないですよ」メドロック夫人は言葉を続けた。「でもね、不思議なことに、みんな仕事が以前より楽になってるんです。ローチさん、驚かないでくださいよ。部屋の中は動物園になっているし、マーサ・サワビーのとこのディコンがくつろいでますからね。あんたやわたしじゃ、ああはいかないでしょうね」

メアリはひそかに信じていたが、ディコンには一種の魔法があるのだ。ローチ親方はディコンの名前を聞くと、たちまち相好を崩した。

「あの子はバッキンガム宮殿だろうが炭鉱の外だろうが、くつろいどるだろうよ。でも、ずうずうしいところはこれっぽっちもない。あいつは自然体なんだ、それだけさ」

前もって言われていたのは幸いだった。さもなければ腰を抜かしていたかもしれない。寝室のドアが開いたとたん、彫刻をほどこされた高い椅子の背にわが物顔でとまっていた大きなカラスが、訪問者が来たことを「カァ、カァ」と耳もつぶれんばかりの大きな声で鳴いて知らせたのだ。メドロック夫人に警告されたにもかかわらず、ローチ親方はすんでのところで飛び上がって面目をつぶすところだった。

若きラージャの姿はベッドにもソファにもなかった。肘掛《ひじか》け椅子にすわっていて、若いヒツジがそのかたわらに立ち、満足そうに尻尾《しっぽ》を震わせながら、ひざまずいたディコンに哺乳瓶《ほにゆうびん》でお乳をもらっているところだった。一匹のリスがディコンのかがんだ背中にすわって、熱心に木の実をかじっている。インドから来た女の子は大きな足乗せ台にすわって、それを眺めていた。

「ローチさんをお連れしました、コリン坊ちゃま」メドロック夫人が言った。

若いラージャは振り向いて、使用人をじっくりと検分した。少なくとも庭師頭はそう思った。

「ああ、きみがローチだね？　いくつか重要な指示があるので、来てもらったんだ」

「かしこまりました、坊ちゃま」ローチは答えながら、敷地内のオークをすべて切り倒せと言われるのか、果樹園を池や滝のある庭園にしろと言われるのかと身構えた。

「今日の午後、車椅子で外に出るつもりなんだ」コリンは告げた。「外の空気が気に入れば、毎日出かけるかもしれない。ぼくが外に行くとき、庭園の塀際に伸びる長い遊歩道には庭師たちを絶対に近づけないでもらいたい。誰一人来ないようにしてくれ。二時ぐらいに外に行くので、仕事に戻っていいとぼくが連絡するまで、全員がそこから離れていてほしい」

「承知しました、坊ちゃま」ローチは答えた。オークは切られずにすみ、果樹園も無事だったので胸をなでおろしていた。

「メアリ」コリンは彼女の方を向いた。「話が終わって、もう相手に行ってほしいときは、インドでどう言うんだっけ？」

「『さがってよろしい』と言うのよ」メアリは答えた。

ラージャは手を振った。

「さがってよろしい、ローチ」コリンは言った。「ただし、この件は非常に重要だということを肝に銘じるように」

「カァ、カァ！」カラスがしわがれ声で鳴いたが、無礼な態度ではなかった。

「かしこまりました、坊ちゃま。では失礼いたします」ローチは言い、メドロック夫人に案内されて部屋を出た。

廊下に出ると、人のいい庭師頭は最初はにやにやしていたが、ついに声をあげて笑いだした。

「いやはや、なんだかいかにも高貴なお方っていう態度だったなあ。女王陛下のご夫君から何から、王室一家をまとめて束にしたぐらい堂々としていたよ」

「ふん！」メドロック夫人は文句をつけた。「坊ちゃまは物心ついたときから好き放題を許されてきたので、使用人は自分の思いどおりにできるって信じてるんですよ」

「たぶん大きくなったらわかるようになるだろう、長生きできればだが」ローチは意見を言った。

「ま、ひとつだけ確かなことがありますよ。坊ちゃまが長生きして、あのインド帰りの女の子がここにずっといたら、オレンジ丸々一個は独り占めできないってことを坊ちゃまはあの子から教わるはずです。スーザン・サワビーが言うようにね。そうしたら、坊ちゃまも自分の分ってものがわかるようになるかもしれません」

部屋の中ではコリンがクッションにもたれていた。

「これでひと安心だ」コリンは言った。「今日の午後、ぼくは庭を見に行ける……秘密の花園に入れるんだ！」

ディコンは動物たちを連れてすでに秘密の花園に戻っていったので、メアリがコリンに付き添っていた。コリンは疲れた様子は見せなかったが、お昼ごはんの前にすっかり無口になり、食事中もずっと黙りこくっていた。メアリは不思議に思って、その訳をたずねてみた。

「ずいぶん目が大きくなってるわね、コリン」メアリは切りだした。「考えこんでいるときって、あなたの目、お皿みたいに大きくなるのよ。今、何を考えているの？」

「どんなだろうって、つい考えちゃうんだよ」コリンは答えた。

「秘密の花園が？」

「春がだよ。これまでちゃんと見たことがないんだ。ほとんど外に行ったことがなかったし、外に行ったときも春は一度も見なかった。想像することもできないんだ」

「インドでは春なんてないから、わたしもやっぱり見たことがなかったわ」

これまで病身で部屋に閉じこもって暮らしてきたので、コリンはメアリよりも想像力が豊かだったし、いつもすばらしい本や絵を眺めて過ごしていた。

「きみが部屋に走りこんできて、『春が来た！　春が来た！』って言った朝、ぼくはとても不思議な気持ちになったんだ。まるで何かがにぎやかな音楽を演奏しながら盛大な行進をしてくるみたいだって。以前、本でそういう絵を見たことがあるんだよ。たくさんのすてきな大人や子どもが花の冠をつけ、花の咲いた枝を振っている絵だ。みんな笑っていて、押し合いへし合いしながらダンスをして、笛を吹いている。それで、ぼくは言ったんだよ。『天使の金のラッパが聞こえるかもしれない！』って。だから、窓を開けてって頼んだんだ」

「まあ、おもしろい！」メアリは言った。「まさにそんな気分よ。それにお花や草や木や鳥や動物たちがダンスしながらいっせいに通り過ぎていったら、すごい行列だわ！　みんながダンスして歌って笛を吹き鳴らして、音楽が風に乗って聞こえてくるわね」

二人とも笑ったが、その考えが滑稽《こっけい》だったからではなく、とても気に入ったからだ。

少しして、看護婦がコリンに支度をさせた。服を着せるあいだ、コリンがいつものようにごろんと横たわっているのではなく、体を起こし、自分で着る努力をしていることに看護婦は気づいた。そして、そのあいだじゅうコリンはメアリと楽しげにしゃべり、笑っていた。

「今日はとても調子がいいようです、先生」看護婦は診察のために寄ったクレイヴン先生に伝えた。「とてもご機嫌で、そのせいか、いつもよりもしっかりしています」

「またあとで寄ろう、外からコリンが帰ってきたあとに」クレイヴン先生は言った。「外に出ても問題ないか、確かめねばならないからな。できたら」と声をひそめた。「きみも同行させてくれればいいのだが」

「坊ちゃんにそんなことを提案されるんでしたら、今すぐお暇をとらせていただきます」看護婦は急にかたくなな口調になった。

「提案するとはまだ決めてないよ」医師は少し神経を尖らせているようだった。「ま、試してみるのもいいだろう。ディコンなら生まれたての赤ん坊だって安心して任せられるからな」

屋敷でいちばん力持ちの下男がコリンを下まで抱き下ろして、ディコンが外で待っているところに停めてあった車椅子に乗せた。下男が毛布をかけクッションをあてがうと、ラージャは下男と看護婦に手を振った。

「もうさがってよい」コリンが言うと、二人とも大急ぎで家の中にひっこんだ。実を言うと、聞こえないところまで来てから、二人は声を抑えて笑ったのだった。

ディコンがゆっくりと落ち着いて車椅子を押しはじめた。メアリはそのかたわらを歩き、コリンは車椅子の背にもたれ、顔を空に向けた。弧を描く空はとても高く、雪のように白いちぎれ雲は、白い小鳥が澄んだ青空の下で翼を広げているみたいに見えた。ムーアから吹いてくるやわらかな風が、清らかで甘い不思議な香りを運んでくる。コリンは薄い胸をふくらませて、何度もその香りを吸いこんでいた。しかも、彼がそばだてているのは耳ではなく、その大きな目ですべての物音を聞こうとしているかのようだった。

「あちこちからいろんな音がするよ。鳥が歌う音や、ブンブンいう音や、仲間に呼びかけているみたいな鳴き声も」コリンは言った。「風が吹くたびにふわっとするこの匂いは何だろう?」

「ムーアのハリエニシダさ、ちょうど花が開きかけてんだ」ディコンが言った。「おっと! 今日はハチがずいぶん飛び回っとるな」

三人が進んでいく小道には人の姿はまったくなかった。庭師も庭師の助手も、みんな姿を消していた。それでも三人は生け垣を出たり入ったりし、噴水の花壇を回り、秘密のときめきを感じながら、念入りに計画された道をたどっていった。だがついに蔦《つた》に覆われた塀沿いの長い遊歩道に曲がりこんだ。秘密の花園に近づいていくにつれ興奮が湧きあがり、なぜかわからないが、全員がささやくようにしゃべっていた。

「ここよ」メアリが声をひそめて言った。「この道を行ったり来たりしながら、ドアはどこだろうってさんざん考えていたの」

「ここなんだね？」コリンは叫び、好奇心まんまんで蔦を熱心に観察しはじめた。「だけど、何も見えないな。ドアなんてないよ」

「最初はわたしもそう思ったのよ」メアリは言った。

うっとりするような緊張をはらんだ沈黙が落ち、車椅子のきしる音だけが響いた。

「あそこはベン・ウェザースタッフが仕事をしている庭よ」メアリがささやいた。

「あそこか」とコリン。

数メートル先に進むと、メアリがまたささやいた。

「ここがコマドリさんが塀から飛んできたところ」

「ここなの？」コリンが大きな声で言った。「ああ！　また飛んできてくれたらいいなあ！」

「そして」メアリは満足そうに、大きなライラックの茂みを指さした。「そこがコマドリさんが小さな土の山にとまって、鍵《かぎ》の在処《ありか》を教えてくれたところよ」

するとコリンがさっと体を起こした。

「どこ？　どこなの？　そこ？」赤頭巾《あかずきん》ちゃんに出てくる狼みたいに目を丸くしている。おばあさんになりすましてベッドに寝ていたときの狼だ。ディコンが立ち止まり、車椅子が停止した。

「そしてここがね」とメアリが蔦のすぐ近くの花壇に足を踏み入れた。「コマドリさんが塀のてっぺんから話しかけてくるので、わたしも話をしようと近づいていったところよ。そうしたら、風でここの蔦がふわっと持ち上がって」そう言いながら、メアリは垂れている緑のカーテンをつかんだ。

「ああ！　そこだ……そこなんだ！」コリンはかすれた声を出した。

「そしてこれが把手、で、こちらがドア。ディコン、彼を押してあげて、早く中に押してあげて！」

そしてディコンは車椅子を力をこめて、しっかりと一押しした。

しかしコリンは喜びのため息はもらしたものの、クッションに背中を預け両手で目を覆ったきり、三人が中に入り、車椅子が魔法のように停止してドアが閉まるまで、ぎゅっと目を閉じて何も見ようとしなかった。それからやっと手を放し、ディコンとメアリがかつてやったように、あたりを飽きることなく何度も何度も見回した。塀も地面も木々も揺れている小枝や蔦も、芽吹いたばかりのやわらかな葉が織りなす淡い緑のベールで覆われていた。木々の下草でも、東屋《あずまや》に置かれた灰色の花鉢でも、そこらじゅうで金と紫と白の色が躍っている。コリンの頭上の木々ではピンクと白の花がこぼれ、鳥の羽ばたきの音やピーピー鳴く愛らしい声や、ハチのブンブンいう音が聞こえてきた。そしてかぐわしい濃密な香り……その香りがコリンを包みこむ。日差しはいとおしげに彼の顔を愛撫《あいぶ》している。メアリとディコンは驚嘆しているコリンのかたわらに立ち、彼を見守っていた。青白い顔も首も手も、全身がピンク色に上気しているせいで、コリンはいつもとまったくちがって見えた。

「ぼく、よくなるよ！　元気になる！」コリンは叫んだ。「メアリ！　ディコン！　ぼくは元気になれるよ！　そして、いつまでも生きる、ずっとずっと生きるんだ！」

二十一章　ベン・ウェザースタッフ

この世の不思議のひとつとして、いつまでもいつまでも生きられると、まれに確信することがある。たとえば穏やかで静謐《せいひつ》な夜明けに目覚め、外に出て一人きりで立ち、淡い色の空がゆっくりと色を変え、まばゆい光輝を放ちはじめ、息をのむような変化が次々に起きるのを目にしたときに、そう悟ることもあるだろう。そして、ついに東に昇ってくる太陽の神秘的かつ不変の荘厳さに、人は思わず声をあげ、心臓が止まりそうになる。それは何万年ものあいだ毎朝繰り返されてきた儀式なのだが、そういうとき、一瞬だけ人は永遠の命を信じるのだ。さもなければ、日没に森の中で一人たたずむとき、枝葉の隙間から射しこむ黄金の光で染めあげられた深い静寂が、声にならない声で、繰り返し繰り返し永遠の生を語りかけてくるように感じることもある。あるいは人々を見守っているかのような無数の星がちりばめられた、暗い夜空の圧倒的なしじまを仰ぎ見るときに、そう確信するかもしれない。あるいは、かすかな楽の調べを耳にしたときにも、または誰かの瞳《ひとみ》に浮かぶ表情をとらえた刹那《せつな》にも、人は永遠の命を確信するだろう。

四方を塀に囲まれた秘密の花園で初めてコリンが春を見て、聞いて、感じたときに起きたのは、まさにそういうことだった。その午後、一人の少年のために、全世界が完璧《かんぺき》になろうと心を砕き、光り輝くばかりの美しさとやさしさであふれかえったかのようだった。おそらく純粋な善意から、春はありったけのすばらしいものをこの花園にもたらしたのだ。ディコンは作業の手を休めると、賛嘆の念をますます深めながら、首をそっと振った。

「ああ！　なんちゅうすばらしさだ！」ディコンは言った。「おれは十二で、もうすぐ十三になる。この十三年間にいろんな午後を過ごしたけどさ、こんなにすげえ午後は見たことがねえ」

「ほんと、みごとな午後だねえ」メアリは心からうれしくて、ため息をついた。「今日はこの世でいっとうすげえ日にちがいないよ」

「ねえ、どうなんかね？」コリンがうっとりしながら、慎重に言葉を発した。「おれのために、こんなすげえ午後にしてくれたんかねえ？」

「ありゃ、驚いた！」メアリがびっくりして叫んだ。「あんた、ヨークシャー弁をしゃべってんじゃないの。なかなかうまいよ……たいしたもんだ」

三人とも有頂天になっていた。

スモモの木の下に車椅子を停めた。スモモは雪のように真っ白な花が満開で、ハチがブンブンと音楽的な羽音を立てて飛び回っている。枝はまさに王さまの天蓋《てんがい》、それも妖精《ようせい》の王さまの天蓋のようだった。すぐそばには花盛りの桜の木と、リンゴの木があった。リンゴの木ではピンクと白のつぼみがふくらみ、いくつかはすでに花が開いている。天蓋の花をつけた枝の隙間から青い空がちょっぴりのぞき、不思議な目のように三人を見下ろしていた。

メアリとディコンはあちこちで少し草花の手入れをし、コリンはそれを眺めていた。二人はコリンに見せようとして、さまざまなものを持ってきた。開きかけたつぼみ、まだ堅いつぼみ、葉がわずかに緑になりかかった小枝。草地に落ちていたキツツキの羽根、すでに孵《かえ》った鳥の空っぽの卵。ディコンはゆっくりと車椅子を押して花園を回り、たびたび車椅子を停めては、地面から顔を出しかけている芽や木を這《は》っているつるバラなど、数々の自然の驚異をコリンに見せた。まるで魔法の国を巡って、ありとあらゆる不思議な宝物を見せてあげているみたいだった。

「コマドリに会えるかな？」コリンが言った。

「もうちょっとしたら、しじゅう姿を見られるさ」ディコンが答えた。「卵が孵って雛《ひな》どもが出てきたら、あいつは目が回るぐれえ忙しくなる。自分の体ぐらいでっけえ虫をくわえて、せっせと巣に運んでいくのが見られるよ。巣では雛どもが大騒ぎしてさ、どのおっきく開けた口に最初の餌を落としたらいいか、あいつはおろおろしちまう。あっちでもこっちでも、雛が大口開けてピーピー鳴きわめいとるからな。コマドリが雛に必死こいて餌を運んでやっとるのを見ると、自分は何もすることのない奥さまみたいに思える、ってお母ちゃんは言っとるよ。人間には見えんが、コマドリはきっと汗をぽたぽた垂らしとるにちげえねえってさ」

その話があまりおかしかったので、みんなくすくす笑ったが、声を聞かれてはいけないことを思い出し、あわてて手で口を覆った。ささやくように低い声でしゃべるようにと、コリンは数日前に釘《くぎ》を刺されていた。その秘密めいたやり方が気に入ったので、コリンはできるだけ声を低くしようとしたが、つい楽しくてはしゃいでいると声を抑えて笑うのはむずかしかった。

午後は新しいことが次々に起き、日の光はますます濃密な黄金色になっていった。車椅子を天蓋の下にとめ、ディコンが草の上にすわって笛をとりだしたとき、コリンはそれまで気づかなかったことに目を留めた。

「あそこにある木、すごく古いみたいだね？」コリンは言った。

ディコンは草地の向こうにある木を見た。メアリも視線を向け、短い沈黙が流れた。

「そうだね」ディコンはとても低くやさしい声で答えた。

メアリはじっと木を見つめながら考えこんでいる。

「枝は灰色だし、葉っぱが一枚もついてない」コリンは続けた。「すっかり枯れちゃったのかな？」

「そうさね」ディコンはうなずいた。「だけんど、つるバラが木全体に這っとるから、葉っぱが茂って花が満開になったら枯れ木はほとんど覆われちまうよ。そんときゃ、とうてい枯れてるなんて見えねえ。とびきりきれいだろう」

メアリはまだ木を見つめて考えこんでいる。

「大きな枝が折れてるみたいに見えるね」コリンは言った。「どうして、ああなっちゃったんだろう」

「ずっと昔に折れたんだ」ディコンが言った。「あれ！」ふいに叫び、ほっとしたように片手をコリンの肩に置いた。「コマドリを見て！　やつが来てるぞ！　奥さんのために餌を探しとったんだ」

コリンがあわてて振り向くと、胸の赤い鳥がくちばしに何かくわえて飛んでいくのがどうにか見てとれた。コマドリは緑の中を矢のように飛んでいき、木が鬱蒼《うっそう》と茂っている一角に飛びこむと姿を消した。コリンはまたクッションにもたれ、小さく笑い声をあげた。

「お茶を奥さんに運んでいったんだね。そろそろ五時なんだろう！　ぼくもお茶がほしくなってきたよ」

こうして危うい状況をやり過ごすことができた。

「コマドリが現れたのは魔法だったのよ」あとでメアリはディコンにこっそり言った。「絶対に魔法よ」メアリもディコンも、十年前に枝が折れた木についてコリンが質問するかもしれないと不安だった。そうなったらどうしよう、とこれまでに相談したことがあったが、ディコンは困ったように頭をかいているばかりだった。

「他の木と別に変わんねえ、って顔をしとくしかねえな」ディコンは言った。「どうして折れたかは言えねえよ、かわいそうに。もし坊ちゃんが何か言ったら、おれたちは……陽気にふるまっておくしかねえよ」

「そうさね、そうするしかねえよね」メアリは応じた。

しかし、さっき木を見つめていたとき、メアリは陽気とはほど遠い気分だった。ディコンが口にしたもうひとつの話は本当だろうか、とずっと考えていたのだ。あのときディコンはとまどったように赤毛の頭をかいていたが、そのうち、ほっとしたようなやわらかな表情を青い目に浮かべて話を続けたのだった。

「クレイヴンの奥さまはとてもきれいな女性だったんだ」ディコンはためらいながら言葉を続けた。「奥さまはコリン坊ちゃんが心配で何度もミスルスウェイト屋敷に来てるにちげえねえ、ってお母ちゃんは言っとる。この世からいなくなった母親はみんなそうするんだってさ。必ず戻ってくるんだと。実は奥さまはずっと庭にいて、おれたちに庭仕事をするように仕向けたのかもしれねえ。で、坊ちゃんを庭に連れてこさせたのも奥さまだったんだよ」

ディコンは魔法のようなことを言っているのだとメアリは考えた。メアリは魔法を心から信じていたし、ひそかにディコンは魔法を使えると思っていたくらいだ。もちろんいい魔法だ。ディコンは自分の周囲のあらゆるものに魔法を使うので、みんなディコンが大好きになり、動物たちはディコンを友人だとみなすようになるのだ。コリンがあの危うい質問をしたタイミングでコマドリが飛んできたのも、ディコンの魔法のおかげだったのでは、とメアリは思った。ディコンの魔法の力が午後じゅう働いていたおかげで、コリンはまったくの別人のように見えたのかもしれない。金切り声をあげながら手足をばたつかせ、枕に嚙《か》みついていたヒステリーの少年には、とうてい見えなかった。コリンの象牙《ぞうげ》のような肌もいつもとちがって見えた。秘密の花園に入ったとたんに、顔も首も手もほんのりと赤みが差し、午後じゅう消えなかったのだ。

象牙や蠟《ろう》でできているのではなく、いかにも血の通った生身の人間に見えた。

　三人でコマドリが奥さんに二、三度餌を運んでいくのを眺め、あれは午後のお茶だと言っているうちに、コリンはどうしてもお茶が飲みたいと言いだした。

「バスケットにお茶の道具を入れて、シャクナゲの遊歩道まで下男に持ってくるように言いつけてきて」コリンは言った。「そこからはきみとディコンでここまで運んでこられるよね」

　それはすてきな思いつきで、簡単に実行された。白い布が草地に広げられ、熱いお茶とバターつきトーストとクランペットが並べられると、おなかをすかせた子どもたちは楽しく食べたり飲んだりした。巣作り中の鳥たちが仕事を中断して何が起きているのかと興味しんしんで調べに来て、さかんにパン屑《くず》をついばんでいった。ナッツとシェルはケーキをひと切れずつ持って木にするすると登っていき、スートはバターを塗ったクランペットを半分も隅っこに運んでいくと、つついたりひっくり返したりして調べたあげく、しゃがれた声で感想を述べると、うれしそうにひと口で飲みこんでしまった。

　午後がゆっくりと過ぎ、まろやかな日没の時間に近づいていった。太陽の光輝は金色が深まり、ハチたちは家路につき、飛び交う鳥の数も減ってきた。ディコンとメアリは草地にすわり、お茶の道具は屋敷に持ち帰れるようにバスケットに詰め直され、コリンは豊かな巻き毛を額からかきあげてクッションにもたれている。とても自然な顔色だった。

「今日の午後が終わらなければいいのに」コリンは言った。「だけど、明日また来るよ。その次の日も、またその次の日も、ずっとずっと」

「たっぷり新鮮な空気が吸えるわね」メアリが言った。

「他には何もいらないよ」コリンは言った。「今は春を見たから、今度は夏を見るんだ。ここで育っていくものを全部見る。ぼくもどんどん大きくなるよ」

「そうなるとも」ディコンが言った。「そのうち、あんたもみんなとおんなじように、ここらを歩き回って穴を掘ったりできるようになるさ」

コリンの顔がさっとピンク色に上気した。

「歩く！　穴を掘る！　ほんとに？」

ディコンはとても気を遣いながらコリンを見た。彼もメアリもコリンの脚はどこが悪いのか訊《き》いたことがなかったのだ。

「きっとそうなるさ」ディコンは力をこめて言った。「あんたにだって二本の脚があるからね、おれたちとおんなじように！」

メアリはコリンがこう答えるまで、かなりびくびくしていた。

「脚はどこも悪くないんだ。だけど、すごく細くて弱いから歩けないんだ。立とうとするとぶるぶる震えて怖いんだよ」

メアリとディコンは安堵《あんど》の吐息をもらした。

「怖がるんをやめたら立てるって」安心したディコンは陽気に励ました。「そのうち怖くなくなるさ」

「そうかな？」コリンは言うと、物思いにふけっているようにしばらくじっと椅子にもたれていた。太陽がどんどん沈んでいく。このひとときは、すべてのものが静まる時間だった。とても忙しくわくわくする午後を過ごし、コリンはゆったりと安らいでいるように見える。動物たちも動き回るのをやめ、身を寄せ合って三人のそばで休んでいる。スートは低い枝にとまって片脚を持ち上げ、灰色のまぶたを眠たげに閉じている。いまにもいびきをかくかもしれない、とメアリはひそかに思った。

その静寂のさなかに、コリンが頭を少し持ち上げ、ふいに警戒した声でささやきかけた。

「あの男は誰？」

ディコンとメアリはあわてて立ち上がった。

「男！」二人は声をひそめて早口で叫んだ。

コリンは高い塀の方を指さした。

「あそこ！」コリンは動揺して言った。「ほら、見て！」

メアリとディコンはくるりと向きを変えた。塀の向こうの梯子《はしご》のてっぺんで、ベン・ウェザースタッフが憤怒の形相でこちらをにらみつけていた！　ベンはメアリに向かって拳《こぶし》を振り回した。

「わしが一人もんじゃなくて、おめえが娘だったら、ひっぱたいてやるとこだ！」

威嚇するようにさらに一段梯子を上った。勢いに任せて塀を越えて飛び降り、本当にメアリにお仕置きしかねない様子だった。しかし、メアリが近づいていくと、どうやら考え直したようで、梯子のてっぺんで拳を振り回しながらメアリを見下ろした。

「ろくなもんじゃねえと思っとったよ！」ベンはがなりたてた。「最初に見たときから気に入らんかった。ガリガリにやせこけた黄色い顔の小娘で、あれやこれや質問はするわ、余計な詮索《せんさく》はするわ。うっかり気を許すなんざ、わしはとんだまぬけだったわ。あのコマドリさえいなかったら……くそ、あの鳥め……」

「ベン・ウェザースタッフ」ようやくのことでメアリは口をはさんで呼びかけた。ベンの下に立ち、彼を見上げて息を切らしながら話しかけた。「ベン・ウェザースタッフ、わたしに道を教えてくれたのはコマドリさんなのよ！」

するとベンは今にも塀を越えて下りてきそうなほど、怒りをあらわにした。

「この性悪娘が！」ベンはメアリに向かって叫んだ。「コマドリに罪をきせるのか……そりゃ、あいつは小生意気なやつだがね。あいつが道を教えただと！　あいつが！　へん！　この悪たれ娘が」ベンが好奇心を抑えきれなくなっているのがメアリにはわかったので、次の言葉は予測がついた。「だけんど、いったいおめえ、どうやってそこに入ったんだ？」

「道を教えてくれたのはコマドリさんだってば」メアリは頑固に繰り返した。「コマドリさんはそのつもりはなかったのかもしれないけど、本当に教えてくれたのよ。それにそんなふうに拳を振り回されていたんじゃ、説明できないわ」

いきなりベンは振り回していた拳を宙で止め、口をぽかんと開けた。メアリの頭越しに、草地を近づいてくるものをまじまじと見つめている。

ベンの激しい罵倒《ばとう》に、最初のうちコリンは唖然《あぜん》として、ただ金縛りにあったかのように耳を澄ましているだけだった。しかし、そのうち我に返り、ディコンを手招きした。

「あそこまで車椅子を押していくんだ！」彼は命じた。「すぐそばまで押していって、ベンの真ん前で止めてくれ！」

そう、ベンが驚きのあまり口をあんぐり開けて見ていたのは、この光景だったのだ。豪華なクッションと膝掛《ひざか》けが置かれた車椅子がまるで国王の馬車のように堂々たる様子で近づいてきたのだ。そこには若きラージャがクッションに悠然ともたれ、大きな黒い睫《まつげ》に縁取られた目でベンをにらみながら、やせた白い手を横柄に突きだしていた。車椅子がベンの鼻先で停まった。彼が口をあんぐり開けていたのも無理からぬことだった。

「ぼくが誰だか知っているか？」ラージャは威厳たっぷりにたずねた。

ベンの目は飛びだしそうだった！　充血した老いた目は目の前の人を穴の開くほど見つめていた。まるで幽霊でも見ているかのように。ただ見つめているだけで、やがて、ごくりと唾《つば》を飲みこんだが、言葉は出てこなかった。

「ぼくが誰だか知っているか？」コリンはさらに威圧的にたずねた。「答えよ！」

ベンは節くれだった手を上げ、それで目と額をこすり、それから奇妙な震え声で答えた。

「あんたさんが誰かだって？　ああ、知っとるよ……おっかさんにそっくりな目をしとるからな。それにしても、いったいどうやってここまで来なすったね？　坊ちゃん、寝たきりなんでしょうが」

コリンは顔を真っ赤にすると、背中のことなど忘れ背筋をまっすぐにしてすわり直した。

「ぼくは寝たきりなんかじゃない！」彼は怒って叫んだ。「冗談じゃない！」

「寝たきりであるもんですか！」メアリも憤慨し、塀の上に向かって大声で叫んだ。「それにコリンには針の先ほどもこぶなんてないわ！　わたしが調べたの。こぶなんて全然なかった……なかったのよ！」

ベン・ウェザースタッフは片手でまた額をなでると、自分の目が信じられないと言わんばかりにしげしげとコリンを見つめた。手も口もわななき、声も震えていた。ベンは無知な老人で気が利かなかったし年をとってもいたので、人から聞いたことを鵜《う》呑《の》みにしていた。

「坊ちゃんは……背中が曲がっておらんのかね？」ベンはしゃがれ声でたずねた。

「曲がってるもんか！」コリンは叫んだ。

「じゃ、じゃあ……自分の足でちゃんと立てるんかね？」ベンの声はますますかすれていた。

もう我慢できなかった。ふだんならコリンは癇癪《かんしゃく》を起こすところだったが、今は別の形で怒りを爆発させた。これまで立つことができない足だと言われたことはなかった。たとえ陰口でも。それが今、ベン・ウェザースタッフの口調から、心からそう信じていたことがはっきりわかり、ラージャの血も肉もとうていそれを看過することはできなくなった。この瞬間、怒りとプライドが何もかも忘れさせ、これまで経験したことのなかった信じられないほどの力が全身にみなぎった。

「ここに来て！」ディコンに叫ぶと、膝《ひざ》にかけていた毛布をむしりとるようにはがし立ち上がろうとした。「ここに来て！　ここに！　今すぐ！」

ディコンはただちにコリンのかたわらに立った。メアリは息をのみ、顔から血の気が引くのを感じた。

「できるわ！　できる！　できる！　彼ならできる！」メアリは猛烈な早口で我知らずつぶやいていた。

しばらくのあいだ脚がばたつき、膝掛けが地面に落ち、ディコンがコリンの腕を支えると、棒のように細い脚が前に出され、やせた足が草を踏みしめた。コリンはまっすぐ、そう、矢のようにまっすぐ立った。頭をそらし、不思議な目をぎらつかせている姿は妙に背が高く見えた。

「ぼくを見ろ！」コリンはベン・ウェザースタッフに向かって叫んだ。「ほら、ぼくを見るがいい！　見てみろ！」

「おれとおんなじように、まっすぐ立っとるだろ！」ディコンが言った。「ヨークシャーのどの子どもにも負けんぐらいまっすぐ立っとる！」

ベンの反応は、メアリには考えられないぐらい奇妙だった。ベンは息を詰まらせ唾を飲みこむと、日焼けした皺《しわ》だらけの顔に涙を流しはじめたのだ。そして老いた両手を差しのべた。

「なんと！」感極まったようにベンは叫んだ。「みんな嘘ばっかりじゃ！　坊ちゃんはやせて青白くて幽霊みたいだけんど、こぶなんてないんじゃね。こんなら大きくなれるわな。ああ、ありがたや！」

ディコンはコリンの腕をしっかりつかんでいたが、コリンは少しもふらつかなかった。さらにまっすぐ背筋を伸ばして立ち、ベン・ウェザースタッフの顔を見つめた。

「父が留守のあいだはぼくが主人だ」コリンが言った。「だから、ぼくの言いつけに従ってくれ。ここはぼくの庭だ。そのことを誰にもひとことも洩《も》らさないように！　梯子から下りて、長い遊歩道の方から回ってきてくれ。メアリ嬢が出迎えて案内してくれる。おまえと話がしたいんだ。おまえを仲間に入れるつもりはなかったが、秘密を知られてしまった以上は仕方がない。さあ、急いで！」

ベンの偏屈な老いた顔は、さっき奇妙にも流した涙でまだ濡《ぬ》れていた。頭をもたげてまっすぐ立っているコリンの姿から、どうしても目が離せないようだった。

「まったく、坊ちゃんがねえ!」ささやくようにベンは言った。「なんと、坊ちゃんがねえ!」ふいに自分の立場を思い出し、庭師らしく帽子に手を触れて敬礼した。

「はい、かしこまりやした! かしこまりやした!」そしておとなしく梯子《はしご》を下りて姿を消した。

二十二章　太陽が沈むとき

ベンが塀の向こうに消えると、コリンはメアリに言った。「行って、連れてきて」そこでメアリは草地を走って、蔦《つた》に隠されたドアのところまで行った。ディコンは用心してコリンを見守っていた。頰は真っ赤にほてり興奮しているように見えたが、倒れそうな気配はまるでなかった。

「ぼく、立てるんだ」コリンは相変わらず顔をしっかり上げたまま、心から満足そうに言った。

「怖がらなくなったら、すぐ立てるって言っとっただろ。坊ちゃん、怖くなくなったんだねえ」

「うん、もう大丈夫」

そのとき、コリンはメアリが言っていたことを急に思い出した。

「きみ、魔法を使ってるの?」鋭くたずねた。

ディコンの弓形の口が楽しげな笑みを形作った。

「魔法使っとるのは坊ちゃんだよ。こんなふうに地面からいろんなものが生えてくる魔法とおんなじさ」そう言いながら、ごついブーツで草のあいだのクロッカスの群れに触れた。

コリンは花を見た。

「そうか」コリンはゆっくりと言った。「これほどすげえ魔法はねえな……絶対ねえよ」

コリンはさらに背筋をピンと伸ばした。

「あの木まで歩いてみる」コリンは数メートル先の木を指さした。「ウェザースタッフが来たとき、立ってるつもりなんだ。休みたくなったら、あの木に寄りかかれるだろ。すわりたくなったらすわるけど、それまで立ってるよ。車椅子から膝掛けを持ってきて」

コリンは木に向かって歩きだした。ディコンは腕を支えていたが、コリンは驚くほどしっかりしていた。木に寄りかかっても体を支えていることはほとんどわからなかったし、相変わらず背筋を伸ばしているので背が高く見えた。

ベン・ウェザースタッフが塀のドアを入ってきたとき、彼はコリンが立っているのを見た。そして、メアリが何か小さな声でつぶやいているのに気づいた。

「おめえ、何をぶつぶつ言っとるんだ？」少しむっとしたようにたずねた。長身でやせた少年の姿と得意そうな顔から気をそらされたくなかったのだ。

しかし、メアリは教えなかった。実は彼女はこう言っていたのだ。「できるわ！　絶対できる！　ほらね、できるでしょ！　あなたならできる！　できる！　できる！」

メアリはコリンに向かってつぶやいていたのだ。魔法をかけて、こんなふうにコリンにずっと立ち続けていてほしかった。ベンの前でくずおれてしまったら、と思うと耐えられなかった。だがコリンはしっかりと立っていた。やせているけれど、コリンがとても美しいことに、メアリははっと気づき心が躍った。コリンは滑稽《こっけい》なほど横柄な態度で、ベンをじっと見つめている。

「ぼくを見ろ！」コリンは命じた。「じっくり見てくれ！　ぼくは背中が曲がっているか？　役立たずの足か？」

ベンはさっきの驚きからまだ完全に立ち直っていなかったが、少し落ち着きを取り戻し、ほぼいつものように答えた。

「いんや。全然そうじゃねえ。いったいどうしたとね……寝たきりで、おつむも弱いって思わせといて、ずっと隠れとるなんて？」

「おつむが弱いだと！」コリンは憤慨した。「誰がそんなことを言ったんだ？」

「馬鹿者どもがみんな言っとるがね」ベンは言った。「世間の連中ときたら馬鹿ばっかしで、口を開きゃ嘘ばかり並べおって。坊ちゃん、なんでまた閉じこもっておったんだね？」

「みんな、ぼくが死ぬと思っていたんだ」コリンはさばさばした口調で言った。「でも死なないよ！」

コリンがあまりにきっぱりと言ったので、ベンはコリンの頭から爪先までじろじろ眺めた。

「坊ちゃんが死ぬだと！」ベンは辛辣《しんらつ》な口調で喜びをあらわにした。「そんなこたあ、ありっこねえ！ 元気いっぱいじゃねえか。さっき、すっくと地面に立ったのを見て、坊ちゃんは大丈夫にちげえねって思ったよ。よかったらその敷物にすわってください、坊ちゃん。それから用を聞かせておくんなさい」

ベンの物腰には、ぶっきらぼうだがやさしさがあふれていた。彼は鋭い目で状況を理解したらしかった。メアリは長い遊歩道を歩いてくるあいだ、大急ぎで説明をしておいたのだ。いちばん忘れてはならない大切なことは、コリンがよくなっていること、どんどんよくなっていることよ、と彼女はベンに釘《くぎ》を刺した。お庭のおかげなの。こぶがあって死にかけているなんてことは絶対にコリンの前で持ちださないでね。

ラージャは木の下の敷物にすわることを受け入れた。

「おまえは庭で何をしているんだ、ウェザースタッフ？」コリンはたずねた。

「言われたことは何でも」ベンは答えた。「ご厚意で置いてもらってんですわ……あのお方に気に入られていたからね」

「あのお方？」コリンはたずねた。

「坊ちゃんのおっかさんだよ」ベンは答えた。

「ぼくのお母さま」そしてあたりをそっと見回した。「ここはお母さまの庭だったんだね？」

「あいや、そうだとも！」ベンもいっしょに見回した。「奥さまはほんと、ここがお好きだった」

「今はぼくの庭だ。ここが気に入ったから、毎日来るつもりだ」コリンは宣言した。「だけど、秘密にしておかなくちゃならない。ぼくたちがここに来ていることを誰にも知られないようにしてもらいたい。ディコンといとこはずっとここで働いて、庭を生き返らせた。ときどきは手伝いに来てもらいたい……ただし、誰にも見られないようにしてくれ」

ベンの顔がゆがみ、いつもの皮肉っぽい笑みを浮かべた。

「誰にも見られんで、これまでもここに来たことがあるんだ」彼は言った。

「なんだって！」コリンは叫んだ。「いつ？」

「最後にここに来たんは」と顎《あご》をこすって、庭を見回した。「かれこれ二年まえかの」

「だけど、十年も誰も入っていなかったんだろ！」コリンが驚きの声をあげた。「ドアがなかったんだから！」

「わしは別だ」老ベンはあっさりと言った。「それに、わしはドアから入ったんじゃねえ。塀を乗り越えて来たんだ。この二年はリューマチがひどうなって無理だったがね」

「じゃあ、あんたが剪定《せんてい》しとったんだね！」ディコンが叫んだ。「誰がどうやって剪定したんだろうかって首をかしげとったんだ」

「奥さまはここがすごくお気に入りだった……とてもな」ベンは嚙《か》みしめるように言葉を口にした。「ほんに若くて美しい方でな。奥さまはわしに笑いながらこう言われたことがある。『ベン、わたしが病気になったり亡くなったりしたら、バラの世話を頼むわよ』とな。奥さまが亡くなったとき、旦那《だんな》さまにここに入ってはならないと命じられた。だけんど、わしは来たんだ」てこでも決心を曲げないという頑固さでベンは言った。「塀を越えて入ったさ。リューマチでそれができんようになるまでは、一年に一度は庭の手入れをしとった。奥さまの命令の方が先だったからな」

「そうじゃなかったら、こんなに元気なわけねえもんなあ。不思議に思っとったんだ」ディコンが言った。

「おまえが世話してくれてうれしいよ、ウェザースタッフ」コリンが言った。「おまえならきっと秘密を守ってくれるだろうね」

「あいや、承知しとります」ベンは答えた。「それに、リューマチ持ちの男にゃ、ドアから入る方が楽ですわ」

木の近くの草の上にメアリは移植ごてを置いておいた。コリンは手を伸ばしてそれをつかんだ。すると奇妙な表情が浮かび、コリンは地面をひっかきはじめた。やせた手は力が弱かったが、みんなは彼の手元を見つめた。メアリは息が止まりそうになるほど胸が高鳴っていた。コリンは移植ごてを土に突き立て、土をちょっぴり掘り返した。

「できるわ！　できるわ！」メアリは心の中で思った。「ほらね、あなたならできるのよ！」

ディコンの目も好奇心でまん丸になっていたが、何も言わなかった。ベンも興味を引かれたように見つめている。

コリンはそのまま作業を続けている。何度か移植ごてで土を掘り返すと、精一杯のヨークシャー弁でディコンに得意そうに話しかけた。「おめえ、言っとったね、他の子みてえに、おれもここを歩き回れるようになるし、土を掘り返せるようになるって。てっきり、喜ばせるためにおべっか使っとるんだと思っとったんだけどさ、ほれ、最初の日に歩いたぞ。でもって、こうして土も掘っとる」

それを聞いて、ベンはまた唖然《あぜん》としたらしかったが、そのうちおかしそうに笑いはじめた。

「なんと！」ベンは言った。「どうやら坊ちゃんはなかなか頭が切れるようだのお。まちがいなくヨークシャー生まれだ。しかも、土掘りもできる。何か植えてみっか？バラの苗でも持ってこようかね？」

「とって来て！」コリンが熱心に土を掘りながら言った。「急いで！　すぐに行って！」

あっという間に事は運んだ。ベンはリューマチもどこへやらすっ飛んで行った。ディコンは鋤《すき》をとって、新米のやせた白い手がこしらえた穴をさらに深く、広くした。メアリは駆けていって、じょうろに水をくんで戻ってきた。ディコンが穴を深くし、コリンは土をていねいに耕した。コリンは空を見上げた。少しだが慣れない仕事をしたせいで、顔がほてり血色がよくなっている。

「日が沈む前に……完全に暗くなる前に作業を終えてしまいたいな」コリンは言った。

メアリはたぶん太陽はあと数分待っていてくれるにちがいない、と思った。ベンが鉢植えのバラを温室から持ってきた。草の上を足をひきずりながら小走りになってやって来る。ベンもまた興奮しているようだった。穴のわきに膝《ひざ》をつくと、苗を鉢からはずした。

「ほらよ、坊ちゃん」ベンはバラをコリンに渡した。「そいつを自分の手で地面ん中に植えるんだ！　王さまが行く先々で植えたっていうみてえによ」

やせた白い手はかすかに震えていて、バラの苗を穴に入れて支えていると、コリンの頬の赤みはますます濃くなっていった。老いた庭師が苗の周囲に土を入れていき、穴が完全に埋められ、たたいて固められると、バラはしっかりと安定した。メアリは四つん這《ば》いになって体を乗りだした。スートが飛んできて、何をしているのか見物にちょこちょこ歩いてきた。ナッツとシェルは桜の木で何やらおしゃべりしている。

「植わったぞ！」コリンが言った。「太陽はまだ生け垣の向こうに沈みかけたところだ。ディコン、手を貸して。太陽が沈むとき、立っていたいんだ。それも魔法の一部だからね」

そこでディコンはコリンを助け起こした。魔法は——呼び方はなんであれ——コリンに力を与えたので、太陽が完全に沈み、彼らにとって奇妙なすばらしい午後が終わったとき、コリンは本当に自分の二本の脚で立っていた。笑いながら。

二十三章　魔法

クレイヴン先生がじりじりしながら待っていたとき、ようやく三人が屋敷に帰ってきた。誰かに庭の小道を探させた方がよいのではないかと、クレイヴン先生は思いはじめていたところだった。コリンが部屋に連れてこられると、医師は真剣に少年を診察した。

「こんなに長時間外にいてはいけないよ。くたくたになってしまったにちがいない」

「全然疲れていない」コリンは言い返した。「かえって元気が出たよ。明日は午後だけじゃなくて午前中も行くつもりだ」

「それは許可するわけにいかないな」クレイヴン先生は答えた。「賢明ではないと思う」

「ぼくを止めようとすることこそ賢明じゃない」コリンは語気を強めた。「行くと言ったら行くんだ」

コリンの変わっているところは、いつもぶしつけな態度で命令するのに、それが無礼だとはまったく思っていないところだ、とメアリは気づいていた。コリンは生まれてから無人島に住んでいるようなもので、島の王さまのコリンは自分だけのやり方を作ってしまい、比べる相手もいなかったのだ。メアリ自身、多少コリンと似たところがあったが、ミスルスウェイト屋敷に来てから、自分の態度は一般的ではないし世間で賞賛されるものでもない、と少しずつわかってきた。そこで、当然ながら、それをコリンに教えてあげたかった。そこでクレイヴン先生が帰ってから、メアリは椅子にすわったまま、数分ほど物珍しそうにコリンを眺めていた。どうしてそんなふうに見るのか、とコリンの方からたずねさせたかったのだ。もちろん、狙いどおりになった。

「どうしてそんな目でぼくを見ているんだ?」コリンは訊《き》いた。

「クレイヴン先生がちょっとお気の毒だと思ったの」

「ぼくもだよ」コリンは落ち着き払って言ったが、満足そうでもあった。「ぼくが死ななかったら、ミスルスウェイト屋敷を手に入れられないからね」

「当然、そのことでも気の毒だと思うわ。だけど、さっき考えてたのはね、いつも無礼な態度をとる少年に十年間も礼儀正しく受け答えしなくてはならなかったのは、さぞ辛《つら》かっただろうな、ってことなの。わたしにはできそうもないわ」

「ぼく、無礼かな?」コリンは腹を立てた様子もなくたずねた。

「あなたが先生の息子で、先生が体罰でしつけようっていう親なら、あなたのことをひっぱたいたでしょうね」

「だけど、そんなことできっこないよ」コリンは言った。

「ええ、そうでしょうね」偏見を持たずに考えようとしながら、メアリは答えた。

「あなたの望まないことは誰もしようとしなかった。だって、あなたはもうすぐ死ぬかもしれないほど体が弱いって思われていたから。とても気の毒な子だったのよ」

「でも、ぼくはもう気の毒な子じゃない。そんな子だなんて思わせないよ。今日の午後、自分の脚で立ったんだ」コリンはきっぱりと言った。

「いつでも自分の思いどおりにしているから、あなたは変わり者になったのね」メアリは考えていることを口に出した。

コリンは眉《まゆ》をひそめて振り向いた。

「変わり者だって?」少し声を荒らげた。

「そうよ」メアリは言った。「かなりね。だけど、怒る必要はないわ」メアリは公平につけ加えた。「わたしも変わり者だから。それにベン・ウェザースタッフもね。だけど、わたしは誰かを好きになったり花園を発見したりしてから、前ほど変わり者じゃなくなったわ」

「ぼく、変わり者なんて嫌だ。そんな人間になりたくないよ」そう宣言すると、顔をしかめた。

コリンはとても誇り高い子だった。横になったまま、しばらく考えていたが、やがて美しい微笑が浮かび、メアリが見守っていると、ゆっくりと顔の表情が変わっていった。

「毎日花園に行ったら、変わり者じゃなくなるよ」コリンは言った。「あそこには魔法がかかってるからね……いい魔法が。ねえ、メアリ、絶対、そう思うよ」

「そうね」

「本当の魔法じゃなくても、そのふりはできる。あそこには何かがあるんだ、何かがね！」

「魔法よ。だけど、黒魔術じゃない。雪みたいに真っ白な魔法よ」

二人のあいだではずっと〝魔法〟と呼んでいたが、その後の数カ月は、本当に魔法の力がふるわれたように感じられた。それはすばらしい数カ月、輝かしい数カ月、驚嘆すべき数カ月であった。ああ、あの花園でどんなにすばらしいことが起きたことか！　庭を持っていない人には決して理解できないだろう。そして、庭を持っていれば、そこで繰り広げられたことを語るには、本を丸々一冊書く必要があるとわかるはずだ。最初のうちは、緑の芽が地面や草むらや花壇から、しまいには塀の割れ目からも、ひっきりなしに顔を出すように思えた。次に緑の芽はつぼみになりはじめ、つぼみはふくらんでいき、やがて色づきはじめる。ありとあらゆる色調の青や紫に、深紅から桃色までさまざまな赤に。かつての幸せな日々には、花園のすべての場所、どんな隙間や片隅にも花が咲き乱れていた。ベン・ウェザースタッフ自身が塀のレンガの間からモルタルを削りとって土を入れ、愛らしい花が垂れ下がるようにして、そういう花園に仕立てたのだった。今、芝生ではアヤメと白いユリがかたまって咲き、緑の生け垣のひっこんだ場所には、背の高いデルフィニウムやオダマキやホタルブクロの青い花や白い花が槍《やり》を持った兵隊のようにずらっと並んでいる。

「こういう庭がお好きじゃったよ、奥さまは」ベンは言った。「青い空に向かって伸びとる花が好みだ、よくそう言っておった。だいたい奥さまはいつもうつむいとるような人じゃなかった……あのお方はな。土いじりもお好きだったが、青い空はとっても楽しそうだから大好きだ、って言っておったよ」

ディコンとメアリが植えた種は妖精《ようせい》が世話してくれたかと思えるほど、ぐんぐん生長していった。サテンのような光沢がある色とりどりのポピーが群れをなしてそよ風に揺れ、昔からあった花たちと陽気に妍《けん》を競っている。かたや古株の花たちは、どうしてこんな新参者たちが庭に入りこんできたのだろう、と不思議に思っているようだった。そしてバラ。無数のバラ！　芝生から立ち上がり、日時計を一巡りし、木の幹に花輪のようにからみつき、枝からぶらさがり、塀を這《は》い上がって横に伸びていき、さながら滝のように長い花房が流れ落ちる。一日ごとに、一時間ごとに、バラは生長していった。葉が萌《も》え出て、つぼみが——たくさんのつぼみがついた。最初はちっぽけだったつぼみがふくらんでいき、魔法がかけられたかのように、花弁がほどけてティーカップの形に開く。カップの縁からは繊細な香りがこぼれだし、花園の空気を満たしていく。

　コリンはそうしたすべてを目の当たりにした。刻々と生長していく姿をしっかりと目に焼き付けた。毎朝コリンは外に連れていってもらい、雨が降らない限り、ずっと花園で過ごしていた。曇りの日ですら、芝生に寝そべり「いろんなものが大きくなっていくのを眺める」のがお気に入りだった。ずっと見ていれば、つぼみがじょじょに開いていくのが見られるんだ、と。それに、何だか知らないがあきらかに重要な用事があるらしく、忙しく走り回っている名も知れぬ昆虫たちとも知り合いになれた。虫はわらしべや羽根や食べ物を抱えているときもあったし、木登りさながら草の葉を登っていき、そのてっぺんから国を一望しようとしていることもあった。地面の中のトンネルを進んできて、土塚をこしらえながらようやく顔を出したモグラは、長いかぎ爪があり小妖精そっくりだった。コリンはそんな様子を午前中ずっと飽きずに眺めていた。アリ、カブトムシ、ハチ、カエル、鳥、植物、それらの習性について知ることは、コリンにとってはまさに新しい世界での冒険だった。ディコンはそうした新しい世界について教えてくれたうえ、さらにキツネ、カワウソ、フェレット、リス、川マス、ミズネズミ、アナグマの習性についても話してくれた。おかげで話題にも考えることにも事欠かなかった。

しかも、魔法はこれだけではなく続きがあった。本当に自分の脚で立ったことで、コリンはあれこれ考えるようになった。そしてメアリが呪文《じゅもん》を唱えていたことを打ち明けると、コリンは気持ちが高揚し、心からそれに感謝し、頻繁にそれについて話題にするようになった。

「もちろん、この世には魔法がたくさんあるにちがいないよ」コリンはある日、思慮深そうに言った。「だけど、みんな、それがどういうものかってことも、どう利用したらいいかも知らないんだ。たぶん最初のうちは、いいことが起こりますように、って実際にそれが起こるまで口にするだけのことかもしれない。ぼく、実験をしてみるよ」

翌朝、みんなで秘密の花園に行くと、コリンはすぐにベンを呼んで、と言った。ベンが急いでやって来ると、ラージャは木の下に立ち、とても堂々としているばかりか美しい微笑を浮かべていた。

「おはよう、ベン・ウェザースタッフ」コリンは言った。「ディコンとメアリ嬢といっしょに並んで、ぼくの話を聞いてほしいんだ。重要な話があるからね」

「アイアイサー！」ベンは額に手を触れて敬礼した（ずっと隠していたことだが、ベンは少年の頃に家出して船に乗り込んでいたことがあったのだ。だから、船乗りのような返事ができた）。

「科学的実験をしてみようと考えている」ラージャは説明した。「大きくなったら、ぼくは偉大な科学的発見をするつもりだから、さっそく今からこの実験を始めようと思う」

「アイアイサー！」ベンはすかさず答えた。実は偉大な科学的発見などという言葉は初めて聞いたのだったが。

メアリもその言葉を初めて耳にしたが、コリンは変わったところがあるが、たくさんの本を読んでいるし、人を説得するのがとても巧みだとすでにわかっていた。コリンにその不思議な目でじっと見つめられたら、もうすぐ十一歳になる十歳の子どもだとわかっていても、彼の言うことをつい信じてしまうだろう。このときのコリンはとりわけ説得力があった。というのも、大人のようにこういう演説をすることが、コリンはがぜん楽しくなっていたからだ。

「ぼくがこれからしようとしている偉大な科学的発見というのは、魔法についてだ。魔法にはすごい力があるが、古い本に出てくる少数の人以外は、それについてよく知らない。ただし、行者がいるインドで生まれたから、メアリは多少知っている。ディコンも魔法を知っていると思うが、おそらく彼は自分が知っていることに気づいていないだろう。ディコンは動物も人間も手なずけているからね。ディコンが動物使いじゃなかったら、ぼくの姿を見られてもいいとは絶対に思わなかっただろう。動物使いってことは、男の子も自在にできるってことだ。男の子は動物だからだ。あらゆるものに魔法が存在していると思うんだ。ただし、ぼくたちにはそれを理解し、電気や馬や水みたいに自分のために利用できるだけの知力が備わっていないんだ」

　その演説はとても雄弁だったので、ベンは奮い立ち、どうしても黙っていられなくなった。

「アイアイサー」彼は言って、背筋をピンと伸ばそうとした。

「メアリがこの庭を見つけたとき、一見すっかり枯れているように見えた」演説は続いた。「だが地面からたくさんのものが顔を出し、何もないところからいろんなものが育ってきた。きのうまで何もなかったのに、ある日見るとそこにある。ぼくはこれまで何かをじっくり見たことがなかったので、とても興味深かった。科学的な人間は常に好奇心を持つものだから、ぼくは科学的な人間になれると思う。いつも自分にこう問いかけてるんだ。『これは何だ？　あれは何だ？』絶対に何か特別なもののはずだ！　名前は知らないから、魔法って呼んでいる。これまで日の出を見たことがなかったが、メアリとディコンは見たことがあるし、二人の話から、ぼくはそれも魔法にちがいないと思った。何かが太陽を押し上げ、ひっぱりあげてるんだ。花園に来るようになってから、ときどき木立の間から空を見上げると、胸の中で何かが押したり引いたりして呼吸を速くさせ、不思議な幸せな気持ちが湧きあがる。魔法は常に押したり引いたりして、何もないところにいろんなものを生まれさせるんだ。すべては魔法から作られているんだよ。木の葉も木も花も鳥も、アナグマもキツネもリスも人間も。だから、魔法はまわりのいたるところにあるにちがいない。この花園はもちろん、どんなところにも。この花園の魔法はぼくを立たせてくれ、大人になるまで生きられるってことを教えてくれた。ぼくは魔法を手に入れて、魔法を自分にかけ、押したり引いたりしてもらって強くなる、という科学的実験をしたいと思っている。どうやったらいいかわからないけど、ずっと考え続けて呼びかけていたら、向こうからやって来るんじゃないかと思う。たぶん、赤ちゃんもそうやって学んでいくんじゃないかな。ぼくが初めて立とうとした日、メアリはものすごい早口で『できる！　あなたはできる！』ってつぶやいていて、そのとおり、ぼくは立てた。もちろん自分でも努力しなくてはならないけど、彼女の魔法はぼくを助けてくれたんだ。それにディコンの魔法も。毎朝、毎晩、昼間もできるだけ、ぼくは自分にこう言い聞かせるつもりだ。『魔法はぼくの中にある！　魔法はぼくを元気にしてくれる！　ぼくはディコンみたいに強くなる、ディコンみたいに強くなるんだ！』だから、きみたちも同じようにしてほしい。それがぼくの実験なんだ。手助けしてもらえるかな、ベン・ウェザースタッフ？」

「アイアイサー！」ベンは答えた。「アイアイサー！」

「兵士が訓練をするみたいに毎日続けていたら、いずれ結果が出て、実験が成功したかどうかわかるだろう。繰り返し言うことでそれを学び、ずっと考えていれば、それが頭に永遠に刻みこまれる。それは魔法と同じことだと思うんだ。魔法に力を貸してほしいと呼びかけ続けていれば、それは自分の一部になり、身につき、いろんなことが実現できるだろう」

「言葉を何千回も繰り返す行者がいるって、ある士官がお母さまに話しているのをインドで聞いたことがあるわ」メアリは言った。

「ジェム・フェトルワースのかみさんがひとつのことを何千回も繰り返すのを聞いたなあ。ジェムのことを『飲んだくれの乱暴者』って呼んどったんだ」ベンが皮肉っぽく言った。「うんにゃ、繰り返し言っとると、そのとおりになるもんだわな。ジェムはかみさんをさんざんっぱら殴りつけ、ブルー・ライオンに行ってしこたま酔っ払ったっけ」

コリンは眉《まゆ》をひそめてちょっと考えこんだが、少しすると明るい表情を取り戻した。

「やっぱり、そのとおりになったわけだ。その人は悪い魔法を使ったから、夫に殴られたんだよ。正しい魔法を使って、もっとすてきなことを言っていたら、ご主人はそんなに酔っ払わず、もしかしたら……もしかしたら奥さんに新しい帽子を買ってくれたかもしれない」

ベンはくつくつ笑い、小さな老いた目にはこれはなかなか隅に置けんぞ、と言わんばかりの賞賛の色が浮かんだ。

「坊ちゃんは脚も立つが弁も立ち、頭が切れますのお」ベンは言った。「今度ベス・フェトルワースに会ったら、魔法の使い方のコツってもんをちょいと教えてやるわ。そのかがくのずっけんとやらがうまくいったら、ええ喜ぶだろうね。うん、ジェムもな」

　ディコンはその丸い目を好奇心で楽しげに輝かせて、演説を立ったまま聞いていた。ナッツとシェルはディコンの肩にすわり、ディコンは白いウサギを抱いて何度もやさしく毛をなでてやっている。ウサギは耳を寝かせ、うっとりしているようだった。

「実験はうまくいくと思うかい？」ディコンは何を考えているのだろう、と思いながらコリンはたずねた。ディコンがコリンや動物たちを幸せそうな大きな笑みを浮かべて眺めているとき、コリンはよくそう思った。

　ディコンは今もにこにこしていて、笑みはさらに大きくなった。

「うん、そいつはおれもしてることだ。お日さまが照ると種がおっきくなるのとおんなじことさ。絶対にうまくいくよ。さっそく始めよっか？」

　コリンはうれしそうで、メアリも同じだった。行者や祈禱師《きとうし》の挿絵に触発されて、天蓋《てんがい》をこしらえている木の下に全員であぐらをかいてすわろうと、コリンは提案した。

「寺院ですわるみたいにね」コリンは言った。「それに、ぼく、疲れたからすわりたいんだ」

「あれ！」ディコンは言った。「最初から『疲れた』は言っちゃならねえよ。魔法をだいなしにしちまうかもしれねえ」

コリンは振り向いて、ディコンの邪気のない丸い目を見つめた。

「そのとおりだ」ゆっくりと言った。「魔法のことだけを考えていないとならないね」

みんなで輪を作ってすわると、とても荘厳で神秘的な感じがした。ベンは祈禱集会に招かれたかのような心持ちになった。ふだんは〝反祈禱集会〟を主張しているベンだったが、これはラージャの要望なので異を唱えなかったし、それどころか力を貸してほしいと頼まれて気をよくしていた。メアリは厳粛な気持ちになり恍惚《こうこつ》としていた。ディコンはウサギを抱いていた。誰にも聞こえなかったが、おそらく動物使いとして合図をしたのだろう、ディコンがみんなと同じようにあぐらですわったとたん、カラス、キツネ、リス、子ヒツジがゆっくりと近づいてきて輪に加わり、自らの意志であるかのようにそれぞれ座を占めたのだ。

「動物たちがやって来た」コリンがおごそかに言った。「ぼくたちを助けたがっているんだ」

コリンはとても美しいわ、とメアリは思った。司祭のように頭を高くもたげ、不思議な目には謎めいた光を宿している。木の天蓋から彼に光が降り注いでいた。「さて、始めよう」コリンが言った。「体を前後に揺らせるかな、メアリ、ダルウィーシュの修道者みたいに？」

「わしゃ、前や後ろに揺らすなんて無理だ」ベンが弱音を吐いた。「リューマチが痛むでな」

「いずれ魔法がそれも治してくれるだろう」コリンが高僧のように威厳たっぷりに言った。「だがそれまでは揺らすのはやめておこう。ただ詠唱するだけにしよう」

「歌うなんてわしにはできん」ベンが少し不機嫌になった。「一度だけ歌ってみたら、教会から追いだされたんじゃ」

　誰も笑わなかった。この儀式にすっかり没頭していたのだ。コリンが表情を曇らせることもなかった。彼はただ魔法のことだけを考えていた。

「では、ぼくが詠唱しよう」コリンは言った。そして、言葉を唱えはじめたが、まるで不思議な少年の精霊のようだった。「太陽が輝いている――太陽が輝いている。それは魔法だ。花が育っている――根が伸びていく。それは魔法だ。生きていることは魔法だ。強いことは魔法だ。魔法はぼくの中にある――魔法はぼくの中にある。ぼくの中にあるんだ。ぼくの中に。みんなの中にある。ベン・ウェザースタッフの背中にもある。魔法よ！　魔法よ！　どうか来たりて我を助けたまえ！」

　コリンはそれを何度も繰り返した。千回とは言わないが、数え切れないほど。メアリは陶然として聞き入っていた。なんて奇妙で美しいのだろう、いつまでも詠唱を続けてほしい、と思った。ベン・ウェザースタッフはたちまち夢を見ているようないい心持ちになった。花々の間を飛び回るハチの羽音と詠唱の声が重なり、眠気を誘った。あぐらをかいてすわったディコンの腕の中でウサギはすやすやと眠りこみ、ディコンは片手を子ヒツジの背中に置いている。スートは一匹のリスを押しのけ、ディコンの肩の上にうずくまっていたが、目に灰色のまぶたが下りていた。ついにコリンは詠唱をやめた。

「さて、これから庭を歩いてくる」コリンは宣言した。

うつむいていたベンの頭がぎくりとしたように持ち上げられた。

「寝てたんだね」コリンが言った。

「いや、寝てなんておらん」ベンはもごもごと言い訳した。「お説教はえらくよかった……だけんど、献金の前に逃げださねえと」

彼は寝ぼけているようだった。

「ここは教会じゃないよ」とコリン。

「そのとおりだ」ベンは体をまっすぐ起こした。「誰が教会だなんて言った？　ちゃあんと、ひとこと残らず聞いておったよ。魔法がわしの背中にある、って言っただろ。医者はそれをリューマチって呼んどるがね」

ラージャは片手を振った。

「それは悪い魔法だ。これからよくなるだろう。そろそろ仕事に戻っていいぞ。だが、明日はまた来てくれ」

「わしは坊ちゃんが庭を歩くところを見たかったんだが」ベンが不平を鳴らした。

文句をつけるというよりも、物足りなそうだった。実を言うと、ベンは頭の固い老人で魔法など全面的に信じていなかったので、追いだされたら梯子《はしご》を上って塀越しに見ていよう、そうすれば坊ちゃんがつまずいたらすぐに助けに戻れる、と決心していたのだ。

ラージャはベンが残ることに異論はなかったので、行列が組まれた。まさに行列だった。先頭はコリンで、両側をディコンとメアリが固め、ベン・ウェザースタッフはその後ろを歩いた。さらに〝動物たち〟もついてきた。子ヒツジと子ギツネはディコンのすぐそばに並び、白いウサギはかたわらを跳ねたり、立ち止まって草を食《は》んだりし、責任者だと自覚しているような風格を漂わせてスートが続いた。

行列はゆっくりと、だが威厳たっぷりに進んでいった。数メートルごとに立ち止まって休憩した。コリンがディコンの腕に寄りかかっていたので、ベンは鋭い目でこっそり警戒していたが、コリンはときどき手を放して一人だけで何歩か歩いた。ずっと頭をもたげていて、とても堂々として見えた。

「魔法はぼくの中にある！」コリンはずっと唱えていた。「魔法はぼくを強くしてくれる！　魔法の力が感じられる！　感じられる！」

たしかに何かがコリンの体を支え、持ち上げているように見えた。東屋《あずまや》のベンチにすわったし、一度か二度、芝生に腰をおろしたし、何度か小道で休憩してディコンにもたれたが、花園を一周するまでは絶対にあきらめようとしなかった。天蓋の木まで戻ってきたとき、コリンは頬が赤くなり、とても得意そうだった。

「やったぞ！　魔法が働いたんだ！」コリンは叫んだ。「ぼくの初めての科学的発見だ」

「クレイヴン先生はどう言うかしら？」いきなりメアリが言いだした。

「何も言わないよ」コリンは答えた。「だって、彼には教えないから。このことは何よりも大きな秘密にしておくんだ。ぼくがすっかり丈夫になって、他の子と同じように歩いたり走ったりできるようになるまで、誰にも知られないようにしなくてはならない。毎日、車椅子でここに来て、それに乗って帰るようにする。陰で噂されたり、あれこれ質問されるのが嫌だからね。それにお父さまには実験が完全に成功するまで内緒にしておきたいんだよ。お父さまがミスルスウェイト屋敷に帰ってきたら、ぼくはすたすた歩いて書斎に入っていき、『ほら、ぼくを見て。他の子と同じだよ。すっかり元気になったから、大人になるまで生きられる。これは科学的実験のおかげなんだ』って言いたいんだ」

「叔父《おじ》さまは夢を見ているのかと思うでしょうね」メアリが言った。「自分の目が信じられないかもしれない」

コリンは誇らしげに顔を上気させていた。彼は自分が元気になると信じていたのだ。彼自身は気づいていなかったかもしれないが、このことは闘いに半分勝ったも同然だった。そして何よりもコリンを奮起させたのは、他の子と同じようにまっすぐ立った元気な自分を見て、父親がどんなに喜ぶだろうと想像することだった。不健康で鬱々《うつうつ》と部屋で過ごしていた日々でいちばん辛《つら》かったのは、父親でさえ姿を見るのを恐れているような病気がちの背中の弱い子どもだという自己嫌悪の思いだった。

「でも、信じるしかないよ」コリンは言った。「魔法が効き目を現し、科学的発見をするようになる前に、ぼくはやりたいことがあるんだ。運動選手になるんだ」

「一週間もすりゃあ、坊ちゃんはボクシングだってできるがね」ベンが言った。「チャンピオンベルトを勝ちとって、イギリス一のプロボクサーになるんも夢じゃねえ」

コリンはベンに厳しいまなざしを向けた。

「ウェザースタッフ、それは失礼だぞ。秘密に仲間入りさせたからって、好き勝手を言っていいわけじゃない。魔法がどんなに力を発揮しようと、ぼくはプロボクサーなんてなるつもりはない。科学的発見をする人間になるんだからね」

「ああ、これは失礼を……お許しくだせえ、坊ちゃん」ベンは額に手を触れながら頭を下げた。「冗談ごとじゃねえと肝に銘じときますわ」しかしベンの目は輝いていて、内心では飛び上がりたいほどうれしかった。叱られることなど何でもない。叱るということは、この少年が心身ともに強くなってきている証拠だったからだ。

二十四章　笑いにまさるものはない

ディコンが植物の世話をしていたのは秘密の花園だけではなかった。ムーアのコテージの周囲にはでこぼこの石を積んだ低い塀で囲まれた畑があった。早朝と薄暗くなった黄昏時《たそがれどき》、それにコリンとメアリと会わない日、ディコンはその畑に種をまき、ジャガイモ、キャベツ、カブ、ニンジン、ハーブを母親のために育てていた。〝動物たち〟といっしょに世話をしていると、そこでも魔法のように作物がすくすく育っていき、ディコンは飽きずに畑作業に精を出した。雑草を抜きながら口笛を吹き、ヨークシャー・ムーアの歌を口ずさみ、スートやキャプテンや畑仕事を手伝うようになった弟や妹たちとおしゃべりをした。

「ディコンの畑がなかったら、こんなに楽に暮らせんかったよ」サワビー夫人は言った。「あの子の手にかかると、なんだって大きくなるからねえ。おジャガもキャベツも普通の倍あるし、どこで作ったもんより味がいいんだ」

家事の合間に時間ができると、サワビー夫人は外に出ていき息子と話をした。晴れていて黄昏の光がまだ残っている夕食後の静かなひとときに、低い石垣にすわってムーアを眺めながら、その日あったことを語る息子の声に耳を傾ける。彼女はこの時間をこよなく愛していた。この畑に植わっていたのは野菜だけではなかった。ディコンはときどき種苗店で安い花の種を買ってきて、スグリの茂みのあいだやキャベツのあいだにまで香りのいい鮮やかな色の花を植えた。畑の境目にはモクセイソウやナデシコやパンジーなど、毎年種がとれて繰り返し育てられる花や、春ごとに花をつけ、ちょっとしたやぶになるほど株が増えていく花が植えられていた。畑の低い石垣はヨークシャーでいちばん美しかった。割れ目という割れ目にムーアのキツネノテブクロを植えこんだので、ほとんど石が見えないほど濃いピンク色の花で覆われていたからだ。

「植物を元気に育てたいと思ったらさ」とディコンは母親に言った。「ちゃんと友だちになりゃいいだけだ。植物も動物と変わんねえ。喉《のど》が渇いてんなら水をやり、腹が減ってたら肥料をやる。あいつらもおれたちとおんなじだよ、生きたがってんだ。あいつらが枯れちまったら、自分が悪かった、冷たく扱っちまった、って申し訳なく思うだろうな」

そうした黄昏の時間に、サワビー夫人はミスルスウェイト屋敷で起きたことを残らず聞いた。最初はコリン坊ちゃんがメアリ嬢といっしょに外に行きたがり、それがコリン坊ちゃんにいい影響を与えている、という話だった。やがてディコンとメアリのあいだで、ディコンの母親も「秘密の仲間に入れる」ということで意見が一致した。なぜか彼女なら「絶対大丈夫」だと思えたからだ。

というわけで美しい静かな晩に、埋められていた鍵《かぎ》を発見した胸が高鳴る顚末《てんまつ》、コマドリのこと、庭を枯れているように見せた灰色の靄《もや》のこと、メアリ嬢が花園を秘密にしようとしたこと、それらをディコンは洗いざらい話した。さらに、ディコンが屋敷を訪ねることになり、それをコリンにどう伝えたか、コリン坊ちゃんが秘密を守れるか不安だったが、ついに秘密の花園についてコリン坊ちゃんに打ち明けたこと、塀の上からベンの怒った顔がのぞいたこと、コリン坊ちゃんがベンの言葉に急に怒りだして立ち上がる力が湧いてきたことも。サワビー夫人の人のよさそうな顔は何度か赤くなったり青くなったりした。

「そら、たまげたな！」彼女は言った。「あの娘がお屋敷に来たのはよかったんだねえ。あの娘も成長したし、坊ちゃんは救われたみてえだもの。自分の脚で立ったとはなあ！　だのに、世間じゃ、坊ちゃんのことをおつむの弱い寝たきりの子だと思ってたんだねえ」

サワビー夫人は次から次に質問をし、青い目は深い物思いに沈んでいるようだった。

「お屋敷の人たちゃ、どう思っとるのかね。坊ちゃんがどんどん元気になって明るくなって、文句も言わなくなって？」彼女はたずねた。

「どうしたらいいかわからんみたいだよ」ディコンは言った。「毎日、坊ちゃんの顔は変わっとる。ふっくらしてきて前ほどとんがっとらんし、肌もあんまし青白くなくなってきた。けど、文句は垂れないといけねえんだ」ディコンは実におかしそうににやっとした。

「あれ、まあ、なんでまた？」サワビー夫人はたずねた。

ディコンはくっくっくっと笑った。

「何が起きてんのか、みんなにわからんようにするためさ。坊ちゃんが自分の脚で立てるって医者が知ったら、クレイヴンさまに手紙を書くだろ。コリン坊ちゃんはずっと秘密にしときたいんだ。毎日脚に魔法をかけとるから、旦那《だんな》さまが帰ってきたらいきなり歩いて書斎に入っていって、他の子とおんなじにまっすぐ立ってるってとこを見せたいのさ。で、坊ちゃんとメアリ嬢はときどき痛がったり、わがまま言っとる方が、周囲にほんとのことが気づかれずにすむって考えとるんだ」

サワビー夫人はその説明を聞いて、低く楽しげな声でひとしきり笑った。

「ははーん」彼女は言った。「どうやら二人ともえらく楽しんどるようだね。芝居ごっこをしとるんだもの。子どもにとっちゃ、ごっこ遊びほどおもしろいもんはないからね。で、二人はどうやって芝居しとんの、ディコン？」

ディコンは草をむしる手を休め、しゃがんだまま母親の方を向いた。その目は愉快そうに輝いていた。

「コリン坊ちゃんは外に出るときゃ、いつも車椅子まで運ばれてくんだ」ディコンは説明した。「そんとき、下男のジョンにもっと注意して運べ、って小言を言う。できるだけ体に力が入らないみたいにぐったりしとって、屋敷から見えなくなるまで頭も持ち上げんようにする。それに、車椅子にすわらせられるときは、えらくぅなって、いらいら当たり散らすんだ。二人で芝居をえらく楽しんどるみたいでさ、坊ちゃんがうめきながらぶつぶつ言うと、嬢ちゃんはこんなふうに騒ぎ立てるんだ。『かわいそうなコリン！　そんなに痛む？　そんなに体が弱いなんて、ほんとに気の毒ね、コリン！』だけんど、困ったことに、ときどき笑いが我慢できなくなっちまうんだよ。無事に花園に入ると、二人とも、息が切れちまってもう笑えないってぐらい腹を抱えて笑いころげてさ。しかも、坊ちゃんのクッションに顔を押し当てて、声を殺さなくちゃなんねえ。もしかしたら近くに庭師がおるといけんからね」

「笑えば笑うほど体のためにはいいんだよ！」サワビー夫人は自分まで笑いながら言った。「いつだろうと子どもが元気に大笑いするんは、薬なんぞよりよっぽど効き目がある。二人ともじきに太ってくるだろうよ」

「もう、まあるくなってきとるよ」ディコンは報告した。「ただ、あんまし腹が減るもんだから、使用人の噂にならんでどうやってたっぷり食べられるだろうって困っとるんだ。もっと食べ物を持ってこさせたら、病人だなんて信じてもらえんって坊ちゃんは心配しとる。メアリ嬢は自分の分をあげるって言ったが、それじゃあ、メアリ嬢が腹減ってやせちまうだろ。坊ちゃんは二人とも太らないかん、って言っとるよ」

そのジレンマを聞いて、またサワビー夫人は楽しそうに笑い、青い服を着た体を前後に揺すった。ディコンも母親といっしょに笑った。

「そうだ、こうしたらいい」サワビー夫人は笑いがおさまると言いだした。「二人の役に立ちそうな方法を思いついたよ。おまえ、朝にお屋敷に行くときに、絞りたてのミルクをバケツに入れて持ってくといい。それに母ちゃんがパリパリの田舎パンか干しぶどう入りの丸パンを焼いてやるから、それも持ってきな。あんたたちも好きだろう。新鮮なミルクと焼きたてのパンほど体にいいもんはないからね。そうすりゃ、花園にいるときにおなかの虫をなだめられるし、そのあと屋敷に帰ってりっぱな夕ごはんを食べれば、ひもじい思いをせんですむだろう」

「ああ！　お母ちゃん！」ディコンはすっかり感心して叫んだ。「お母ちゃんはすげえよ！　いつだってどうしたらいいか知っとるんだね。きのうは困ったよ。お代わりを持ってこさせなかったら、二人ともとうてい夕飯までもたんって――おなかと背中がくっつきそうだったんだ」

「二人とも育ちざかりなんだよ。それにどんどん元気になっとるところだからねえ。そういうときの子どもってのは、若いオオカミみたいにがっついて、食べた端から血と肉になっていくんだわ」サワビー夫人はディコンとそっくりに唇の両端をつりあげて微笑んだ。「それにしても、二人とも、ほんと楽しんどるようだね」

そのとおりだった。このやさしくすばらしい母親である女性には、二人が〝ごっこ遊び〟を心から楽しんでいることがちゃんとわかっていた。コリンとメアリはそれを何よりも心躍る楽しみだと思っていた。疑いをかけられないようにするというアイディアを思いついたのは、まず困惑した看護婦、次にクレイヴン先生がなにげなく口にした言葉がきっかけだった。

「最近、食欲がとても出てきたようですね、コリン坊ちゃん」ある日看護婦が言った。

「以前は何も召し上がらなかったし、体に合わないものばかりでしたのに」

「今は合わないものなんて何もないよ」コリンは答えてから、看護婦が興味しんしんでこちらを見つめていることに気づき、まだあまり元気そうにしない方がいいと、はっと気づいた。「少なくとも、前のようにたくさんはないな。外の空気のせいだろう」

「そうかもしれませんね」そう言ったが、看護婦は相変わらずコリンをじろじろ見ている。「でも、クレイヴン先生にお話ししておかないと」

「あの目つきったら！」看護婦がいなくなると、メアリは言った。「隠していることを探りだしてやるっていう顔だったわ」

「そんな真似させるもんか。まだ誰にも知られるわけにはいかないんだ」

その朝、部屋に入ってきたクレイヴン先生も不思議そうだった。あれこれ質問されて、コリンはいらいらしてきた。

「ずいぶん庭で過ごしているそうじゃないか」クレイヴン先生は水を向けた。「どこに行ってるんだね？」

コリンはえらそうな態度で返事をはぐらかす、というお気に入りの手を使った。

「行き先は誰にも教えるつもりはない。好きなところに行くつもりだ。通り道に誰も来ないように命じてある。じろじろ見られるのが好きじゃないからね。そのことは知っているだろう！」

「一日じゅう外にいるみたいだが、それは別に障りはないようだ。問題ないと思うよ。看護婦によれば、これまでよりもたくさん食べるようになったそうだね」

「かもしれない」コリンはふいに閃《ひらめ》いてつけ加えた。「もしかしたら病的な食欲かもしれない」

「そうは思わないが。食べ物が体に合っているようだからね。このところ体重がどんどん増えているし、顔色もよくなっている」

「もしかしたら――もしかしたらむくんでいて、熱っぽいのかもしれない」コリンは意気消沈した憂鬱《ゆううつ》そうなふりをした。「もうじき死ぬ人間は……いつもとちがう様子になるんだ」

クレイヴン先生は首を振り、コリンの手首をとると袖《そで》をまくって腕に触れた。

「熱はないいな」医師は考えこみながら言った。「健康的に肉がついてきている。このままの調子が続けば、死ぬことなんて口にする必要はないよ。体調がすばらしく改善したことをお聞きになったら、お父さまはさぞ喜ばれるだろう」

「報告しないでくれ！」コリンは激しくわめいた。「また悪くなったら、がっかりさせるだけだ。今夜にだって悪くなるかもしれない。すごい熱が出るかもしれない。いや、もう熱が出てきた気がする。手紙は書かないでくれ。だめだ……だめだ！　ぼくを怒らせたら体に悪いって知っているだろう。ほら、体が熱くなってきた。ぼくは見られるのも嫌いだけど、自分のことを手紙に書かれたり、噂にされたりするのが大嫌いなんだ！」

「わかったわかった、落ち着いて、コリン！」クレイヴン先生はなだめた。「きみの許可なく手紙は書かないよ。きみはいろんなことに少し神経質すぎる。せっかくよくなってきているんだから、それをだいなしにしてはならないよ」

クレイヴン先生はそれ以上手紙を書くことは提案せず、看護婦に会ったときも、そうした可能性を患者の前では決して口にしないようにとこっそり念を押した。

「あの子は劇的によくなっている」クレイヴン先生は言った。「回復ぶりは異常なほどだ。もっとも、われわれではどうしてもさせられなかったことを自分の意志でやっているわけだからな。それでも、すぐに激昂《げっこう》するから、いらだたせるようなことは一切言わないように」

メアリとコリンはすっかり警戒し、心配になってさんざん話し合った。このときから、彼らの「芝居ごっこ」作戦が始まったのだ。「癇癪《かんしゃく》を起こすしかないかもしれないな」コリンは残念そうに言った。「だけど癇癪なんて起こしたくないし、そもそも、みじめな気分じゃないから大きな癇癪は起こせないだろう。もしかしたら発作なんて全然起こせなくなったかもしれない。喉《のど》に癇癪の塊がせりあがってこないし、今はぞっとすることじゃなくて楽しいことばかり考えているからね。だけど、お父さまに手紙を書くことを話したら、何か手を打つしかないだろう」

　食べる量を減らそうとコリンは決心したが、毎朝、びっくりするほどおなかがすいて目覚め、ソファのそばのテーブルに焼きたてのパンと新鮮なバター、真っ白なゆで卵、ラズベリージャム、クロテッドクリームの朝食が並べられると、残念ながらそのすばらしいアイディアは実行できなかった。メアリはいつもコリンといっしょに朝食をとったが、テーブルについたとき、銀製の蓋《ふた》をかぶせたお皿からジュージュー焼けたおいしそうなハムの魅惑的な匂いが漂ってくると、とうてい我慢できないね、とばかりに二人で目を見合わせるのだった。

「今朝は全部食べるしかないよ、メアリ」コリンは毎朝決まってそう言った。「だけど昼食は少し残せばいいし、夕食はほとんど手をつけなければいい」

　しかし、結局何ひとつ残すことはできなかったし、きれいに平らげられた空っぽの皿が台所に戻されてくると、使用人たちはあれこれ噂をした。

「ハムがもっと厚ければいいのになあ。それにマフィンが一人一個じゃ、誰もおなか一杯にならないよ」コリンは毎回そうぼやいた。

「死にそうな人には充分だけど、生きようとしている人には足りないわ」初めてコリンの言葉を聞いたとき、メアリはそう言った。「開けた窓からムーアのヒースやハリエニシダのさわやかな香りが流れこんでくると、三つぐらい食べられそうだわ」

その朝は二時間ほど花園で楽しんだあと、ディコンが大きなバラの茂みの陰に入っていき、出てきたときにはブリキのバケツをふたつ手にしていた。片方には表面にクリームの膜が張った濃厚なミルクがなみなみ入っていた。もうひとつのバケツには清潔なブルーと白のナプキンでくるまれた焼きたてのスグリ入り丸パンが入っていて、ていねいに布にくるまれていたおかげで、まだ熱々だった。思いがけない差し入れに二人は小躍りした。サワビー夫人はなんてすばらしいことを思いつくのだろう！　なんて親切で機転が利く女性なのだろう！　丸パンはほっぺたが落ちるほどおいしい！それに絞りたてのミルクのこの味といったら！

「ディコンだけじゃなくて、お母さんも魔法の力があるんだね」コリンは言った。「こんなにいろいろ、すてきなことを考えつくなんて。お母さんは魔法使いだよ。とても感謝しているって伝えてくれ、ディコン。心からありがたく思っているって」

コリンはときどき大人びた言葉遣いをして、それを楽しんでいるふしがあった。そういう言い方が気に入っていてよく使ったので、だんだん磨きがかかってきた。

「そうだ、こう伝えてくれ、寛大なるお心遣いに衷心より感謝しておりますって」

そのあとは大人びた態度は忘れ去られ、丸パンをおなか一杯食べ、バケツからミルクをごくごく飲んだ。たくさん運動してムーアの空気を胸一杯吸い、朝食を食べてからすでに二時間たっている空腹の男の子ならかくや、という旺盛《おうせい》な食欲だった。

このあと、おなかを満たすためのうれしい手段がいくつもとられるようになった。まず、サワビー夫人は十四人の家族の食べ物を確保しなくてはならず、毎日余分に二人分の食べ物を手に入れるのは大変かもしれないということに、二人ははっと気づいた。そこで自分たちの小遣いを渡して、それで食料を買ってもらうことにした。

さらにディコンは敷地内の森にちょっとした窪《くぼ》みを見つけた。動物たちに笛を聞かせているときに、メアリが初めて出会ったあたりだ。その窪みに石で小さな窯のようなものをこしらえ、ジャガイモや卵を蒸し焼きにするという、すばらしい提案をしてくれたのだ。蒸し焼き卵はこれまで食べたことのないようなおいしさで、塩とバターをつけて食べる熱々のジャガイモときたら、森の王さまにふさわしいごちそうだった。うれしいことにおなかも満たされた。それに、十四人の人々の食べ物を奪っているといううしろめたさを感じることなく、ジャガイモと卵は好きなだけ買って食べることができた。

晴れた朝には毎日、短い花の時期が終わって日ごとに緑が濃くなっていくスモモの天蓋《てんがい》の下で、秘密の仲間たちは魔法の儀式をおこなった。儀式がすむと、コリンはいつも歩く練習をして、体力をつけるために、休憩をはさみながらほとんど一日じゅう運動していた。彼はどんどん強くなっていき、日ごとにしっかりした足取りで、さらに遠くまで歩けるようになった。と同時に、当然ながら魔法を信じる気持ちはますます強くなっていった。体力がつくにつれ、コリンは次から次に実験をした。その中でも最高の実験を提案したのはディコンだった。

朝に顔を出さなかった翌日、ディコンは言いだした。「きのう、お母ちゃんの用でスウェイトに行ったんだけども、〈ブルー・カウ・イン〉の近くでボブ・ハワースに会ったんだ。ボブはムーア一の力持ちなんだよ。レスリングのチャンピオンでさ、誰よりも高くジャンプできるし、ハンマーもいっとう遠くまで投げられる。はるばるスコットランドまで行って、試合に出たこともあるぐらいでね。おれが子どもん頃から知っとるし、親切なやつだから、ちょいと訊《き》いてみたんだ。ボブはこのあたりじゃ運動選手って呼ばれとるから、坊ちゃんのことを思い出してさ。で、おれはこうたずねた。『どうしたらそんなにもりもりした筋肉になれるんだね、ボブ？　そんなに強くなるために、なんか特別なことをやったんかい？』そしたら、こういう返事だった。『ああ、やったとも。スウェイトに見世物の力持ちがやって来たときに、腕と脚と体じゅうの筋肉を鍛える方法を教えてくれたんだよ』だから、おれはたずねた。『そのやり方で、体の弱いやつでも強くなれるもんかね、ボブ？』そしたら、『おめえが体の弱いやつだと？』だから、『いや、おれじゃねえんだ。おれの知っとる坊ちゃんが長い病気から回復してきたんで、あんたのやり方を教えてやれんかと思ってさ』って言った。名前はなんも言わんかったし、ボブも聞かんかった。さっきも言ったけど、親切なやつだからさ、わざわざ立ち上がって気さくに教えてくれた。おれはそいつを何度も真似して覚えてきたんだ」

コリンは顔を輝かせて、その話に聞き入っていた。

「ぼくに教えてくれないか？」コリンは叫んだ。「頼むよ」

「ああ、もちろんだよ」ディコンは立ち上がりながら言った。「だけど、最初は疲れないように軽くやらなあかんって言っとった。ときどき休憩をはさんで、深呼吸しながらやるんだ。ただし、やり過ぎは禁物だと」

「注意するよ」コリンは言った。「ねえ、やってみて！　やってみて！　ディコン、きみは世界で最高の魔法使いの少年だよ！」

ディコンは芝生に立ち上がると、実用的だが単純な筋肉運動をゆっくりと実演して見せた。コリンは目を皿のようにしてそれを見つめていた。すわっていても、いくつかの動きはできた。コリンはすでに丈夫になった脚で立ち上がると、さらにまたいくつかの運動を軽くやってみた。メアリも真似しはじめた。スートは運動を見ていて我慢しきれなくなったらしく枝から飛び降りてきたが、みんなと同じようにはできなかったので、いらついたように地面をチョンチョン飛び跳ねていた。

そのときから、魔法の儀式ばかりか運動も毎日の日課になった。日ごとにコリンもメアリも運動量がずんずん増えていき、その結果、食欲がいっそう増進した。ディコンが毎朝茂みの陰に置いてくれるバスケットがなかったら、空《す》きっ腹を抱えて途方に暮れていただろう。しかし、窪みにこしらえた小さな窯とサワビー夫人のおかげで、食べ物がたっぷり手に入れられたので、メドロック夫人と看護婦とクレイヴン先生はまたもや首をかしげることになった。蒸し焼き卵とジャガイモと濃い泡だったしぼり立てのミルクとオートケーキと丸パンとヒースの蜂蜜《はちみつ》とクロテッドクリームでお腹いっぱいになっていたら、朝食はちょこっとつまむだけにして、夕食には見向きもしないことも可能だったのだ。

「あの二人はほとんど何も食べていませんよ」看護婦が報告した。「少しでも栄養をとるように強く言わなければ、飢え死にしかねません。にもかかわらず、とても元気そうなんです」

「まったくもう！」メドロック夫人が叫んだ。「どうなってるの！　頭を悩ませすぎて、わたしの方がどうかなりそうよ。あの二人は悪魔の子みたいだわ。おなかがはちきれんばかりに食べたかと思うと、コックが腕によりをかけた料理に急に見向きもしなくなる。きのうはおいしい若鶏のブレッドソース添えをひと口も食べなかったのよ。気の毒なコックは二人のために新しいプディングまで発明したっていうのに、それも突き返されたの。コックは泣きそうだった。二人が飢え死にしたら、自分の責任にされるんじゃないかと怯《おび》えているわ」

クレイヴン先生がやって来て、コリンを時間をかけてていねいに診察した。先生は看護婦から報告を受け、ほとんど手をつけていない朝食のトレイを見せられると、とてもむずかしい表情になった。しかし、コリンのソファの横にすわって診察をすると、その表情はいっそう深刻になった。先生はロンドンで仕事があり、二週間ぶりにコリンと会ったのだった。子どもはいったん健康が回復しはじめると、驚くほどめざましい回復ぶりを見せるものだ。以前は蠟《ろう》のように青ざめていた肌色は、温《ぬく》もりのあるバラ色になっていた。美しい目は澄み、目の下の隈《くま》も消え、こけていた頬もこめかみも肉がついてきた。かつては重苦しく額にかぶさっていた髪も、根元から立ち上がったかのようで、やわらかくつやつやし、唇はふっくらし、赤みが差している。これが病弱な男の子だと言われても、とうてい信じられなかった。クレイヴン先生は顎《あご》に手をあてがい、コリンをしげしげと眺めた。

「何も食べないと聞いたが残念だよ」先生は言った。「体によくない。増えた体重がまた減ってしまうだろう。驚くほど体重が増えているね。少し前まではとても食欲があったんじゃなかったかい?」

「あれは病的な食欲だと言ったでしょう」コリンが答えた。

メアリはそばの足乗せ台にすわっていたが、ふいに奇妙な声をもらし、それを必死にこらえようとしてむせそうになった。

「どうしたんだね?」クレイヴン先生はメアリの方を向いてたずねた。

メアリはやけにそっけない態度になった。

「くしゃみと咳《せき》の中間みたいなものです。それが喉《のど》に入ったんです」しかつめらしく無愛想に答えた。

「だって、どうしても我慢できなかったのよ」あとからメアリはコリンに打ち明けた。「あなたが食べたあの大きなジャガイモのことや、ジャムとクロテッドクリームを塗ったパリッとしておいしいパンに大口を開けてかぶりついたときのことがいちどきに思い出されて、つい吹きだしちゃったの」

「子どもたちがひそかに食べ物を手に入れている可能性はあるかな?」クレイヴン先

生はメドロック夫人にたずねた。

「いいえ、地面から掘るとか、木になっている実をとるとかしない限りは。一日じゅう庭にいるので、他には誰とも会いません。それに出されるもの以外に別のものが食べたければ、そう言えばいいだけのことですよ」

「なるほど」クレイヴン先生は言った。「食べなくても問題ないようであれば、心配する必要はないだろう。コリンはみちがえるように元気になったね」

「それにメアリ嬢の方も！ふっくらしてきて気むずかしい表情が消えたら、ずいぶんかわいくなってきましたよ。髪の毛もハリが出てつやつやしているし、顔色もよくなって。以前はぶすっとした愛想のない子だったのに、今じゃ、メアリ嬢もコリン坊ちゃまも、無邪気な子どもみたいによく笑っている。たぶん、そのせいで太ってきたのかもしれませんね」

「そうかもしれない」クレイヴン先生はうなずいた。「笑いにまさるものはないからな」

二十五章　カーテン

秘密の花園は花が咲き乱れ、毎朝新しい奇跡を見せてくれた。コマドリの巣では卵が産み落とされ、コマドリの奥さんがふんわりした胸と慎重に広げた翼で卵を温めていた。最初の頃は奥さんがとても神経質になっていたので、コマドリまでやけに用心深くなっていた。その時期はディコンですら鬱蒼《うっそう》としたその一角には近づけなかったが、そのうち謎めいた魔法で、小鳥の夫婦にそっと伝えたようだった。この庭にいるのはみんな仲間だと。小鳥の夫婦に起きているすばらしいこと、つまり、きわめていとけなく、おごそかで、胸が痛くなるほど美しく神々《こうごう》しい卵のことを理解している人間ばかりなのだと。もしも卵がひとつでも盗まれたり傷つけられたりしたら、全世界は瓦解《がかい》し、宙でばらばらになって終わってしまうと、肝に銘じている人間ばかりなのだと。もしもそうした思いを感じることができず、尊重できない人が一人でも花園にいたら、あたりに黄金色に輝く春があふれていても、幸せは跡形もなく消えてしまうだろう。でも、みんなそうした思いを理解していたし、コマドリ夫婦もみんながわかってくれているということを感じとっていた。

最初のうちコマドリはメアリとコリンをとても不安そうに観察していた。なぜかしらディコンは見張る必要がないとわかっているようだった。露に濡《ぬ》れたような黒い目をディコンに向けたとたん、彼はよそ者ではなく、くちばしや羽こそないがコマドリの仲間だとわかったのだ。ディコンはコマドリ語を話すことができた（どう考えてもコマドリ語でしかない、きわめて特徴のある言葉だった）。コマドリに向かってコマドリ語を話すのは、フランス人にフランス語を話すようなものだ。ディコンは常にコマドリにコマドリ語で話しかけたので、人間と話すときの奇妙な言葉がわからなくてもコマドリはまったく気にしなかった。あの連中は頭が悪くて鳥の言葉がわからないので、ディコンはあのへんてこな言葉で話しかけているのだろう、とコマドリは推測した。それにディコンの身のこなしもコマドリと同じだった。ディコンもコマドリも、いきなり動いて相手に危険や脅威を感じさせることは決してなかったのだ。どのコマドリもディコンを理解できたので、彼がそばにいても少しも気にならなかった。

しかし、当初のうち残りの二人には警戒が必要だった。そもそも男の子の方は自分の脚で歩いて庭園に入ってこなかった。車輪のついたものに乗って押されてきたし、動物の毛皮を体にかけていた。それだけでも大いにうさんくさかった。やがて立ち上がるようになり、奇妙にたどたどしい足取りで歩き回りはじめ、他の連中はそれを手助けしているようだった。コマドリは茂みに身を潜め、この様子を心配そうに眺めながら、首を右に傾けたり左に傾けたりしていた。ゆっくり動いているのは猫のように獲物に飛びかかろうとしているのではないか、とコマドリは考えた。猫は飛びかかろうとするとき、足音を忍ばせてとてもゆっくりと移動していく。数日間、これについてコマドリは奥さんとさんざん話題にしたが、少しして一切その話題に触れないことにした。奥さんが怯えきってしまったので、卵たちに障りがあるといけないと思ったのだ。

男の子が一人で歩けるようになると、行動がもっと早くなり、コマドリはほっと胸をなでおろした。しかし長い間、というかコマドリにとっては長い間に感じられたが、男の子は気がかりの種だった。他の人間のような動きをしなかったからだ。歩くのがとても好きなようだったが、すぐにすわったり寝そべったりしてから、ぎこちなく立ち上がって、また歩きだすのだ。

ある日、コマドリは両親に飛び方を教わったとき、まさにあんなふうにしていたことを思い出した。一、二メートル飛ぶたびに、少し休まないではいられなかった。この男の子は飛び方——というか歩き方を学んでいるところなんだ、とコマドリははっと閃《ひらめ》いた。それを奥さんに話し、うちの卵たちも羽が生えそろったら、おそらく同じようにするだろう、と言うと、奥さんはとてもほっとした。それどころか、すっかり興味をかきたてられ、巣の縁越しに男の子を眺めて楽しむようになった。もっとも、うちの卵たちの方がずっとお利口だし、覚えもずっと早いわ、と奥さんは思っていた。そもそも人間はうちの卵たちよりも不器用でのろくさしているし、大半は絶対に飛ぶことを学べないみたいね、空中や木の梢《こずえ》で人間に会ったことは一度もないもの、と鷹《おう》揚《よう》に言うようになった。

他の子と同じように男の子が歩き回れるようになると、三人全員がときどき異様なことをやりはじめた。木の下に立ち、腕や脚や頭をいろんなふうに動かしたのだ。それは歩くこととも走ることとも、すわることとももちがっていた。毎日休憩をはさみながら体を動かしていたが、コマドリはあれが何なのか、何をしようとしているのか、奥さんにどうしても説明ができなかった。卵たちはあんなふうに羽をばたつかせることは絶対ないよ、と言うのが精一杯だった。しかし、コマドリ語を流暢《りゅうちょう》に話せる男の子も同じことをしていたので、きっとあの活動は危険なものではないのだろう、と鳥の夫婦は結論づけた。もちろんコマドリも奥さんも、レスリングのチャンピオン、ボブ・ハワースについて聞いたこともなかったし、筋肉をこぶのように盛り上げるための運動についても知らなかったのだ。コマドリは人間とはちがい、筋肉は生まれたときからよく使われるので、自然に発達していった。食べるものはすべて飛び回って探さねばならないのだから、筋肉が衰えるわけがないのだ。

男の子が他の子たちと同じように歩き回ったり走り回ったり、穴を掘ったり草をむしったりしはじめたとき、庭の片隅の巣はとても大きな安心と満足に包まれていた。卵たちへの不安は消えた。銀行の金庫にしまわれているみたいに卵たちが安全だとわかると、次から次に繰り広げられる奇妙なことを眺めるのは、実に刺激的で楽しかった。雨の日は子どもたちが花園にやって来ないので、卵たちの母鳥は少々退屈に感じるほどだった。

しかし雨の日でも、メアリとコリンは退屈ではなかった。雨がざあざあ降っているある朝、コリンは少し落ち着かなくなってきた。立ち上がって歩き回っているのを屋敷の人間に見られる危険があるので、ソファに腰をおろしているしかなかったからだ。そのときメアリがいいことを思いついた。

「本物の男の子になったから、脚にも腕にも全身にも魔法があふれていて、じっとしていられないんだ」とコリンは言ったことがあった。「しじゅう何かしたくてたまらないんだよ。とても早くに目覚めると、鳥が外でようやく鳴きはじめたばかりで、ぼくたちには聞こえないけど、木や石ころも何もかもが喜びの声をあげているように思えるんだ。そういうとき、ぼくもベッドから飛びだして思い切り叫びたくなる。そうしたら、どうなるかなあ！」

メアリは笑いころげた。

「看護婦が走って部屋に飛びこんできて、メドロック夫人も走ってきて、あなたの頭がおかしくなったと思って先生を呼びにやるでしょうね」

コリンもくすくす笑った。みんなの顔が目に浮かぶようだった。彼の悲鳴にぞっとする様子、彼がまっすぐ立っているのを見てびっくり仰天する様子。

「お父さまが家に帰ってきてくれたらなあ」コリンは言った。「お父さまに自分で言いたいんだ。そのことをずっと考えてる。だって、これ以上続けるのは無理だよ。じっと寝てばかりいて、芝居をするのにはもう我慢できないし。ぼくは見かけもすっかり変わったよね。今日、雨じゃなければいいのになあ」

そのときメアリは閃いたのだ。

「ねえ、コリン」思わせぶりに言いだした。「お屋敷にいくつ部屋があるか知ってる？」

「千ぐらいかな、たぶん」コリンは答えた。

「誰も入ったことのない部屋が百ぐらいあるのよ。でね、前に雨が降った日に、いくつもの部屋に入ってみたことがあるの。誰にも知られなかったわ。あとちょっとでメドロック夫人にばれそうになったけど。戻ってきたときに迷子になって、あなたの廊下の突き当たりで立ってたの。そのとき、二度目に泣き声を聞いたのよ」

コリンはソファから立ち上がった。

「誰も入ったことがない部屋が百か」コリンは言った。「まるで秘密の花園みたいにわくわくするね。行って調べてみようよ。きみが車椅子を押してくれれば、誰もぼくたちがどこに行ったかわからないよ」

「わたしもそう考えていたの。誰もついてこないわ。肖像画がずらっと飾ってある長い廊下があるから、そこなら走れるわよ。運動ができるわ。戸棚に象牙《ぞうげ》のゾウが並べられたインド風の部屋もあったっけ。いろんな部屋があるのよ」

「ベルを鳴らして」コリンは言った。

看護婦が入ってくるとコリンは命令した。

「車椅子を持ってきてほしい。メアリ嬢といっしょに屋敷の使われていない部分を見に行きたいんだ。ジョンに肖像画のある廊下まで車椅子を運んでもらいたい。途中にいくつか階段があるからね。そこで彼には帰ってもらい、また呼ぶまで、ぼくたち二人だけにしてほしい」

その朝を境に、雨の日の退屈に悩まされることはなくなった。下男がコリンを乗せた車椅子を肖像画の廊下まで運んでいき、命令どおり二人だけにして下がると、コリンとメアリは満足そうに顔を見合わせた。ジョンが本当に階段下の使用人部屋の方に戻っていったのをメアリが確認すると、コリンはさっそく車椅子から立ち上がった。

「廊下の端から端まで走るぞ」コリンは言った。「それからジャンプする。そうしたら、いっしょにボブ・ハワースの運動をしよう」

二人はそれらに加え、他にもいろいろなことをした。肖像画を眺めていると、緑のブロケード織りのドレスを着て指にオウムをとまらせている不器量な女の子の絵を見つけた。

「この全員がぼくの親戚《しんせき》にちがいない」コリンは言った。「ずっと昔に生きていた人たちだ。あのオウムを持った女の子は、ぼくの大大大大伯母《おおおおば》さんの一人だよ。ちょっと、きみに似てるね、メアリ——今じゃなくて、ここに来たばかりのときのきみに。今はもっと太って、ずっとかわいくなったからね」

「あなたもよ」メアリが返して、二人は声を揃えて笑った。

インドの部屋にも行き、象牙のゾウで遊んだ。バラ色の部屋も見つけ、ネズミが出ていったあとのクッションの穴も発見したが、子ネズミたちは大きくなってどこかに行ってしまい、穴の中は空っぽになっていた。さらにいくつもの部屋を見て、メアリの最初の探検のときよりも多くの発見をした。新しい廊下、新しい隅っこ、新しい階段。気に入った古い絵もあれば、使い道がわからないような不思議な古い品もあった。好奇心が満たされる実に楽しい朝になった。使用人たちもいる屋敷の中を歩き回っていながら、彼らとは遠く隔てられているような感じがするのは、恍惚《こうこつ》とするほどすてきな気分だった。

「探検してよかったよ」コリンは言った。「こんな大きくて風変わりな家に住んでいるとは思ってもみなかった。この家、気に入ったよ。雨の日にはいつも探検することにしよう。毎回必ず妙な隅っことか、おもしろいものが新しく見つかりそうだ」

その朝は新たな発見も多かったが、いつも以上に空腹になり、コリンの部屋に戻ってから昼食に手をつけずに返すことはとうていできなかった。

看護婦は台所にトレイをさげていくと、棚の上にこれみよがしに音を立てて置いた。コックのルーミス夫人は、なめるようにきれいに食べ尽くされた皿やボウルを目にした。

「これをごらん！」コックは叫んだ。「このお屋敷は謎だらけだけど、あの二人の子どもたちはとびっきりの謎だね」

「毎日その調子で食ってたら」と力持ちの若い下男のジョンが言った。「坊ちゃんの体重が一ヵ月前の倍になってもおかしくないんだがね。そろそろお役ごめんにしてもらいたいよ。さもないと筋肉を痛めちまう」

その午後、メアリはコリンの部屋である変化が起きたことに気づいた。実はきのうそれに気づいたのだが、偶然かもしれないと思って口にしなかったのだ。今日も何も言わなかったが、マントルピースの上の絵をすわって、じっと見つめた。カーテンが開けてあるから、その絵を見ることができたのだ。そう、それがメアリの気づいた変化だった。

「何か聞きたいんだよね」メアリがしばらく絵を見ていると、コリンが言った。「きみが何か言いたいときは必ずわかるよ。どうしてカーテンが開けてあるんだろう、って思ってるんだろ。これからはずっとこうやって開けておくつもりなんだ」

「どうして？」

「お母さまが笑っているのを見ても、もう腹が立たないからだよ。おとといの晩、まぶしい月明かりで目が覚めたんだ。まるで魔法が部屋にあふれていて、すべてをすばらしいものに変えているような気がした。じっと寝ていられなくなって、起き上がって窓から外をのぞいた。部屋はとても明るくて、月の光がひと筋、カーテンに当たっていた。なんとなく近づいていってひもを引いてカーテンを開けると、お母さまがぼくを見下ろしていたんだ。ぼくがそこにいるのでうれしくて、笑っているみたいだった。だから、ぼくもお母さまを見るのが楽しくなったんだよ。いつもこんなふうに笑っているお母さまを見たいと思った。たぶん、お母さまも魔法が使える人だったんじゃないかな」

「今のあなた、お母さまにそっくりだわ」メアリは言った。「お母さまの魂が男の子に乗り移ったんじゃないかって、ときどき思うぐらい」

その考えにコリンは心を揺すぶられたようだった。しばらく考えてから、ひとつひとつ言葉を吟味するように言った。

「お母さまの魂なら……お父さまはぼくを好きになってくれるかもしれないな」

「お父さまに好きになってもらいたいの？」

「お父さまがぼくを好きじゃないのが、すごく嫌だったんだ。ぼくを好きになってくれるなら、お父さまに魔法のことを教えてあげるよ。そうしたらお父さまも、もっと元気が出るかもしれないからね！」

二十六章「お母ちゃんだよ！」

子どもたちが魔法を信じる気持ちはずっと続いた。朝の儀式のあと、コリンはときどき魔法について講演をした。

「ぼく、講演が好きなんだ」コリンは説明した。「大人になって偉大な科学的発見をしたら、それについて講演をすることになるから、これはその練習だよ。まだぼくは子どもだから短い講演にしておくけど。それに、ベン・ウェザースタッフが教会にいるみたいな気持ちになって居眠りするといけないからね」

「講演ってやつのいちばんいいとこはさ」とベンが言った。「立ち上がって何でも好きなことをしゃべれて、他のやつはなんも言い返せねえってとこだ。おれもちょっくら講演とやらをやってみてえよ」

しかし、木陰でコリンが講演をすると、ベンはそのあいだじゅう食い入るようにコリンを見つめていてよそ見をしなかった。ベンは愛情をこめてコリンをじっくり観察していたのだ。ベンに関心があったのは講演よりも、毎日まっすぐ強くなっていく脚や、しっかりともたげられた少年らしい頭や、以前は尖《とが》っていた顎《あご》やこけた頬がふっくらして丸みを帯びてきたことだった。さらに、コリンの目が輝きを宿しはじめたことも。それは、かつてある人の瞳《ひとみ》で躍っていた輝きとそっくりだった。ベンがとても感心した様子で熱心に見つめているのに気づくと、この老人は何を考えているのだろう、とコリンは首をかしげた。そして、あるとき、うっとりした顔をしていたベンにたずねた。

「何を考えているんだ、ベン・ウェザースタッフ？」

「わしが考えとったのは、あんた、今週になって三ポンドか四ポンドぐれえ体重が増えたんじゃねえかってことだ。ふくらはぎと肩についた肉を見とったんだよ。あんたを体重計に乗せてみてえもんだ」

「魔法のおかげだよ——それとサワビー夫人の丸パンとミルクなんかのおかげさ」コリンは答えた。「それって、科学的実験が成功した証拠だ」

その朝、ディコンは遅れてきたので講演を聴きそこなった。ディコンは走って来たせいで顔が紅潮し、楽しげな顔はいっそう目がキラキラ輝いていた。雨が続いたあとで雑草が生い茂《し》ってきたので、みんなさっそく仕事に取りかかった。暖かい雨が降って地中深く浸みこんでいったあとでは、いつもやることが山のようにあった。花にとってうれしいお湿りは雑草にとっても栄養になり、小さな芽があちこちで顔を出し葉が伸びていたので、根がしっかり張らないうちに抜かなくてはならなかった。最近ではコリンは誰にも負けないほど雑草を抜くのが上手になり、雑草を抜きながらでも講演ができた。

「魔法の力は働いているときにいちばん効き目が現れるんだ、自分自身に対してね」今朝、コリンはそう言った。「骨や筋肉に魔法が作用しているのが感じられるよ。これから骨と筋肉についての本を読むつもりだけど、魔法についての本は自分で書くつもりだ。今、どんな本にするか考え中なんだ。次々に新しい発見をしているよ」

そう発言してから少しすると、コリンは移植ごてを置いてすっくと立ち上がった。少し前から黙りこんでいたので、またいつものように何を講演するかを考えているのだろうと、みんなは思っていた。だが、コリンが移植ごてを放りだしてさっと立ち上がったとき、メアリとディコンには、何かやむにやまれぬ思いに駆り立てられてコリンがそうしたように見えた。コリンはできる限りまっすぐ背筋を伸ばすと、感極まったように両腕を大きく広げた。顔に赤みが差し、大きく見開かれた神秘的な目は喜びにあふれている。いきなり、コリンは願いが成就したのを悟ったのだ。

「メアリ！　ディコン！」彼は叫んだ。「ぼくを見て！」

全員が草取りの手を止めて、コリンを見た。

「初めてぼくをここに連れてきてくれた朝のこと、覚えてる?」コリンはたずねた。

ディコンは強いまなざしでコリンを見つめていた。ディコンは動物使いだったので、めったに口にしなかったものの、大半の人々よりも多くのものが見えた。今、彼はこの少年にある重要なものを見てとっていた。

「うん、覚えとるよ」ディコンは答えた。

メアリもじっと見つめていたが、何も言わなかった。

「たった今、ぼくはあのときのことを思い出したんだ、移植ごてで掘っている自分の手を見ているうちにね。それで、今感じていることが本当かどうか立ち上がって確認してみた。そしたら、本当だった! ぼくは元気になったんだ……健康になったんだよ!」

「うん、そうだとも!」ディコンは同意した。

「ぼくは元気だ! 元気になったんだ!」コリンは繰り返した。その顔は真っ赤になっていた。

これまでなんとなくそう思ってはいた。そのことをずっと願っていたし、漠然と感じることも、これがそうなのだろうかと考えることもあった。しかし、その瞬間、確信が歓喜とともにコリンの全身を駆け抜けていった。コリンはそれを信じていいとはっきりと悟ったのだ。その喜びはあまりにも強烈で、コリンは声をあげて叫ばずにはいられなかった。

「ぼくはいつまでも、いつまでも生きる」力をこめて彼は叫んだ。「ぼくは何千何万ものことを発見する。人間について、動物について、地べたから育つありとあらゆるものについて発見する……ディコンみたいに。それにずっと魔法を使い続けるぞ。ぼくは元気なんだ！　元気だ！　大声で叫びたい気分だよ。ありがたくてうれしくて、その気持ちを大声で叫びたいんだ！」

ベン・ウェザースタッフはバラの茂みの近くで作業をしていたが、振り返ってコリンを見た。

「坊ちゃん、頌栄《しょうえい》を歌うとよかろう」ベンはぶっきらぼうな声で言った。ベンは頌栄をありがたいと思っているわけではなく、ことさら敬虔《けいけん》な気持ちになって提案したわけでもなかった。

しかしコリンは好奇心が強かったので、初めて耳にする頌栄というものについて知りたがった。

「それ、何なんだ？」彼はたずねた。

「ディコンならあんたのために歌ってくれるじゃろうて、まちがいねえ」ベンは答えた。

人間でも動物でも、すべての心を見通す力のある動物使いのディコンは答えた。

「そいつは教会で歌うんだ。お母ちゃんは朝、ヒバリが目を覚ましたときに歌う歌だって言っとる」

「だったら、すてきな歌にちがいない」コリンは言った。「ぼく、教会に行ったことがないんだ。ずっと病気で出かけられなかったから。ねえ歌っておくれよ、ディコン。ぜひ聴きたいな」

ディコンはその願いをてらいも気取りもなく受け入れた。ディコンは本人以上にコリンの気持ちがよくわかっていた。本能のようなものでごく自然に理解できてしまうので、理解していることにすら気づいていないほどだった。ディコンは帽子を脱ぐと、微笑みながらみんなを見回した。

「帽子を脱がんといけんよ」コリンに言った。「で、あんたもな、ベン。それから、みんな、立たねばならん」

コリンは帽子を脱ぎ、太陽の日差しをふさふさした髪に浴びながら、じっとディコンを見つめた。地面に膝《ひざ》をついていたベンも立ち上がって帽子をとったが、なんでこんなくだらんことをしてるのかわからん、と言いたげな、いささかうんざりした困惑の表情を浮かべていた。

ディコンは木々と薔薇《ばら》の茂みのあいだに立つと、まったくけれんみのない自然体で、よく通る澄んだ少年らしい声で歌いはじめた。

恵みあふるる神をたたえよ
地にあるなべてのものよ、神をたたえよ
天にいます神をたたえよ
父と子と聖霊をたたえよ、アーメン

ディコンが歌い終えたとき、ベンは相変わらずむっつりと口を結んで身じろぎもせずに立っていたが、気遣わしげな目をコリンに向けていた。コリンは歌をじっくり味わいながら考えこんでいるようだった。

「すごくいい歌だね」コリンは言った。「気に入ったよ。ぼくが魔法に感謝したくて叫びたくなったときの気持ちと、たぶん同じことを言っているんじゃないかな」とまどったようにちょっと言葉を切った。「たぶんどっちも同じことなんだよ。すべてのものの正確な名前なんてわからないだろう？　もう一度歌ってみて、ディコン。ぼくたちも歌ってみようよ、メアリ。ぼくも歌いたいんだ。これはぼくの歌だよ。どう始まるんだっけ？『恵みあふるる神をたたえよ』かな？」

そこで彼らはまた頌栄を歌った。メアリとコリンはできる限り賛美歌らしく歌い、ディコンはとても大きな美しい声を響かせた。ベンは二節目でしわがれた咳払《せきばら》いをし、三節目で野蛮なほど元気よく歌に加わった。最後に「アーメン」と言ったとき、メアリが見ると、コリンの脚が不自由ではないと知ったときと同じように、ベンは顎《あご》を震わせ、コリンを見つめる目をしばたたき、皺《しわ》だらけの年老いた頬に涙を流していた。

「これまで、頌栄なんざ、ありがたくもねえと思っとったんだ」ベンがしゃがれた声で言った。「だけんど、今度ばかしは考えを変えたよ。今週になって五ポンドは増えなすったな、コリン坊ちゃん。五ポンドも！」

コリンは庭の向こうに注意を引かれ、はっとした表情になった。

「こっちに来るのは誰？」コリンは早口でたずねた。「誰なんだ？」

蔦《つた》に覆われた塀のドアがそっと押し開けられ、一人の女性が入ってきた。頌栄の最後の一節のところで入ってきた女性は、足を止めてしばらく歌に聞き入りながらみんなの方を見ていたのだ。蔦を背にして立つ彼女の長い青い外套《がいとう》は、木漏れ日でまだら模様になっている。生き生きした表情を浮かべて新緑の向こうから笑いかけている姿は、コリンの本に出てくるやわらかな色合いの挿絵みたいに見えた。その女性はすべてを包みこむような愛情に満ちたまなざしをしていた。ベンも動物たちも咲いているすべての花も。いきなり現れたが、誰一人として彼女のことを侵入者だとは感じなかった。ディコンの目がランプのように明るく輝いた。

「あれはお母ちゃんだ。お母ちゃんだよ！」彼は叫び、芝生の上を走りだした。

コリンも彼女に向かって歩きだした。メアリもいっしょについていった。二人とも鼓動が速くなるのを感じた。

「お母ちゃんだよ！」コリンとメアリが庭の真ん中ぐらいで合流すると、ディコンはまた言った。「みんな、お母ちゃんに会いたがってたからさ、ドアの在処《ありか》を教えといたんだ」

コリンははにかみながらも堂々と片手を差しのべたが、その目はむさぼるように彼女の顔を見つめていた。

「病気だったときも、あなたと会いたいと思っていました」コリンは言った。「あなたとディコンと秘密の花園に。これまでぼくは誰かに会いたいとも、何かを見たいとも思ったことがなかったんです」

自分に向けられたコリンの顔を見て、ふいにサワビー夫人の表情が変わった。頬が赤くなり、唇がわななき、靄《もや》がかかったかのように瞳《ひとみ》が濡《ぬ》れた。

「ああ！　かわいい子！」震え声で叫んだ。「なんてまあ！　いい子だねえ！」そんなふうに言うつもりはなかったのに、つい口にしてしまったかのようだった。サワビー夫人は「コリン坊ちゃま」ではなく、いきなりただ「かわいい子」と呼んだのだ。ディコンの表情に心を揺すぶられても、きっとそう呼んだことだろう。コリンはそれがうれしかった。

「ぼくがとても元気なので驚きましたか？」コリンはたずねた。

サワビー夫人は片手をコリンの肩に置き、晴れ晴れと笑ったので涙の靄が消えた。

「そりゃもう、驚いたとも！　それよか、あんまりお母さまそっくりなもんで、心臓が飛びだしそうになったほどだよ」

「そっくりなら」とコリンがためらいがちにたずねた。「お父さまはぼくのことを好きになってくれると思いますか？」

「ええ、もちろんだよ」サワビー夫人は答えると、コリンの肩をそっとたたいた。

「はよう帰っていただかんとね……お父さまに帰っていただかんと」

「スーザン・サワビーじゃないか」ベンが彼女に近づいていった。「この子の脚を見たかい？　ふた月前は靴下はいた棒っきれみたいだったんだ。おまけに、外だか内だかにえらく曲がって立つこともおぼつかんって、みんな噂しておった。だが、見てみろや！」

サワビー夫人は耳に心地よい笑い声をあげた。

「もうじき強くてりっぱな男の子らしい脚になるだろうね」サワビー夫人は言った。「庭で遊んで働いて、たっぷり食べて、おいしいミルクをたんと飲んどれば、ヨークシャー一の脚になるがね。ありがたいことだ」

サワビー夫人はメアリ嬢の肩に両手を置くと、母親らしい仕草で顔をのぞきこんだ。

「そんで、あんたも！　うちのリザベス＝エレンとおんなじぐらい元気になったねえ。あんたもお母さまそっくりなんじゃろうね。お母さまは大変な美人だとメドロック夫人が言っとった、ってうちのマーサから聞いとるよ。あんたも大人になったら、しとやかなバラの花みたいな美人になるんだろうね、お嬢ちゃん。よかったねえ」

サワビー夫人は言わなかったが、マーサが外出日に家に帰ってきたときに、黄色い顔をした不器量な女の子の話をして、メドロック夫人が聞いてきたことはまちがいにちがいない、と言ったのだ。「そんなきれいなお母さんが、あんなみっともない子を産むなんて道理にあわねえもん」とマーサは頑固に言い張ったのだった。

メアリは自分の変化していく容貌《ようぼう》に注意を払う暇がなかった。ただ外見が〝変わった〟ことと、髪の量が増え、しかも伸びるのがとても早くなったことには気づいていた。しかし、インドにいたときに美しいメム・サーヒブをいつもうっとり眺めていたことを思い出し、いつか自分も母みたいにきれいになれると言われてうれしかった。スーザン・サワビーはみんなといっしょに秘密の花園をひと巡りしながら、庭にまつわる逸話をすべて聞き、生き返ったあちこちの茂みや木々を眺めた。コリンとメアリがサワビー夫人をはさむようにして歩いた。二人とも感じのいいバラ色の顔を何度も見上げながら、ディコンのお母さんがかもしだしている、この暖かくて頼もしい、とても心地のよい感じは何だろう、とひそかに考えていた。ディコンが動物たちを理解しているみたいに、サワビー夫人は二人を理解しているように思えた。花にかがみこんでは、子どもでであるかのように花について語った。スートもサワビー夫人についてきて、一、二度カァと鳴いて、ディコンの肩にとまるみたいに彼女の肩にもとまった。コマドリのことや、雛《ひな》たちが最初に飛んだときのことを聞かされると、サワビー夫人は喉《のど》の奥で母親らしいやさしい笑い声をたてた。

「雛たちが飛ぶのを覚えるのは、子どもらが歩くのを覚えるのとおんなじようなもんだよ。だけど、うちの子が脚じゃなくて翼が生えとったら、えらく心配すんだろうねえ」彼女は言った。

サワビー夫人は素朴なムーアのコテージに住んでいるとてもすばらしい女性に思えたので、コリンはついに魔法について打ち明けることにした。

「魔法を信じますか？」インドの行者について説明してから、コリンはたずねた。

「信じてるといいんですけど」

「ああ、信じとるよ」サワビー夫人は答えた。「魔法っていう名前では呼んどらんが、名前なんて関係ないよねえ？　フランスでは別の名前で呼んどるだろうし、ドイツに行けばまた別の名前がついとるだろう。種がふくらんで花になったり、太陽があんたを照らして丈夫にしたのとおんなじで、それは〝善きもの〟なんだよ。〝善きもの〟はあたしら愚か者とちがって、別の名前で呼ばれても気にせんの。〝大いなる善きもの〟はそんなことちっとも気にせんで、いくつもの世界をお創りになるんだよ。あたしらが住んどるみたいな、こういう世界をたっくさんね。〝大いなる善きもの〟をいつも信じて、この世は〝大いなる善きもの〟で満ちあふれとるってことを忘れちゃいかんよ。呼び方なんてどうだっていいのさ。あたしが庭に入ってきたとき、あんたら〝大いなる善きもの〟を称《たた》える歌を歌っとったね」

「喜びで胸が張り裂けそうだったんです」コリンは神秘的な美しい目をサワビー夫人に向けた。「急に自分が変わったことを感じたんです。腕も脚もとっても強くなって、地面も掘れるし、立てるし、ジャンプできるし。だから、何でも聞いてくれるものに向かって、そのことを大きな声で伝えたくなったんです」

「頌栄《しょうえい》を歌っとったとき、魔法はちゃんと聞いとったよ。何を歌っても、ちゃんと聞いとるはずだ。大事なのは喜びでいっぱいだったってことなんだから。ねえ、いいかい、どういう名前で呼ぼうと、喜びをお造りになった方には関係ないんだよ」そう言って、サワビー夫人はまたやさしくコリンの肩をポンとたたいた。

サワビー夫人は今朝もいつものごちそうをバスケットに詰めてくれたので、お腹がすく頃合いになると、ディコンが隠し場所からそれを運んできた。夫人はみんなといっしょに木陰にすわり、子どもたちが食べ物を頬張るのを眺め、その旺盛《おうせい》な食欲を目の当たりにして満足そうに笑った。サワビー夫人は愉快な人で、ありとあらゆるおもしろいことを言ってみんなを笑わせた。彼女はヨークシャー弁であれこれしゃべりながら、新しい言葉を教えてくれた。コリンはわがままな病人のふりをしていることがだんだんむずかしくなってきた、と聞くと、サワビー夫人は我慢できずに笑いころげた。

「メアリといっしょにいると、いつも笑わずにはいられないんです」コリンは説明した。「それじゃ、全然病気には見えませんよね。笑いをこらえようとするんですけど、ついぷっと吹きだしちゃって、そうすると、堰《せき》を切ったように笑いがこみあげてきちゃうんですよ」コリンは説明した。

「わたし、しょっちゅう、頭に浮かぶことがあるんです」メアリが言った。「それが突然浮かぶと、とうてい笑いを我慢できなくって。コリンの顔が満月みたいに丸くなったら、っていつも考えているんですよ。まだそこまではいってないけど、毎日ちょっとずつ太っているでしょ。ある朝起きて、そんなふうにまん丸になっていたら、どうしたらいいの！」

「あれまあ、あんたらは芝居ごっこをせにゃならんのだね」スーザン・サワビーが言った。「だけど、そう長く続けんでもよかろうね。クレイヴンさまはじきにお帰りになるだろうから」

「お父さまが帰ってくると思うんですか？」コリンがたずねた。「どうして？」

スーザン・サワビーはそっと含み笑いをもらした。

「自分でお父さまに言う前に知られちまったらがっかりじゃね。きっと夜も寝ないで計画を立てとるんでしょ」

「他の人の口から伝わるなんて、絶対、我慢できないな」コリンは言った。「毎日、別の方法を考えているんです。今考えてるのはね、お父さまの部屋にいきなり駆けこんでいくってやつなんです」

「そりゃ、お父さまは驚かれるだろうね」サワビー夫人は言った。「そのときのお父さまの顔を見てみたいもんだよ。ぜひとも！　お父さまに帰って来ていただかなくちゃならんね。どうしたって」

サワビー家のコテージを訪問することについても相談し、すっかり計画を立てた。ムーアを馬車で行き、ヒースの茂みのあいだで昼食をとる。子どもたち全員に会い、ディコンの畑を見て、へとへとに疲れるまで向こうで遊んでから帰ってくる。

スーザン・サワビーはとうとう立ち上がると、メドロック夫人に会うために屋敷に戻ることになった。コリンもそろそろ戻る時間だった。しかし、車椅子にすわる前に、コリンはサワビー夫人のすぐそばに立ち、思慕のにじんだまなざしではにかんだように彼女を見つめてから、ふいに青い外套《がいとう》をつかみ、ぎゅっと握りしめた。

「ぼく……ぼく、こういう人がいたらよかった。ぼくのお母さんだったらよかったのに……ディコンのお母さんだけじゃなくて！」

スーザン・サワビーはすぐにかがみこんで、温かな両腕で青い外套の胸元にぎゅっとコリンを抱き寄せた。ディコンの弟にするみたいに。その目はたちまちのうちに潤んだ。

「よしよし、いい子だね！」彼女は言った。「あんたのお母さまはこの庭におられる。絶対にね。ここを離れられるわけがねえもの。お父さまには帰ってきていただかんとね――そう、戻ってきていただかんと！」

二十七章　花園で

　この世界が始まってこのかた、どの世紀にもすばらしいことが発見されてきた。十九世紀はそれまでのどの世紀よりも驚くべき発見があった。この新しい二十世紀でも、さらに驚嘆することが何百と明らかにされるだろう。最初のうち、人々は見知らぬ新しいことが実現するとは信じようとしなかったが、やがて実現を期待するようになり、最終的にそれが実現するのを目の当たりにした。いったん実現すると、もっと前に実現しなかったのはどうしてだろう、と首をかしげた。十九世紀に新たに発見されたことのひとつは、たんなる思考でも電池と同じぐらい強力で太陽光と同じぐらい人間のためになると同時に、毒と同じぐらい有害なものにもなりうる、ということだった。悲しい思いや邪悪な思いを心に抱えて生きるのは、猩紅熱《しょうこうねつ》の病原菌を体内に入れてしまうのと同じぐらい危険なのだ。そうした考えが心に巣くっていたら、生きている限りそれを克服できないかもしれない。

　メアリ嬢が嫌いなものを不愉快そうにはねつけ、人々に対して辛辣《しんらつ》な意見ばかり口にし、どんなことだろうと楽しまないし興味を持たないという偏屈な態度を貫いているあいだ、彼女は黄色い顔の病弱で退屈した嫌な子どもだった。しかし、メアリ本人は気づいていなかったが、逆境はとても彼女のためになった。運命に翻弄《ほんろう》されたことはメアリにとってかえってよかったのだ。コマドリや、子どもたちで一杯のムーアのコテージや、無愛想な老庭師や、素朴なヨークシャー生まれのメイドや、春という季節や、草花が萌《も》え、日ごとに生気を取り戻してきた秘密の花園や、ムーアの少年と動物たちと触れあうことで、肝臓や消化機能に悪影響を与え顔を黄色くし疲れやすくしていた不愉快な考えが、心に入りこむ余地がなくなったのだ。

コリンが部屋に閉じこもり、自分の恐怖と弱さと人に見られることの嫌悪ばかりを考え、背中のこぶと短命のことでくよくよしていたとき、彼はヒステリーで半狂乱になった心気症気味の子どもで、太陽の日差しのことも春のことも知らず、努力すれば元気になり自分の脚で立てるようになるとは思いもしなかった。だが新たにすてきな考えが芽生え、それまでのぞっとする考えを追いやると、生気が蘇《よみがえ》り血液が体の中をスムーズに流れ、力が泉のように湧いてきた。コリンの科学的実験はきわめて実用的でシンプルで、うさん臭いところはみじんもなかった。たとえ不快で陰鬱《いんうつ》な考えが浮かんでも、揺るぎない勇気を与えてくれる心地のいい考えとすぐさま置き換える分別があれば、誰にでも、もっとすばらしいことが起きる可能性があるのだ。相反するふたつのものは共存できないのだから。

バラを丹精して育てている場所には
アザミは生えない

秘密の花園が息を吹き返し、それとともに子どもたちが元気になっていくあいだ、はるかかなたのノルウェーのフィヨルドやスイスの渓谷や高地の景勝地をさまよう男がいた。この十年というもの、男は絶望し、暗澹《あんたん》たる思いを抱えて生きてきた。勇気を出そうとしたことは一度もなかった。暗い考えを追いやって別の考えを心に招き入れようとしたこともなかった。青い湖のほとりを歩いているときも、鬱々《うつうつ》たる物思いにふけっていた。濃い青色のリンドウが咲き乱れ、花の芳香でむせかえるばかりの山腹に寝そべりながら、陰気な考えに沈んでいた。男は幸せだったときに恐ろしい悲嘆に見舞われると、魂が暗黒に沈んだまま、ひと筋の光すら頑《かたく》なに受け入れようとしなかった。家を捨て、務めも忘れた。男が旅をしているとき、その姿には暗黒が濃い影を落とし、その陰鬱さはあたりの空気まで毒したので、人々は彼の姿を見るだけで毒気にあたるように感じた。まったく事情を知らない人間は、彼が正気を失っているか魂の奥深くに罪悪感を隠しているにちがいないと推測した。長身の男はやつれた顔をして背中が曲がり、ホテルのフロントでは「イギリス　ヨークシャー州、ミスルスウェイト屋敷、アーチボルド・クレイヴン」と記した。

書斎でメアリ嬢と会い、「地面」をあげると言ってから、彼は遠い場所を旅していた。ヨーロッパ屈指の美しい地方にもあちこち行ったが、どこでも二、三日以上は滞在しなかった。彼が選んだのは静かで辺鄙《へんぴ》な場所ばかりだった。頂上が雲海に沈む高い山では、昇ってきた太陽が眼下の山々を曙光《しょこう》で染めあげていき、たった今世界が生まれたかのような光景が広がるのを眺めた。

しかし、その光は彼の心には届かなかった。だがある日、この十年で初めて奇妙なことが起きるのを感じた。オーストリアのチロルの風光明媚《ふうこうめいび》な峡谷に滞在し、どんな人間の魂でも暗闇から抜けだせそうなほど美しい場所を一人で歩いていたときのことだ。長いあいだ歩いていたが、相変わらず心は闇に閉ざされたままだった。とうとう疲れ果て、流れのほとりの苔《こけ》の絨毯《じゅうたん》にすわりこんだ。透明な流れはうっとりするほど美しくみずみずしい緑のあいだを陽気に流れていた。流れが石にぶつかり飛沫《しぶき》をあげるたびに、低い笑い声のような水音を立てた。鳥がやって来て頭を傾けて流れで水を飲むと、翼をはためかせて飛び去っていく。小川はまるで生き物のようで、その小さな瀬音ゆえに、あたりの静けさがいっそう身にしみるように感じられた。谷間はどこまでも深い静寂に包まれていた。

透明な水の流れを見つめていると、アーチボルド・クレイヴン氏は心と体が谷間と同じように少しずつ静まっていくのを感じた。眠りに落ちるのだろうか、と思ったが、そうではなかった。すわって光の躍る水面《みなも》を見つめているうちに、川縁の草花が目に入った。流れのすぐそばには愛らしい忘れな草が群生していて、水飛沫を浴びた葉がつやつやと濡《ぬ》れている。それを眺めているうちに、何年も前にそういう花を見た記憶が甦《よみがえ》ってきた。気がつくと、なんと愛らしい花だろう、何百という小さな青い花はなんとすばらしい自然の奇跡だろう、と考えていた。その単純な考えがゆっくりと心に入りこんできたことに、彼はまだ気づいていなかった。心に入りこんできた考えは、それまでの考えをそっと押しやった。美しく澄んだ泉がよどんだ池の中で湧きあがり、どんどん勢いを増していき、ついには黒く濁った水を押し流してしまう、あたかもそんな感じだった。しかし、むろんクレイヴン氏はそういうことを考えもしなかった。まばゆく繊細な青い花を見つめているうちに、谷間がますます森閑としていくことだけは気づいていた。どのぐらいそこにすわっていたのか、何が起きていたのかわからなかったが、とうとうクレイヴン氏は目が覚めたかのようにゆっくりと立ち上がり、苔の絨毯の上に立つと、長く大きく深呼吸して、いったい自分に何が起きたのだろうといぶかしく思った。彼の中でそっといましめがはずされ、解き放たれたような気がしたのだ。

「何だろう?」クレイヴン氏はささやくようにいい、片手を額にあてがった。「まるでなんだか……生きているような気がする!」

未知の奇跡についてはよくわからないので、こういうことがどうして彼に起きたかはきちんと説明できない。誰にしろ、そういうことは説明できないだろう。彼自身もまったく理解していなかった。しかし、クレイヴン氏は再びミスルスウェイト屋敷に戻った数ヵ月のちでも、この不思議なひとときのことを覚えていた。そしてのちに、まさにその日、コリンが初めて秘密の花園に入ってこう叫んだことを偶然にも知ったのだった。

「いつまでも生きる、ずっとずっと生きるんだ!」

その日はずっと不思議な穏やかさを感じていたので、彼は珍しく安らかな眠りに落ちた。しかし、それは長く続かなかった。彼はその穏やかさをずっと手元に置いておけることを知らなかったのだ。翌晩には、暗鬱《あんうつ》な考えに通じるドアをすべて開け放ったので、またもや暗い思いに押しつぶされてしまった。クレイヴン氏はその渓谷を去り、再び逍遥《しょうよう》の旅に出た。しかし不思議なことに、何分か、ときには半時間ほど、なぜか暗黒の重荷が取りのぞかれ、生きる屍《しかばね》ではなく、生きている人間だと感じることがあった。ゆっくりと、少しずつ、よくわからないまま、クレイヴン氏は秘密の花園とともに「生き返って」いったのだった。

黄金色の夏がより深みを帯びた黄金色の秋に変わる頃、クレイヴン氏はコモ湖に行った。そして、そこですばらしい夢を見ることになったのだ。青く澄んだ湖上に船を浮かべて過ごしたり、体が疲れてぐっすり眠れるように、心和む豊かな緑に覆われた丘陵に分け入ってさんざん歩き回ったりした。しかし、この頃には以前よりもよく眠れるようになり、悪夢にうなされることもなくなっていた。

「もしかしたら、体力がついてきたのかもしれない」と彼は思った。

肉体は強くなっていたし、たまに巡ってくる心の闇が晴れる平穏な時間のおかげで、魂もゆっくりとだが強くなってきていたのだ。ミスルスウェイト屋敷のことを考えるようになり、家に帰るべきだろうかと迷った。ときどきぼんやりと息子のことも思った。家に帰って、再び彫刻された四柱式ベッドのわきに立ち、そこで眠っているそげたような白い顔と閉じたまぶたを縁取るはっとするほど黒く長い睫《まつげ》を見下ろしたら、どう感じるだろうと自問した。

ある晴れた日、遠出して戻ってくると満月が高く昇り、あたりは薄紫色の影と銀色の光に包まれていた。湖と岸辺と森の静謐《せいひつ》が陶然となるほどすばらしかったので、滞在していた別荘には入らず、水際にある小さな東屋《あずまや》のテラスに下りていきベンチにすわって夜のふくいくたる香りを胸一杯に吸いこんだ。すると不思議な安らぎが全身に広がるのが感じられ、それがぐんぐん深まっていき、いつのまにか眠りこんでいた。

眠りに落ち、夢を見ていた。夢は実に真に迫っていたので、夢を見ているとは思わなかった。あとから思い返してみても、自分は完全に目覚め、意識がはっきりしているとばかり思いこんでいた。すわって秋バラの香りを吸いこみ、足元に打ち寄せる水音に耳を澄ませていたとき、誰かが呼ぶのを聞いた気がした。その甘やかな声は幸せそうで、遠くからなのにはっきりと聞こえた。とても遠い声に思えるのに、なぜかすぐそばで呼びかけられたかのように明瞭《めいりょう》に聞きとれたのだ。

「アーチー！　アーチー！　アーチー！」声は言った。そして、さらに甘く、はっきりと呼びかけた。「アーチー！　アーチー！」

驚きもせずに立ち上がった。本物の人の声に思えたので、それが聞こえるのはごく自然なことに感じられたのだ。

「リリアス！　リリアス！」彼は応《こた》えた。「リリアス！　どこにいるんだ？」

「花園よ」それは金のフルートの音色を思わせる声だった。「花園よ！」

そこで夢は終わった。しかし、彼は目を覚まさなかった。美しい夜のあいだずっと、ぐっすりと平和に眠り続けた。ようやく目覚めたときはまばゆい朝になっていて、使用人がかたわらに立って彼を見下ろしていた。別荘の使用人は全員がそうだったが、このイタリア人の使用人は、イギリス人の主人がいかに奇抜なことをしようと眉《まゆ》ひとつ動かさずに受け入れた。クレイヴン氏がいつ出かけて、いつ帰ってくるのか、どこで眠るのか、庭園を歩き回るのか湖面に浮かべた船にひと晩じゅう寝そべっているのか、誰にも予測がつかなかった。使用人は何通かの手紙をのせた盆を差しだしていて、クレイヴン氏がそれをとるのを無言で待っていた。使用人が立ち去ると、クレイヴン氏は手紙の束を手にしたまま、湖をしばらく眺めた。不思議な平穏がまだ続いていた。そのうえ、自分の身に起きた残酷なことはずっと思い込んでいたのとはちがっていたのではないかというような心が軽くなる気持ち、何かが変わったというような気持ちが感じられた。昨夜の夢のことがじょじょに思い出されてきた——まるで現実みたいな夢だった。

「花園か！」クレイヴン氏は考えこみながらつぶやいた。「花園！　しかしドアには鍵《かぎ》をかけてあるし、鍵は埋めてしまった」

少しして手紙の束を見たとき、一番上に置かれた手紙は英語で書かれ、ヨークシャーから届いたものだと気づいた。洗練されていない女性の文字だったが、見覚えのない筆跡だった。書き手のことはほとんど考えもせずに開封したが、最初の言葉でたちまち注意を引きつけられた。

拝啓

わたくしはいつかぶしつけにもムーアでお声をかけたスーザン・サワビーと申します。あのときはメアリ嬢のことでお話をさせていただきました。また、こうして非礼を承知で、お手紙をしたためております。お願いです、旦那《だんな》さま、わたくしがあなたさまならお屋敷に戻ります。お戻りになれば、きっとお喜びになられるはずです。失礼を顧みず申し上げさせていただきますが、奥さまがここにいらしたら、お戻りになってくださいとおっしゃったでしょう。

あなたの忠実なしもべ
スーザン・サワビー

ていた。

クレイヴン氏は手紙を二度読み直してから封筒にしまった。夢についてずっと考えていた。

「ミスルスウェイト屋敷に戻ろう」彼は言った。「すぐに戻るとしよう」

そして庭園を抜けて別荘に行くと、執事のピッチャーにイギリスに戻る用意をするように言いつけた。

数日後、クレイヴン氏はヨークシャーに戻ってきた。長い列車の旅のあいだ、ふと気づくと、この十年間ついぞ考えたことのなかった息子について思いを馳《は》せていた。十年間、ひたすら息子を忘れようとしてきたのだ。今は考えるつもりもないのに、息子の記憶がひっきりなしに頭に浮かんだ。子どもが生き延びて母親が死んだせいで、頭がおかしくなった人間のように荒れ狂った暗黒の日々を思い出した。赤ん坊を見ることを拒み続け、ようやく会いに行ってみると、あまりにも弱々しいみじめな有様で、誰もが数日で死ぬにちがいないと思っているようだった。しかし、赤ん坊を世話していた人々にとっては意外だったが、何日か過ぎても赤ん坊は生きていたので、今度はきっと体も脚も不自由な子になるだろうとみんなが信じた。

悪い父親になるつもりはなかったが、父親の実感はまったくなかった。医師と看護婦を雇い、贅沢品《ぜいたくひん》をあてがったが、息子のことを考えただけでひるみ、ただ自分自身の悲嘆に暮れていた。一年ほど留守にしてミスルスウェイト屋敷に帰ってきたとき、虚弱な幼い子どもは無関心な様子で物憂げに父親を見上げた。その黒い睫に縁取られた大きな灰色の目は、彼が愛した幸せそうな目とそっくりでありながら、あまりにもかけ離れていたので、彼はその目を見ることに耐えられず、蒼白《そうはく》になって顔をそむけた。その後は眠っているとき以外はめったに息子に会いに行かなくなった。息子がまちがいなく病弱でヒステリーで、正気とは思えないほどのひどい癇癪《かんしゃく》の持ち主だということしか、彼は知らなかった。命取りになりかねないような怒りを爆発させないために、すべて息子の思いどおりにさせておくことにした。

どれも元気が出るような思い出ではなかったが、列車が山を越え、黄金色の平原を抜けて走っていくあいだ、「生き返って」いる途中の男は物事を新たな角度から眺めるようになり、長い時間ずっと深い物思いにふけっていた。

「もしかしたらこの十年、わたしはまちがっていたのかもしれない」彼はつぶやいた。「十年は長い歳月だ。何をするにしろ、もう遅すぎるかもしれない。もう手遅れなんだ。わたしはいったい何を考えていたのか！」

もちろんこれは悪い魔法だった。そもそも「遅すぎる」と言うこと自体がまちがっている。コリンですらそれを知っていただろう。しかし、クレイヴン氏は魔法のことはまだ何も知らなかった。悪い魔法にしろ、いい魔法にしろ。彼はこれからそれを学ばねばならなかった。スーザン・サワビーが勇を鼓して自分に手紙を書いてきたのは、母親である立場から、息子がさらに悪くなった、重病だと認識したからだろうか。ずっと心に宿っている不思議な落ち着きがなかったら、その可能性にひどく打ちのめされたかもしれない。しかし、その落ち着きが勇気と希望と呼べるものをもたらしてくれたおかげで、最悪のことを考える代わりに、もっといいことを信じようという気持ちになっていた。

「わたしなら息子をいい方向に向けられる、気持ちをなだめられる、とサワビー夫人は考えたのだろうか？ ミスルスウェイト屋敷に帰る途中で彼女に会ってみよう」

しかしムーアを横断する途中でコテージの前に馬車を停めると、いっしょに遊んでいた七、八人の愛想のいい子どもたちが礼儀正しく膝《ひざ》を折ってお辞儀をしながら、母親は赤ん坊が生まれたばかりの女性を手伝うために朝早くムーアの反対側に出かけた、と伝えた。〝うちのディコン〟は毎日お屋敷に行って、庭のひとつで仕事をしていると、子どもたちは聞かれもしないのに教えてくれた。

クレイヴン氏はずらっと並んだ丈夫そうな小さな体と頬の赤い丸顔を見渡した。全員がにこにこ笑っていた。どの子も健康で人好きがするという事実に、クレイヴン氏はほっと胸を衝《つ》かれた。親しみのこもった子どもたちの笑顔にクレイヴン氏まで口元がゆるみ、ポケットからソヴリン金貨をとりだすと、いちばん年上の〝うちのリザベス＝エレン〟に渡した。

「八人で分けるといい。一人当たり半クラウンになるよ」クレイヴン氏は言った。

そして、笑顔とくすくす笑いとお辞儀に送られ、クレイヴン氏は出発した。子どもたちははしゃいで歓声をあげ、肘《ひじ》で小突きあい、小さくジャンプしていた。

美しいムーアを横切る旅は心を慰めてくれた。二度と感じることはあるまいと思っていたのに、故郷に帰ってきたという実感がするのはどうしてだろう？　土地と空と遠くまで広がる紫色の花の美しさ、六百年にわたって代々続く一族の大きな古い屋敷に近づくにつれ湧き上がる温かい思い。閉ざされたいくつもの部屋と、ブロケード織りの天蓋《てんがい》がついた四柱式ベッドに眠る息子から逃げるようにして、ここを去ったのだった。息子が少しよくなっているのを知ったら、息子を避けたいという気持ちを克服できるだろうか？

いつかの夢はまるで現実のようだった――彼に呼びかけた声はとても愛らしく明《めい》瞭《りょう》だった。「花園よ――花園にいるのよ！」

「鍵を探してみよう」クレイヴン氏は言った。「ドアを開けてみよう。なぜだか、そうしなくてはならない気がする」

屋敷に到着すると、いつものように丁重に出迎えた使用人たちは主人が元気そうなことに気づいた。それに、いつものように、ピッチャーにかしずかれて暮らしている離れた部屋にただちにこもろうとしなかった。クレイヴン氏は書斎に行くと、メドロック夫人を呼んだ。夫人は少し動揺し、好奇心で顔を火照らせながらやって来た。

「コリンの具合はどうだね、メドロック夫人？」クレイヴン氏はたずねた。

「それが、旦那さま、坊ちゃまは……坊ちゃまはある意味でお変わりになりました」

「悪くなったのか？」彼はたずねた。

メドロック夫人の顔は真っ赤になっている。

「実は、そのう、クレイヴン先生も看護婦もわたしも、はっきりわからないんです」

「どういうことだね？」

「正直に申しますと、コリン坊ちゃまはよくなっているのかもしれないし、悪くなっているのかもしれません。食欲は、その、理解を超えていますし……ご様子は……」

「あの子はさらに……おかしくなったのかね？」クレイヴン氏は心配そうに眉《まゆ》をひそめてたずねた。

「そうなんでございます。とてもお変わりになりました……以前の坊ちゃまと比べると。以前は何も召し上がらなかったのに、急にたくさん食べるようになり、それからまたいきなり食欲がなくなり、以前のように食事が手つかずで返されるようになりました。ご存じないかもしれませんが、坊ちゃまは決して外に行こうとなさらなかったんです。いつか車椅子で外にお連れしようとしたときの大変な騒ぎのことを思い出すと、いまだに体が震えるほどです。あのとき坊ちゃまがひどく逆上なさったので、クレイヴン先生も無理強いしたら責任が持てないとおっしゃいました。ところが、いきなり……夜中にひどい癇癪を起こしてからまもなくなんですが、急にメアリ嬢といっしょに、スーザン・サワビーの息子のディコンに車椅子を押してもらって毎日外に行くことにする、と言いだされたんです。坊ちゃまはメアリ嬢とディコンを気に入っていらっしゃるようで。ディコンは手なずけた動物たちまで連れてきまして、信じられないかもしれませんが、坊ちゃまは文字どおり朝から晩まで外で過ごしていらっしゃるんですよ」

「外見はどうなんだね？」クレイヴン氏は質問した。

「ふつうに召し上がっているなら、肉付きがよくなったと言えるでしょう。でも、一種のむくみではないかと心配しております。メアリ嬢と二人きりのときは、ときどき奇妙な笑い方をされています。これまではまったく笑うことはなかったのですけど。旦那《だんな》さまのお許しがあれば、すぐに伺いますとクレイヴン先生はおっしゃっています。先生もすっかり困っていらっしゃいます」

「今コリンはどこにいるんだ？」クレイヴン氏はたずねた。

「お庭です。いつも庭にいらっしゃるんですが、見られるのが嫌だということで、誰も近づいてはいけないことになっています」

クレイヴン氏は最後の方の言葉をほとんど聞いていなかった。

「庭か」メドロック夫人をさがらせてから、クレイヴン氏はその言葉を何度も何度も繰り返した。「花園か！」

自分だけの世界に浸っていたクレイヴン氏はようやくのことで我に返ると、向きを変えて部屋を出ていった。彼はメアリが歩いたのと同じ道をたどり、生け垣のドアを通り、月桂樹のあいだを抜け、噴水の花壇のところに出た。今、噴水は水を噴きあげていて、周囲の花壇には色鮮やかな秋の花々が咲き乱れていた。そこからは急がず、クレイヴン氏は芝生を突っ切り、蔦《つた》に覆われた塀沿いの長い遊歩道に入った。長く見捨てていた場所に引き寄せられている視線をすえて、ゆっくりと歩を運んだ。そこに近づくにつれ、足取りは重くなっていっ気がしたが、理由はわからなかった。

た。蔦が垂れ下がっていてもドアの場所はわかった。ただ、鍵《かぎ》を埋めた場所ははっきり覚えていなかった。

そこで立ち止まってあたりを見回した。そのとたん、目を見開いて耳を澄ませ、自分は今、夢の中にいるのだろうかと思った。

茂った蔦がドアを覆い隠し、鍵は茂みの下に埋められ、この十年という寂しい歳月のあいだドアを通った人間は一人もいなかったはずだ。それなのに、庭の中から物音が聞こえてきたのだ。木の下で追いかけっこをしているみたいにぐるぐる走り回る足音。奇妙な押し殺した話し声、くぐもった楽しげな叫び声。実際、それは子どもの笑い声のようだった。人に聞かれまいとしてこらえていたが、感情を抑えきれずに、つい吹きだしてしまった子どもの笑い声。いったい自分は何の夢を見ているのだろう？　何を聞いたのだろう？　正気を失いかけていて、人間の耳には聞こえないはずのものを聞いたと思っているのか？　これがあの遠くからはっきり聞こえた声が伝えようとしていたことなのか？

やがて、声をひそめることがとうていできなくなったようで、笑い声が響いた。足音がぐんぐん速まり、庭のドアに近づいてくる。子どもの荒い息遣いが聞こえたが、ついに我慢しきれなくなったのか激しく笑いをほとばしらせた。そのとき塀のドアが開き、蔦のカーテンが跳ねあげられ、少年が外にいる人間に気づかずに全速力で飛びだしてくると、クレイヴン氏めがけて突進してきた。

クレイヴン氏はあわてて腕を差しのべ、やみくもに突進してきて自分にぶつかったせいでころびそうになった少年の体を支えた。それから腕を伸ばして少年を見たとき、驚きのあまり息が止まりかけた。

すらっとしたハンサムな少年だった。生気にあふれ、走っていたせいで顔が健康そうに上気している。額から濃い髪をかきあげ、不思議な灰色の目でクレイヴン氏を見た。少年らしい笑いにあふれ、ふさふさした黒い睫《まつげ》に縁取られた目で。クレイヴン氏の息が止まりかけたのは、その目のせいだった。

「き、きみは誰だ？　誰なんだ！」口ごもりながらたずねた。

これはコリンが予期していたのとはちがった。こういう計画ではなかった。こんなふうに再会するとは思ってもみなかった。とはいえ、かけっこに勝って飛び出してきたのは計画よりもよかったかもしれない。コリンは背筋をできるだけ伸ばして立った。いっしょに走ってきて、ドアを抜けてきたメアリはこれまで以上にコリンは背が高く見えると思った。

「お父さま」コリンは言った。「コリンです。信じられないでしょうね。ぼく自身も信じられないから。ぼくはコリンです」

　メドロック夫人と同じように、父親が早口で言っていることがコリンには理解できなかった。

「花園だ！　花園だったんだ！」

「そうです」急いでコリンは続けた。「花園のおかげなんです。それにメアリとディコンと動物たち、それから魔法のおかげなんです。誰もこのことを知りません。お父さまがお帰りになったときに話そうと思って、秘密にしておいたんです。ぼくは元気になったんです。かけっこでメアリを負かしました。ぼく、運動選手になるつもりなんです」

　コリンの話しぶりは健康な少年そのものだった。顔は紅潮し、熱のこもった言葉が次から次にあふれでてくる。そのことにクレイヴン氏は感銘を受け、信じられないほどの喜びが湧き上がってきた。

　コリンは片手を伸ばして父親の腕に置いた。

「うれしくないんですか、お父さま？　うれしくないんですか？　ぼくはいつまでもいつまでも生きるんです」

　クレイヴン氏は両手で息子の肩をしっかりとつかんだ。今はひとことも発することができなかった。

「花園に連れていってほしい、コリン」ようやく彼は言った。「そして、最初から全部話してくれ」

そこで彼らはクレイヴン氏を花園に案内した。

花園は金色と薄紫と青紫と緋色《ひいろ》といった秋の色彩にあふれ、あちこちに遅咲きのユリがかたまって生えていた。純白のユリもあれば、白に濃いピンクの斑《ぶち》が入ったユリもあった。初めてユリを植えた年にも、この季節にすばらしい花を咲かせたことをクレイヴン氏はよく覚えていた。秋バラのつるが木の枝を這《は》っていき、垂れ下がり、花をびっしりとつけている。黄色に色づきかけた葉に日差しが当たり、いっそう深い色合いに染めあげているので、まるで樹木に覆われた黄金の寺院に立っているように感じられた。この庭が灰色だったときに初めて足を踏み入れた子どもたちと同じように、ここに初めて来たクレイヴン氏は言葉を失って立ち尽くし、ただあたりを何度も見回していた。

「すっかり枯れているかと思った」クレイヴン氏は言った。

「メアリも最初はそう思ったんです」コリンが言った。「だけど、生き返ったんです」

そして彼らは木の下にすわった、コリン以外は。コリンは話をするときには立っていたかったのだ。

少年らしい性急な話し方ですべてが説明されたとき、こんな不思議な話は聞いたこともない、とクレイヴン氏は思った。謎と魔法と動物たちと、不思議な真夜中の出会い、春の訪れ、誇りが傷つけられた若きラージャが老ベン・ウェザースタッフを見返してやろうとして立ってみせたこと。風変わりな仲間意識、ごっこ遊び、大きな秘密を厳重に守ったこと。聞き手は涙が出るまで笑いころげ、笑っていないときにも、ときには目に涙が浮かんでいた。運動選手であり講演者であり科学の発見者である息子は、よく笑う愛すべき健康な少年だった。

「これで、もう秘密にする必要はなくなりました」コリンは話をしめくくった。「ぼくを見たら、みんなびっくりして発作を起こしかねないだろうな。だけど、二度と車椅子に乗るつもりはないよ。ぼくはお父さまといっしょに歩いて戻ります。屋敷まで」

ベン・ウェザースタッフはほとんどずっと庭で仕事をしていたが、ときどき野菜を持って行くという口実で台所を訪ね、メドロック夫人に使用人部屋に招かれてビールをごちそうになった——期待どおりに。そんなわけで当代の主になってから、ミスルスウェイト屋敷でもっとも驚くべきことが起きたとき、ベンはその場にいた。

中庭に面した窓のひとつからは、芝生も少し見えた。ベンが庭からやって来たことを知っていたメドロック夫人は、旦那《だんな》さまの姿を見たのではないか、もしかしたら旦那さまがコリン坊ちゃまと会ったところも見かけたのではないかと期待していた。

「お二人のどちらかを見かけたの、ウェザースタッフ？」彼女はたずねた。

ベンは口からビールジョッキを離すと、手の甲で唇をぬぐった。「ああ、見たとも」抜け目なく、やけに思わせぶりに答えた。

「二人とも？」メドロック夫人が探りを入れた。

「ああ、二人ともさ。どうもごちそうさん。だけど、お代わりをもらえたらありがてえな」

「いっしょにいたの？」メドロック夫人は興奮して、ジョッキにあふれんばかりにビールを注いでやった。

「いっしょだとも」ベンは二杯目を半分ぐらい一息に飲んだ。

「コリン坊ちゃまはどこにいたの？ どんな様子だった？ 二人でどんなことを話していたの？」

「それは聞こえんかった。脚立に上って塀越しにのぞいとっただけだからな。ただし、こんだけは言っとくよ。屋敷の中におるあんたらの与《あずか》り知らねえことが、ずっと外で起きてたっつうことだ。しかも、じきにそれがわかるって寸法だ」

残りのビールを飲み干してから二分もしないうちに、ベンは窓の方にジョッキをもったいぶって振ってみせた。その窓からは植え込みの先にある芝生が見えた。

「ほれ、あそこを見てみな」ベンは言った。「興味があるんならさ。ちょうど芝生をこっちに歩いてくるとこだわ」

メドロック夫人はそちらに目を向けたとたん、両手を振り上げて小さな悲鳴をあげた。それが聞こえた使用人たちは男も女も窓のところに飛んでいき、目の玉が飛びだしそうな顔で外を見つめた。

芝生を横切ってミスルスウェイト屋敷の当主がやって来る。彼はほとんどの使用人たちが見たこともないような晴れ晴れとした表情を浮かべていた。そして、そのかたわらを、頭をしゃんともたげ、目に笑いを浮かべた少年が、どんなヨークシャーの少年にも負けないほど力強く確かな足取りで歩いていた。

それはコリン坊ちゃまだった！

訳者あとがき

二十世紀初め、大英帝国の統治下にあるインドで暮らしていた少女メアリは、両親をコレラによって失い、父方の叔父《おじ》の住むイングランドのヨークシャーの屋敷にひきとられることになった。これまで社交生活に明け暮れる両親とはほとんど会話らしい会話を交わしたこともなく、インド人の乳母や召使いたちにかしずかれてわがまま放題に育ってきたメアリにとって、ヒースの荒野に建つ古い屋敷での暮らしは、想像したこともない新たな経験だった。しかし、屋敷に来てから、純朴なメイドのマーサや弟のディコンと知り合い、少しずつかたくなな心がほどけ、子どもらしさを取り戻していったメアリは、ある日、屋敷の奥にひきこもっていた病弱な少年コリンと出会う。その出会いによって、メアリにとってもコリンにとっても、新たな人生への扉が開かれることになった……。

子どものときに初めて本書『秘密の花園』を読んだとき、古いお屋敷や閉ざされた庭という物語世界の設定があまりにも強烈だったせいか、同じ作者の『小公子』や

『小公女』とはひと味ちがう、秘密めいたところのある不思議な物語として記憶に刻まれた。それから半世紀近くたち、翻訳するにあたり改めて作品を読み返してみると、生と死、喪失と再生が生き生きと描かれた物語にぐんぐんひきこまれ、ラストでは作者のフランシス・ホジソン・バーネットが作品にこめた未来へのまばゆい希望と期待が胸にあふれるのを感じたのだった。

作者の経歴と作品の成り立ちについて、簡単にご紹介しよう。フランシス・ホジソン・バーネットは一八四九年にイギリスのマンチェスターに生まれた。父エドウィン・ホジソンは銀や鉄の高級な装飾器具製造をしており、一家は何不自由ない生活を送っていた。しかし、フランシスが四歳になる直前、一八五三年に父が三十八歳という若さで急死し、五人目の子どもを身ごもっていた母イライザと子どもたちは経済的な苦境に陥る。そこで母の兄の助言もあり、一八六五年、一家は新天地を求めてアメリカのテネシー州に移住した。しかし、アメリカでも母子家庭の暮らしは相変わらず苦しく、フランシスは以前から得意としていたお話作りの能力を生かし家計を支えようとし、雑誌社に作品を送ることを思いつく。そのため、きょうだいたちといっしょに野生のブドウを摘んで売り、編集者に送る原稿用紙と切手代を捻出《ねんしゅつ》したという。こうして一八六八年には初めて雑誌に作品が掲載され、それ以後、原稿料は一家の重要な収入源になった。

一八七〇年、母のイライザがフランシスの華やかな成功を見ぬまま五十五歳で亡くなった。一八七三年にフランシスは眼科医スワン・バーネットと結婚、一八七四年に長男ライオネル、一八七六年に次男ヴィヴィアンを授かる。もっとも、夫の収入を補うために執筆はずっと続けていた。やがて一八八六年に次男ヴィヴィアンをモデルにしたと言われている『小公子』が出版されると大評判になり、バーネットの名声は確立した。主人公セドリックの長い巻き毛、黒いビロードの服に大きな白いレースの襟というファッションは世間の母親のあいだで大流行になったようだ。

しかし一八九〇年、大きな不幸に見舞われる。長男のライオネルが結核で亡くなったのだ。さらに、夫婦仲がしっくりいかなくなり、一八九八年に正式に離婚すると、バーネットはイギリス、ケント州にカントリーハウス、メイサム・ホールを借りて一九〇七年まで九年にわたってそこで暮らすことになった。メイサム・ホールで暮らすあいだに一八八八年に出版された『セーラ・クルー』を書き直した『小公女』が一九〇五年に出版され、さらに一九一一年に出版された『秘密の花園』の最初の構想もこの家で得たと推察される。というのも、『白い人びと』(みすず書房・中村妙子《なかむらたえこ》訳)におさめられているメイサム・ホールでの暮らしを綴《つづ》ったエッセイ「わたしのコマドリくん」（一九一二年）に、はっきりとそのことが記されているからだ。その部分を少し引用してみよう。

「ああ、うれしい！　こんなに近くまできてくれたのね！」と、わたしは囁きました。「ひょいと手を伸ばしたりして、あなたを怖がらせるようなこと、けっしてしませんからね。だってあなたはすてきな、かわいらしい野鳥であると同時に、わたしと同じように、いのちの通っている、わたしと同じように生きている、すばらしい存在なんですもの。魂を持ったひとなんですもの！」

そうなんです。最初の朝のそんな出会いのおかげで、何年も後にわたしはまざまざと理解していたのです。『秘密の花園』のメアリがあの長い遊歩道《ロング・ウォーク》で身をかがめて、コマドリの囀り声の真似をしたときに、胸に浮かんでいたのが、まさにそうした想いであったことを。

一九〇〇年、バーネットは十歳年下の俳優志望の医師スティーヴン・タウンゼンドと再婚するが、二年足らずで破局。一九〇五年にはアメリカの市民権を獲得し、一九〇八年にはニューヨーク州ロング・アイランドのプランドームに土地を購入して家を建て、エッセイ「庭にて」（一九二五年・『白い人びと』所収）で描かれているような庭を設計して移り住み、ガーデニングと執筆にいそしむ日々を送るようになった。

こうしてこの家で『秘密の花園』、『消えた王子』（一九一五年）、『白い人びと』（一九一七年）などが紡ぎだされたのだった。『白い人びと』のエピグラフの詩はジョン・バローズのWaitingの一節で、亡くなった長男ライオネルに献じられている。「時間と空間、高山と深淵／いかなる力が押しとどめようとも／彼は戻る、わがふところに。」という言葉に、息子やこの時期に立て続けに死別した兄や友人たちを悼むバーネットの思いが読みとれる。また、『秘密の花園』に登場する、妻を失ったメアリの叔父の姿とも重なるだろう。おそらく、ライオネルを失ってから、バーネットにとっては、愛する人々に先立たれる孤独と寂しさとの闘いがずっと続いていたのではないだろうか。その経験をもとに、死に別れた人が見える一族を主人公にした『白い人びと』を書いたのではないかと推測できる。

一九二四年、多くの作品を世に送りだしたフランシス・ホジソン・バーネットは、七十五歳の誕生日を前に、このプランドームの自宅で息をひきとったのだった。

一八九三年に出版された『バーネット自伝　わたしの一番よく知っている子ども』（翰林書房　松下宏子《まつしたひろこ》・三宅興子《みやけおきこ》編・訳）はバーネットが二歳ぐらいのときから、アメリカに移住して小説を書きはじめる十七、十八歳までをつづった自伝的作品だが、十四章の「木の精の日々」には、のちの『秘密の花園』に結びつく描写が頻繁に登場する。

たとえば、バーネットの分身である子どもは訪れる人がいない枯れた庭で紅はこべを発見し、興奮する。そのときのバーネットの記憶は、メアリが初めて秘密の花園に足を踏み入れたときの行動に投影されているように思える。あるいは次の描写は花が咲きはじめた秘密の花園でのメアリの姿を彷彿《ほうふつ》とさせるだろう。

ほとんどいつもひとりきりでしたが、よく知っている花と一緒にいると、決して独りぼっちではありませんでした。ごく自然に、花に話しかけたり、かがみこんでやさしい声をかけたり、キスしたり、友人や愛するものを見るようにその子を見上げる様子がかわいいと褒めたりしました。

こうして見ると、花園を発見してからのメアリは子どもの頃のバーネットの姿と重なる部分が多いし、そもそも『秘密の花園』にはバーネットの人生観が端的に反映されていると思う。「庭にて」で、バーネットはこんなふうに語っている。

とにかく庭を持っているかぎり、ひとには未来があり、未来があるかぎり、ひとは本当の意味で生きているのです――ただ地球上のある空間を占めているというだけでなく。積極的に生きつづけてこそ、人生は生きるに値するのですから。未来を望みみる姿勢のあるなしこそ、二つの生きかたの分かれ目だとわたしは思っています。時と関心があたえられるかぎり、ひとにすばらしい未来を提供してくれるものは、また状況はさまざまでしょうけれど、そのうちでもとくに単純明快で、自然で、しかも楽しいのはガーデニングではないでしょうか。

『秘密の花園』のテーマは、まさにこのバーネットの言葉に集約されていると思う。丹精をこめて作りあげた庭が与えてくれる未来と希望、生きる喜びを、バーネットはメアリとコリンとディコンという三人の少年少女の姿を借りて描きだしたのだ。わがままで自己中心的だったメアリとコリンは、庭を作り植物を育てることによって癒《い》やされ、人間として大きく成長していく。そのおかげで、これまでの失望とあきらめの人生ではなく、明るい希望と未来が二人の前に開けていくのだ。「いつまでも生きる、ずっとずっと生きるんだ！」というコリンの心の底からの叫びはそれを端的に表現しているだろう。

こうしたことからも、バーネットの児童文学作品の中でも『秘密の花園』は作者の人生観が色濃く投影された特別な作品と言えるだろう。実際、バーネットの伝記を書いたグレッチェン・ホルブルック・ガジーナは『秘密の花園』をバーネットの代表作として位置づけている。児童文学に分類されているものの、大人が読んでも、いや、人生の荒波や失望や喪失を経験した大人が読んでこそ、バーネットが本書にこめたテーマは心の琴線に触れることだろう。本書が出版されたときバーネットは六十一歳。ぜひ、その世代の成熟した大人の方々にも『秘密の花園』を読んでいただきたいと願っている。

羽田《はた》詩津子《しずこ》

本書中には、現在の観点からみて差別的ともとれる表現がありますが、原書が発表された時代と、文学的価値という点から、できる限り原文に忠実な翻訳としました。（編集部）

秘《ひ》密《みつ》の花《はな》園《ぞの》

フランシス・ホジソン・バーネット　羽《は》田《た》詩《し》津《ず》子《こ》＝訳

令和元年 6月25日　初版発行
令和6年 11月30日　9版発行

発行者●山下直久

発行●株式会社KADOKAWA
〒102-8177　東京都千代田区富士見2-13-3
電話　0570-002-301(ナビダイヤル)

角川文庫 21678

印刷所●株式会社KADOKAWA
製本所●株式会社KADOKAWA

表紙画●和田三造

●お問い合わせ
https://www.kadokawa.co.jp/（「お問い合わせ」へお進みください）
※内容によっては、お答えできない場合があります。
※サポートは日本国内のみとさせていただきます。
※Japanese text only

ISBN 978-4-04-107382-7　C0197

角川文庫発刊に際して

角川源義

第二次世界大戦の敗北は、軍事力の敗北であった以上に、私たちの若い文化力の敗退であった。私たちの文化が戦争に対して如何に無力であり、単なるあだ花に過ぎなかったかを、私たちは身を以て体験し痛感した。西洋近代文化の摂取にとって、明治以後八十年の歳月は決して短かすぎたとは言えない。にもかかわらず、近代文化の伝統を確立し、自由な批判と柔軟な良識に富む文化層として自らを形成することに私たちは失敗して来た。そしてこれは、各層への文化の普及滲透を任務とする出版人の責任でもあった。

一九四五年以来、私たちは再び振出しに戻り、第一歩から踏み出すことを余儀なくされた。これは大きな不幸ではあるが、反面、これまでの混沌・未熟・歪曲の中にあった我が国の文化に秩序と確たる基礎を齎らすためには絶好の機会でもある。角川書店は、このような祖国の文化的危機にあたり、微力をも顧みず再建の礎石たるべき抱負と決意とをもって出発したが、ここに創立以来の念願を果すべく角川文庫を発刊する。これまで刊行されたあらゆる全集叢書文庫類の長所と短所とを検討し、古今東西の不朽の典籍を、良心的編集のもとに、廉価に、そして書架にふさわしい美本として、多くのひとびとに提供しようとする。しかし私たちは徒らに百科全書的な知識のジレッタントを作ることを目的とせず、あくまで祖国の文化に秩序と再建への道を示し、この文庫を角川書店の栄ある事業として、今後永久に継続発展せしめ、学芸と教養との殿堂として大成せんことを期したい。多くの読書子の愛情ある忠言と支持とによって、この希望と抱負とを完遂せしめられんことを願う。

一九四九年五月三日

角川文庫ベストセラー

不思議の国のアリス

ルイス・キャロル
河合祥一郎＝訳

ある昼下がり、アリスが土手で遊んでいると、チョッキを着た兎が時計を取り出しながら、生け垣の下の穴にぴょんと飛び込んで……個性豊かな登場人物たちとユーモア溢れる会話で展開される、児童文学の傑作。

鏡の国のアリス

ルイス・キャロル
河合祥一郎＝訳

ある日、アリスが部屋の鏡を通り抜けると、そこはおしゃべりする花々やたまごのハンプティ・ダンプティたちが集う不思議な国。そこでアリスは女王を目指すのだが……永遠の名作童話決定版！

ジャングル・ブック

キップリング
山田　蘭＝訳

ある夜、ジャングルで虎に追われた男の子が、オオカミの棲む洞穴に迷いこんできた。母オオカミにモーグリと名付けられ、ジャングルの掟を学びながらたくましく成長していく。イギリスの名作が甦る！

新訳ロミオとジュリエット

シェイクスピア
河合祥一郎＝訳

モンタギュー家の一人息子ロミオはある夜仇敵キャピュレット家の仮面舞踏会に忍び込み、一人の娘と劇的な恋に落ちるのだが……世界恋愛悲劇のスタンダードを原文のリズムにこだわり蘇らせた、新訳版。

新訳フランケンシュタイン

メアリー・シェリー
田内志文＝訳

若く才能あふれる科学者、フランケンシュタイン。人間創出に情熱を注いだ結果、恐ろしい怪物が生み出されてしまう。愛する者を怪物から守ろうとする科学者の苦悩と正義を描いた、ゴシックロマン。

角川文庫ベストセラー

美女と野獣

ボーモン夫人
鈴木　豊＝訳

父の旅のみやげに一輪のバラの花を頼んだため心優しいベルは恐ろしい野獣の住む城へ……野獣が彼女に求めたものは――。詩人ジャン・コクトーが絶賛した美しく幻想的な物語。

オズの魔法使い

ライマン・フランク・ボーム
柴田元幸＝訳

ドロシーは大竜巻にあい、犬のトトと一緒にオズの国へ。脳みそがほしいかかし、心臓がほしいきこり、勇気がほしいライオンとともに旅する彼女はカンザスに帰ることはできるのか？　不朽の冒険ファンタジー！

赤毛のアン

モンゴメリ
中村佐喜子＝訳

ふとした間違いでクスバード家に連れて来られた孤児のアンは、人参頭、緑色の眼、そばかすのある顔、よくおしゃべりする口を持つ空想力のある少女だった。作者の少女時代の夢から生まれた児童文学の名作。

新訳　メアリと魔女の花

メアリー・スチュアート
越前敏弥・
中田有紀＝訳

映画「借りぐらしのアリエッティ」、「思い出のマーニー」の米林宏昌監督作品「メアリと魔女の花」原作を、新たに翻訳刊行。メアリのワクワク・ドキドキ・ハラハラの大冒険に、大人も子どもも、みんな夢中！

クマのプー　世界一のクマのお話

原案／A・A・ミルン
森　絵都＝訳
キャラクター原案／E・H・シェパード
作／ポール・ブライト　他
絵／マーク・バージェス

時代も国境も超えて愛されてきたプーの生誕90周年を祝し、4人の人気児童作家が著した公式続編。プーと森の仲間たちが春夏秋冬4つの季節を舞台にくり広げる、懐かしくも新しい心温まる物語。オールカラー！